KB052605

당신이 사랑을 하면
우리는 복수를 하지

안전가옥
오리지널
25

당신이
사랑을
하면

우리는
복수를
하지

범유진
장편
소설

차례

0.
Take-off

작은 창밖으로 보이는 비행기의 날개는 이상하게도 작아 보였다. 모든 것이 상상과 같지는 않다. 소녀는 창밖에서 고개를 돌려, 무릎에 놓아둔 잡지를 다시 읽기 시작했다. 유명한 할리우드 배우의 사진이 큼지막하게 실린 특집 기사가 한 페이지 넘게 이어졌다. 장을 넘긴 소녀의 시선은 한 페이지를 건너뛴 분리된 섹션의 헤드라인으로 향했다.

마더 포이즈너(Mother poisoner): 잊힌 소녀는 어디로 사라졌는가?

1년 전 오늘, 미국 뉴멕시코에서 15세 소녀가 어머니를 독살하려 한 혐의로 유죄 판결을 받고 교정 시설 생활 처분을 받았다. 당시 이 사건은 미디어의 주목을 받았고, 여론은 들끓어 올랐다. 존속 살해. 독살. 미성년자. 자극적인 키워드의 향연이었다. 딸이 어머니에게 독이 든 음료를 마시게 하였으나, 바로 직접 전화를 걸어 구급차를 부르고 자수했다는 점도 사람들의 호기심을 자극했다. 사람들은 무언가 더 숨겨진 이야기가 있으리라고 기대했다. 긴밀한 곳에 감추어진 그 이야기를 소녀의 몸 안에서 끄집어내 활짝 펼쳐 놓고 물어뜯으며 씹고 맛볼 기대에 부푼 사람들은 사건에 '마더 포이즈너'라는 이름을 붙였다.

그러나 사건은 자극적인 드라마를 원했던 이들의 기대와는 다른 방향으로 흘러갔다. 배심원은 소녀에게 동정적이었다. 소녀의 어머니는 딸의 출생 신고도 하지 않았으며, 교육 시설에도 보내지 않았다. 딸에게 전기 충격 및 육체적인 학대를 가한 정황이 포착되었고, 집 안에 소녀가 쉽게 접할 수 있는 독성 물질이 방치되어 있었음도 드러났다. 전문가들은 입을 모아 소녀를 아동 학대의 피해자라 변호했다. 호기심의 독 냄비는 빠르게 식었고, 소녀는 교정 시설 처분을 받았다. 소녀를 어머니를 살해하려 한 마녀로 몰아가던 미디어는 입을 다물었다.

그리고 한 달 전, 조지아에서는 18세 소년이 아버지를 교통사고로 위장해 살해하려 한 사건이 발생했다. 소년 역시 아버지에게 지속적으로 심리적, 육체적으로 폭행을 당한 것으로 밝혀졌다.

폭력은 더욱 교묘해지고 있다. 우리는 그 폭력에 대응하고 있는가? 충격적인 사건이란 타이틀을 붙이기 전에 해야 할 일이 있지 않은가? 1년 전의 소녀를 누가 기억하는가? 잊힌 소녀는 어디로 사라졌을까?

"이제 곧 이륙할 거야. 첫 비행 소감은 어때?"

소녀는 옆자리에 앉은 여성을 봤다. 중년 여성의 이름은 서은진. 사흘 전에 처음 만났다. 그는 자신을 심부름꾼이라고 소개했다. 회장님의 심부름꾼. 그를 통해, 그동안 편지를 주고받았던 상대가 대한민국에서 유명한 기업의 회장이라는 걸 처음 알았다.

"약간, 이해가 안 돼요."

"첫 비행 소감치곤 이상한데."

"회장님이 왜 나를 만나려고 하는지 모르겠어요. 나와 그는 달라요. 나는 그의 복사본이 될 수 없다고요. 그는 성공했잖아요? 그의 기준에서 보면 나는 실패한 거죠. 나의 실패가 성공이라는 걸, 그는 이해하고 있나요?"

서은진은 어깨를 으쓱해 보였다.

"너와 회장님은 닮았어. 쓸데없이 길게 말하는 점이라든가……. 너무 깊이 생각하지 마라. 회장님은 그냥, 뭔가를 주워 오는 걸 좋아하는 거야. 나도 주웠고, 너도 주운 거지."

소녀는 주머니 속에 손을 넣어 안에 든 것을 만지작거렸다. 헝겊에 쌓인 머리카락은 빳빳하게 메말라 있었다.

"거두어졌기에, 그를 도운 건가요? 들었어요. 변호사님이 뒤처리를 해 주었다고."

"난 그저 받은 만큼 일을 한 것뿐이야. 회장님이 내게 대학교 학비를 대 준 건 맞지만 의리만으로 일하진 않아."

서은진이 소녀의 어깨를 가볍게 툭 건드렸다.

"어깨를 좀 더 펴고 앉아라. 내가 어릴 적에 만난 아이가 말이다. 매일 얼굴에 상처를 달고 살았어. 그 애는 만날 담벼락에 쪼그려 앉아 있었는데, 늘 어깨가 구부정했지. 그게 어찌나 신경이 쓰이던지. 어쨌든 가기로 한 건, 네 선택이잖니?"

"……그건."

'세 번째 봄이 지나기를 바랐기 때문이에요.' 소녀는 그 말을 삼켰다. 어정쩡하게 끝난 마침표는 어색한 침묵이 되어 두 사람 사이를 헤맸다.

"뭘 읽고 있었니? 재미있는 게 있어?"

서은진이 마침표를 낚아채어 말을 이었다.

"영화배우 인터뷰예요. 이 구절이 좋아요. '신뢰는 불확실성을 다루는 한 방법이다.'라는 부분. '나는 당신을 믿습니다.'라는 말은 힘을 가진대요."

"마음을 맡길 사람이 있단 건 좋은 일이지."

소녀는 다시 창밖으로 고개를 돌렸다. 비행기가 서서히 떠오르는 것이 느껴졌다. 마음을 맡겼던 단 한 사람의 얼굴이 창에 어른거렸다. 그를 찾아야만 했다.

"한국에 가면 뭘 하고 싶니? 회장님은 네가 원하는 걸 다 들어주라고 하던데."

"원하는 거……"

한순간 귀가 먹먹해졌다. 동굴 속을 지나는 듯한 어지럼증에 손바닥으로 양쪽 귀를 꽉 눌렀다. 손바닥을 떼었을 때, 소녀가 본 것은 구름 위의 세계였다.

'……염소를 묶은 끈을 잘라 내 주는 것.'

차마 진짜 소원을 말할 수는 없었다.

1.
남편에게
복수하고 싶어요

사람들 앞에서 우는 것만큼 복 없어 뵈는 일이 있을까.

김꽃님은 손등으로 얼른 눈물을 훔쳤다. 참아 보려 했지만 눈물은 속절없이 뺨을 타고 흘렀다. 힐끔거리는 사람들의 시선이 느껴졌다. "왜 저래?" 김꽃님은 코를 훌쩍거리다 어깨를 움츠렸다. 자신을 향한 말이 아닐 수도 있음을 안다. 그럼에도 한번 쪼그라든 어깨는 좀처럼 펴지지 않았다. 그러지 않아도 수화기 너머로 터져 나온 남편의 고함 때문에 주변의 눈치가 보이던 참이다.

"미친년아. 빨리 들어와서 밥 줘!"

남편은 목청이 좋았다. 평생 남을 호령하고 산 사람이라 그런지 어디서든 작은 목소리로 말하는 법이 없었다. 장례식장에서도 수화기 너머로 터져 나온 남편의 욕지거리가 어찌나 컸던지 사람들이 빨리 가 보라며 김꽃님의 등을 떠밀었다. 김꽃님이 오늘 빈소에 간다 하지 않았냐고, 몇 끼만 있는 반찬 꺼내어 먹으라고 말해도 소용없었다. 삼시 세끼, 집에 편히 앉아 차려진 밥상을 받는 것이 성공의 증표라 믿는 남편이었다.

젊었다면, 젊을 때만큼 좀 더 잘 참았다면 사람들의 시선을 피해 다른 칸으로 옮겨 갔을 것이다. 그러나 삐걱거리는 무릎은 제발 자리에서 일어나지 말라고 비명을 질렀다. 김꽃님은 발아래 놓인 백팩을 바라보았다. 발인까지 따라가리라 마음먹고 챙겨 온 옷가지들이었다. 어릴 적부터 친자매와 다름없이 여겼던 친구의 장례식이었다. 눈물이 또 한 방울, 휴대폰을 움켜쥔 손등에 툭 떨어졌다.

'밥. 밥. 그놈의 밥.'

훌쩍, 코를 들이마시던 김꽃님의 몸 안에 작은 벼락이 내리쳤다. 무심결에라도 그런 생각을 한 것은 처음이었다. 김꽃님의 어머니도, 시어머니도 남편 밥을 굶기면 세상이 무너진다고 여기는 분들이었다. 그러듯 무너지기 쉬운 것으로 쌓아 올려진 세상이기에, 김꽃님은 그것을 지키기 위해 필사적으로 노력했다. 그 노력은 대부분 참는 것이었다. 남편이 생활비를 적게 줘도 참았고, 바람을 피워도 참았다. 시간이 흐를수록 참는 것이 너무나 당연해서, 참는 것이 참는 것인지도 모르게 되었다.

"어머니. 혹시 남편을 혼내 주고 싶으세요?"

손수건과 함께 건네진 속삭임에, 김꽃님은 흠칫 놀라 옆을 봤다. 무슨 소리냐고 화를 낼 작정이었다. 작은 친절로 덮기에는 속마음을 들킨 민망함이 너무 컸다. 그러나 옆자리에 앉은 남자가 쓰고 있던 모자를 벗은 순간, 김꽃님은 홀린 듯 손수건만 받아 들었다.

"세상에…… 청년. 정말 곱네요."

김꽃님은 인생 73년 동안 옆자리에 앉은 청년처럼 잘생긴 남자를 본 적이 없었다. 잘생겼단 말로는 부족했다. 그야말로 아름다웠다. 김꽃님은 어릴 적 마을 교회 벽에서 봤던 성화(聖畫)를 떠올렸다. 그 그림 속 천사가 꼭 이렇게 생겼었다. 청년은 해사하게 웃으며, 김꽃님에게 명함을 건넸다.

"어머니. 혹시 그럴 생각이 있으면 여기로 전화를 걸어 보세요."

지하철이 정류장 앞에 멈췄고, 김꽃님이 뭐라 물을 새도 없이 남자는 지하철을 내렸다. 김꽃님은 지하철이 다시 출발했을 때에야 손에 들린 것을 봤다. 명함이었다. 앞면에는 전화번호와 주소, 이메일이 쓰여 있었고 뒷면에는 그림이 그려져 있었다. 그림 속에서 흰 꽃관을 쓴 염소 한 마리가 춤을 추고 있었다.

김꽃님은 집에 돌아와 남편의 잔소리를 들으며 밥을 차렸다. 고기반찬 하나와 생선 하나, 국과 찌개 한 종류씩, 김치는 적어도 두 종류. 남편이 정해 놓은 밥상의 법칙을 충실히 지킨 저녁상이 차려지고 나서야 잔소리가 멈췄다. 김꽃님은 남편이 잠든 후, 꾸렸던 짐을 풀었다. 가방에 넣었던 옷을 꺼내 정리하고 있자니 별이가 코를 킁킁거리며 다가왔다. 김꽃님이 일하는 도시락 가게에 드나들던 떠돌이 개를, 정이 들어 집에 데려온 것이 별이였다. 김꽃님은 별이를 자식처럼 여겼으나, 남편은 별이를 돈 먹는 똥개로만 여겼다. 떠돌이 개 생활로 눈치가 빠른 별이는 남편이 깨어 있을 때에는 베란다에 있는 자기 집에서 꼼짝 안 하다가, 남편이 잠들면 그제야 집 안을 돌아다녔다. 별이가 김꽃님의 발치에 누워 꼬리를 흔들었다. 김꽃님은 별이의 등을 쓰다듬었다.

'주인인 내가 참으니 이 작은 것도 참아야 하는구나.'

번쩍. 조금 더 큰 벼락이 내리쳤다. 벼락은 몸 안쪽 잠들어 있던 또 다른 김꽃님을 깨웠다. 지하철에서 만난 청년에게서 받은 명함이 떠올랐다. 주머니 안에서 명함을 꺼내, 홀린 듯이 전화를 걸었다. 신호음이 울리고, 경쾌한 안내 멘트가 흘러나왔다.

안녕하십니까. 가정 심리 상담 센터에 연결되었습니다. 상담을 위해 간단한 인적 사항을 수집하는 데 동의하십니까? 동의하시면 이름과 연락처를 말씀하신 후 별표를 눌러 주세요.

맥이 풀림과 동시에 안도감이 밀려왔다. 어릴 적에, 위패를 파묻으려 한 적이 있었다. 제삿날마다 하루 종일 부엌에서 일을 도와야 하는 게 싫었다. 어린 마음에 제사상에 놓는 위패가 없어지면 제사를 지내지 않을 거라 여긴 것이었다. 위패를 몰래 들고 나오다가 엄마와 마주쳤다. 엄마는 무미건조한 표정으로 어린 김꽃님의 손에서 위패를 가져갔다. 허탈하면서도 어른들이 애지중지하던 것을 내 손으로 파묻지 않아도 된다는 데 안도했었다.

김꽃님은 별표를 눌렀다. 텔레비전 프로그램에서, 정신과 의사가 상담해 주는 것을 몇 번 봤던 터였다. 그런 걸 볼 때마다 한 번쯤은 나도 저런 것을 해 봤으면 하는 마음이 들었다. 하지만 병원이 어디 있는지도 모르고, 찾아가기도 무서워 엄두를 내지 못한 터였다. 달칵하는 연결음과 함께 수화기 너머에서 부드러운 목소리가 흘러나왔다.

"안녕하세요. 저는 김꽃님 님의 이야기를 함께 할 상담원 빨강입니다."

"빨강이요?"

"예. 저희는 무지개색 상담원이에요. 제 옆자리 친구는 노랑이지요."

상냥한 말투에 마음이 편해졌다. 몇 마디 더, 사소한 대화가 오가고 상담원이 물었다.

"김꽃님 님은 오늘 뭘 하셨나요?"

오늘, 오늘의 나는. 그때부터 김꽃님은 말을 쏟아 냈다. 자신의 몸 어딘가에 그렇게 많은 말들이 쌓여 있었나 싶었다. 참고 참았던 일들을 쏟아 내자니 끝이 없었다. 김꽃님의 이야기가 중단된 건, 안방 문 너머에서 남편의 고함이 터져 나왔을 때였다.

"야! 지금이 몇 신데 안 자고 떠들어. 미친 여편네야!"

김꽃님은 황급히 수화기를 손으로 막았다. 들렸을까. 분명 들렸을 것이다. 빨강이 나를 어떻게 여길까. 집에서 욕이나 먹고 사는 늙은이라 여기진 않을까. 밉다. 사람이 어찌 저렇게 밉살스러울까. 김꽃님은 수화기를 틀어막은 채 안방 문을 노려보았다.

"복수를 하고 싶으신가요?"

던져진 질문은 뜬금없었다. 누구에게, 무엇에 대한 복수를 하고 싶은 건지 설명도 없었다.

"예. 하고 싶네요."

그러나 대답은 망설임 없이 튀어나왔다. 내리꽂힌 작은 벼락이 김꽃님의 세상을 폭발시킬 듯 뒤덮었다. 어떤 복수를 하고 싶은지, 누가 하는 것인지 생각할 틈도 없었다.

"예. 김꽃님 님. 남편 박형돈 씨에 대한 복수 의뢰 진행합니다."

전화는 끊겼다. 김꽃님은 잠시간 수화기를 든 채 거실에 멍하니 앉아 있었다. 발치에서 자고 있던 별이가 끄응 몸을 일으켜 기지개를 켰다. 어느새 새벽 3시였다. 김꽃님은 수화기를 내려놓고 안방으로 들어갔다. 잠을 잤고, 다음 날 아침이 되었다. 아침 밥상을 차리고 있자니 어제저녁의 일이 꿈인가 싶었다. 또다시 전화를 걸어 볼까, 망설이다가 하루를 보냈다. 다음 날도, 그다음 날도 아무 일도 일어나지 않았다.

나흘째 되던 날, 언제나처럼 도시락 가게 아르바이트를 마치고 가게를 나서던 김꽃님의 앞에 벤츠 한 대가 멈췄다.

"어머니. 저와 같이 가실래요?"

차에서 내린 건 지하철에서 만난 청년이었다. 해사한 얼굴로 내민 손을, 김꽃님은 덥석 잡았다. 다섯 시간 동안 주방에 서서 뜨거운 김이 뿜어져 나오는 밥을 푸고 또 푼 후가 아니었다면 청년의 손을 잡는 것을 주저했을지도 모른다. 그러나 당장 걷지 않아도 된다는 유혹을 이기기엔 무릎의 통증이 심했다. 거기에 조금이라도 남편을 보는 시간을 늦출 수 있기를 바라는 마음이 망설임을 없앴다.

'이렇게 잘생긴 사람한테라면 죽어도 여한은 없을 거야.'

김꽃님은 차에 올라탔다.

*

김꽃님의 남편, 박형돈은 언짢다. 간만에 등산 모임을 나갔더니 유순영이가 김 씨와 사귄단다. 순영이 그것, 분명 내게 마음이 있었다고 투덜거리며 상가로 갔다. 퇴직금과 여기

저기 투자했던 돈을 끌어 모아 구입한 1층 전면 두 칸짜리 상가는 박형돈의 보물 1호다. 그러나 상가에서 박형돈을 기다리던 것은 엘리베이터를 교체해야 하니 건물주끼리 금액을 나눠 내야 한다는 관리소장의 통보였다. "아직 무슨 일 난 것도 아닌데 뭘 고쳐." 박형돈의 말에 관리소장은 "그럼 일 터져서 사람 죽고 고칠까요?"라고 답했다. 박형돈은 붉어진 얼굴로 상가를 나왔다. 세입자나, 관리소의 다른 누군가가 그렇게 말했으면 어디 말을 그렇게 싸가지 없이 하냐고 호통을 쳤을 거다. 그러나 박형돈은 관리소장 앞에서는 그저 다소곳했다. 관리소장이 명문대 출신인 데다 알짜배기 부자란 소문이 있어서였다. 학력과 돈. 그 두 가지가 박형돈이 사람을 평가하는 기준이었다.

'이게 다 아침에 고기를 못 먹어서 그래. 하루를 복 있게 보내려면 돼지고기를 먹어야 한다고 그렇게 말했는데. 하여간 여편네. 제대로 하는 게 없어.'

나쁜 일은 아내 탓, 좋은 일은 자기 덕이 박형돈의 불변의 법칙이다. 안 좋은 일이 생기면 중졸에, 가난한 집안 출신의 애물단지가 들어앉은 탓이라 여기며 아내에게 화풀이를 했다. 집에 가면 단단히 호통을 치리라. 요란하게 울리는 휴대폰의 통화 버튼을 누르며 박형돈은 그렇게 마음먹었다.

"여보세요. 누굽니까."

"안녕하세요. NH 손해 보험입니다. 김꽃님 님의 보호자

되시죠? 김꽃님 님이 버스가 급정거를 하는 탓에 골절상을 입으셨어요. 한동안 병원에 입원을 해야 하는 상황입니다. 저는 버스 회사의 담당 보험사로, 불미스러운 사고에 대해 심심한 위로를 드립니다."

"잠깐만. 이게 무슨 소리야? 입원? 병원비는?"

박형돈은 매끄럽게 이어지는 상대의 말허리를 급히 잘랐다.

"저희 쪽에서 지불합니다."

"그래? 그건 다행이군. 아니지. 입원을 하면 밥은 어쩌라고? 고작 골절인데 무슨 입원을 해? 마누라 바꿔 보시오."

"지금 통화가 불가능합니다. 집안일이 걱정되신다면 저희 쪽에서 가사 도우미 서비스를 연결해 드릴 수 있습니다. 물론 그건 박형돈 님 자비 부담입니다."

"필요 없어. 집안일 그거 뭐 어렵다고 돈을 받아? 엄살 부리지 말고 당장 집에 들어오라고 전해!"

박형돈은 역정을 내고 전화를 끊었다. 자신이 화를 냈단 걸 전해 들으면 김꽃님이 한걸음에 집에 달려올 거라 믿었다. 그러나 저녁 시간을 훌쩍 넘길 때까지 김꽃님은 집에 돌아오지 않았다. 박형돈은 딸에게 전화를 걸어 밥을 차리러 오라고 했다.

"엄마는? 밥 안 차리고 어디 갔는데? 입원? 어휴. 웬만하면 그냥 통원 치료 하시지 무슨 입원이야. 내가 거길 어떻게

가. 바빠 죽겠어요. 도시락 배달시켜 드릴 테니 드세요."

30분 후 도시락이 배달되어 왔다. 박형돈은 식탁에 도시락을 올려놓고, 팔짱을 끼고 서서 노려보았다. 속이 부글부글 끓었다. 아내가 자신의 말을 거스른 것이 이걸로 두 번째다. 처음 아내가 고집을 부린 건 그놈의 개를 기르겠다고 한 것이었다. 꼬질꼬질하고 붙임성 없는 그놈의 똥개. 똥개가 먹는 사룟값만 대체 얼마고, 베란다에 오줌 지린내는 또 얼마나 나는지. 박형돈의 입에 슬며시 미소가 피어올랐다. 박형돈은 베란다로 가서, 강아지 집 안으로 우악스럽게 손을 집어넣어 웅크리고 누워 있던 별이를 끄집어냈다. 별이의 목덜미를 잡아 든 채 엘리베이터를 타고 1층으로 내려가 아파트 공동 현관을 나가서는 주변을 둘러보았다. 아무도 없었다. 박형돈은 아파트 화단 안으로 별이를 집어 던졌다.

"하늘 같은 남편 굶긴 네 주인을 원망해라. 고얀 일을 벌였으면 벌을 받아야지. 암."

별이는 화단 잔디 위에 죽은 듯 널브러졌고, 박형돈은 콧노래를 흥얼거리며 뒤돌아섰다.

그 순간, 강한 타격감이 박형돈의 뒤통수를 내리쳤다.

*

"복수를 대신해 준다고요? 남편에게?"

탁자에 놓인 종이를 바라보는 김꽃님의 시선이 불안하

게 흔들렸다.

차에서 내린 후부터 구름 위에 둥둥 떠 있는 듯 별천지다. 도착한 곳은 호텔이었다. 김꽃님도 알고 있는, 잠실에 위치한 5성급 호텔이다. 남편이 회사에 다닐 때에 상사의 딸이 이 호텔의 부속 웨딩홀에서 식을 올렸었다. 남편은 식대만 일인당 15만 원 하는 결혼식에 초대를 받은 것이 얼마나 근사하냐며 수선을 떨었다. 그 근사하다는 식사를, 김꽃님은 맛보지 못했다. 남편은 김꽃님이 아닌 딸과 함께 결혼식에 갔다. "그 호텔 100층 로열 스위트룸에 미국 대사도 묵은 적이 있어. 그런 데를 어떻게 너 같은 거랑 가?" 고급스러운 호텔에 함께 가기에 김꽃님은 너무 추레하다는 게 이유였다.

청년을 따라 호텔 안으로 들어갈 때에도 어깨가 움츠려들었다. 문을 열어 주는 가드의 배려가 부담스러웠고, 높은 천장에서 쏟아지는 조명이 대리석 바닥에 반사되어 두 눈을 어지럽게 했다. 있으면 안 될 장소에 온 불청객이 된 듯한 불편에 고개를 푹 숙이고, 청년의 뒤만 따랐다. 청년은 프런트 안쪽으로 들어가 스테인드글라스로 장식된 벽에 카드를 가져다 대었다. 벽이 회전문처럼 빙글빙글 돌며, 안쪽에 숨겨져 있던 엘리베이터가 나타났다.

"어머니. 제가 드린 명함 가지고 있죠? 그게 카드키예요. 그걸 가진 사람만 이 엘리베이터를 이용할 수 있어요. 제가 나중에 다시 가르쳐 드릴게요."

김꽃님은 그저 고개만 끄덕거렸다. 청년의 말이 도통 귀에 들어오지 않았다. 엘리베이터는 빠르게 올라가 멈췄다. 엘리베이터에서 내린 김꽃님의 눈에 처음 들어온 건 99.5라고 표시된 숫자였다. 어디선가 향긋한 꽃냄새가 흘러나왔다. 어딘가 익숙한 향기였다. 김꽃님은 크게 그 향기를 들이마셨다. 발끝까지 빳빳하던 긴장이 조금 풀렸고, 그제야 숙였던 고개를 들 수 있었다.

'넓다. 참 넓구나.'

김꽃님은 눈앞에 펼쳐진 통유리창 너머로 보이는 서울의 풍경을 바라보았다. 구름이 가깝게 보여 무릉도원에 온 것만 같았다. 푹신한 소파도, 향긋한 차도 너무 좋은 것들뿐이라 손대기가 망설여졌다. 그 망설임을 편안함으로 바꾸어 준 것은 청년의 살가운 태도였다. "어머니. 편한 옷으로 갈아입을까요? 저도 좀 갈아입게." 수다에 맞장구를 치다 보니, 어느새 홈웨어로 갈아입고 소파에 앉아 멜론을 먹게 되었다. 그러나 편안함도 잠시, 저녁밥을 차려야 한다는 사실이 퍼뜩 떠올랐다.

"나 좀 봐. 서둘러야겠네. 집에 가야 해요."

청년은 12시 종이 울리기 직전의 신데렐라처럼 자리에서 일어나려던 김꽃님의 팔을 붙들어 앉혔다. 그러곤 더없이 달콤한 목소리로 말했다.

복수를 해 주겠다고.

"복수라고 하니깐 너무 무섭게 들리네요. 서류를 보면 아시겠지만, 폭력이나 약물 등 육체적인 손상이 갈 수 있는 방법은 절대 사용하지 않아요. 잘못을 반성할 수 있게 약간의 장난을 칠 뿐이죠."

"장난이라면 어떤……?"

"그런 거 있잖아요. 자꾸 약속에 늦는 친구가 있어요. 지각하는 게 왜 나쁜지, 기다리는 사람 기분이 어떤지 모르는 거죠. 그 친구와 약속을 잡고 일부러 엄청 늦게 가는 딱 그런 정도예요. 역지사지를 할 수 있는 계기를 마련해 주는 거죠."

그런 것이라면 괜찮지 않을까. 김꽃님은 서류를 들고, 내용을 읽어 내려갔다.

계약자 '갑(김꽃님)'은 '을(염소 클럽)'에 복수를 위임한다.

주름진 손가락이 종이에 쓰인 첫 문장을 어루만졌다.

"어머니가 동의해 주셔야 하는 부분이 있어요."

계약 시 복수의 방법은 클럽에 전면적으로 위임하며, 일부 부작용이 일어날 수 있음을 인지한다. 단 염소 클럽은 부작용의 회복을 위해 갑이 요구하는 사항을 통상의 범위 안에서 수용한다. 또한 계약 전후로 클럽에 관련된 모든 일에 대해, 갑은 외부에 알리지 않을 것을 서약한다.

잠잠해졌던 김꽃님의 세상에 다시 번개가 내리쳤다.

'장난질 좀 당한다고 그 양반이 반성을 할 리가 없지.'

그러나 조금은, 아주 조금은 달라질 수도 있지 않을까. 다른 사람과 통화를 할 때에 소리를 지르지는 않게 되는 정도만 변해도 얼마나 좋을까. 김꽃님은 마른침을 삼켰다.

"참. 어머니. 어머니가 기르는 강아지 말이에요. 다리를 다쳤다고 해요."

청년이 휴대폰을 들어 보였다. 사진 속의 별이는 푹신한 강아지용 침대 위에 누워 있었다.

"일단 동물 병원으로 옮겨서 치료했어요. 일주일쯤 입원해야 한대요. 많이 다친 건 아닌데, 노견이기도 해서 안정이 필요하다고 해요."

김꽃님은 어떻게 별이를 아냐고 묻지 않았다. 그저 안심이 되었다. 유일하게 마음에 걸리던 것이 별이였다. 장난질을 당한 남편이 별이를 걷어차거나 하면 어쩌나 싶었다.

"나는 뭘 하면 되나요?"

망설임은 사라졌다. 김꽃님은 번개의 번쩍거림을 향해 발을 내딛기로 마음먹었다.

"어머니는 일주일간, 여기서 푹 쉬시면 됩니다. 이른바 호캉스!"

"호캉⋯⋯스?"

청년은 웃었다. 보는 것만으로도 모든 걱정이 사라질 것

30

만 같은 웃음이었다. 염소 클럽은 대체 뭔지, 왜 복수를 대신해 준다는 건지, 청년의 이름은 뭔지, 궁금한 것이 잔뜩 있었지만 김꽃님은 묻지 않았다.

그저 청년을 따라 웃을 뿐이었다.

＊

낯선 냄새와 천장. 뒤통수에 남은 얼얼한 아픔. 그 모든 것이 한 가지 가능성을 시사하고 있었다. '납치.' 그 단어가 떠오른 순간, 박형돈은 번쩍 눈을 뜨고 몸을 일으켜 앉았다. 집안은 어두웠다. 어둠 한가운데 빛이 튀어 올랐다. 태블릿 PC였다. 재생된 영상 속, 한 남자가 얻어맞고 있었다. 아랫입술이 바짝 말랐다. 고통에 찬 비명을 지르는 남자의 모습이 이제 곧 너도 이렇게 될 거야 하는 협박으로 다가왔다. 재생되던 동영상이 멈추고, 화면이 까맣게 변하더니 커다란 글씨가 나타났다.

명령: 청소. 빨래. 요리. 현재 시각 오후 6시. 미션 수행 종료까지 카운트다운 시작. 미션 수행 완료 시 커맨드를 클릭하세요. 이행하지 않거나 기준 미달 시 처벌.

"청소? 요리? 고약한 놈들! 내가 왜 이 나이 먹고 그딴 걸 해야 해?"

박형돈은 솟아오르는 공포를 억누르려고 일부러 큰 목소리로 외쳤다. 그러나 곧 뒤이어 울린 날카로운 초인종 소리가 부풀어 오른 박형돈의 목소리를 툭 터뜨려 흩어지게 만들었다. 박형돈은 석상처럼 굳어서 선 채 현관문 쪽으로 고개만 돌렸다. 벽에 붙은 인터폰이 눈에 들어왔다. 콧구멍을 벌름거리며 현관 모니터 버튼을 눌렀다.

머리 양옆에 솟아오른 뾰족한 검은 뿔과, 동굴 입구처럼 검게 뻥 뚫린 눈.

염소 가면을 쓴 누군가가 현관문 너머에서 인터폰에 바짝 얼굴을 들이밀고 있었다. 작은 화면을 가득 채운 염소의 뿔과, 가면 아래 비틀린 웃음을 본 순간 박형돈은 손바닥으로 입을 틀어막았다. 비명을 목 아래로 삼키며 박형돈은 깨달았다.

현관문 너머, 기괴한 가면을 쓴 존재.

미션을 수행하지 않는다면 그의 날카로운 뿔이, 자신을 들이박을지도 모른다는 것을.

박형돈은 다급히 태블릿에 뜬 명령을 다시 확인했다. 처벌. 그 단어가 유독 커다랗게 보였다. 공포는 박형돈을 움직이게 했다. 냉장고 문을 열고, 쌀을 찾아 꺼냈다.

미션 완료 커맨드는 무심히 깜빡거릴 뿐이었다.

*

　이른바 '호캉스'를 시작한 지 닷새째. 김꽃님은 조금씩 호
텔 생활에 익숙해졌다. 룸서비스가 들어와도 움찔거리지 않
게 되었고, 아무 일도 하지 않고 드라마를 보는 것에 죄책감
을 느끼지 않게 되었다. 드라마를 보다 보니 눈길을 끄는 배
우가 생겼다. 청년에게 말했더니, 그 배우 주연의 영화가 상
영 중이니 영화관에 가자고 했다. 극장에 간 것은 거의 40년
만이었다. 혼자 갔다면 표를 어떻게 사는지도 몰라 헤맸을
것이다. 그러나 청년 덕분에 무사히 영화를 볼 수 있었다. 이
나이에도 새로운 경험을 할 수 있구나 싶어 즐거웠다. 청년은
일주일만이라도 호강을 누려 보라고 신이 내려보낸 천사님
이 아닐까. 김꽃님은 마음속으로 청년을 '천사님'이라고 불렀
다. 여전히 청년의 이름은 알지 못하는 채였다.

　오늘 아침 식사 때는 청년이 나타나지 않았다. 대신 쪽지
한 장이 식사와 함께 전해졌다.

　급한 일 때문에 지방에 갑니다. 아침을 함께하지 못해서 아쉬워요.
참, 박형돈 씨는 계속 굶고 계십니다. 밥도 제대로 못 하시더군요.

　김꽃님은 쪽지를 곱게 접어 주머니에 넣었다. 남편의 일
따윈 어찌 되든 좋았다. 청년에게 아침마다 남편의 복수가
어찌 진행되는지 알려 달라고 했던 건, 함께 밥을 먹고 싶어

댄 핑계였을 뿐이다. 혼자 먹는 아침은 영 입맛이 없지 않을 것 같았는데 웬걸, 남이 차려 주는 밥은 여전히 맛있었다.

'이런 호사도 이틀 뒤에 끝이구나.'

일주일간의 호캉스. 애써 외면하던 현실이 밀려들었다. 자꾸만 머릿속에 섬광처럼 떠오르는 질문의 답은 정해져 있었으나, 결과를 바꿀 방법을 알지 못했다. 김꽃님은 눈을 감고 깊이 숨을 들이마셨다.

또다. 그 꽃향기.

김꽃님은 눈을 떴다. 호텔에 왔던 첫날, 긴장을 풀어 주던 은은한 꽃향기가 코끝을 스치고 지나갔다. 김꽃님은 자리에서 일어나 향기가 나는 쪽으로 향했다. 향기는 한 번도 가 본 적 없는 오른쪽 복도 너머에서 흘러나왔다.

99.5층은 넓었다. 크게는 세 구역으로 나뉘는데, 이 중 김꽃님이 가 본 곳은 두 군데였다. 엘리베이터에서 내리자마자 별도의 문 없이 바로 연결되는 플라워 홀과, 왼쪽 복도와 연결된 살롱이다. 플라워 홀은 꽃잎처럼 다섯 개의 방으로 구성된 공간으로, 김꽃님이 주로 지내는 곳이기도 했다.

열까 말까. 김꽃님은 오른쪽 복도를 막아선 유리문 앞에 서서 망설였다. 아치형 유리문 위쪽에는 염소의 해골을 본뜬 장식이 달려 있었다. 흑단목으로 조각된 염소의 눈 부분에 박힌 파란 보석이 기묘한 빛으로 반짝거렸다. 양옆으로 솟아오른 날카로운 뿔은 침입자를 막아서는 문지기의 창처럼 보였다. 그 장식이 무서워서, 이제껏 유리문의 손잡이도 잡아 보지 않은 터였다. 또다시 향기가 물씬 풍겨져 나왔다. 호기 심이 이겼다. 김꽃님은 살그머니 문고리를 잡아당겼다. 묵직 해 보이는 외형과 달리 문은 가볍게 밀렸다. 복도로 한 발 들 어서자마자 보인 것은 사탕이었다. 문 바로 옆에, 색색의 셀 로판지로 포장된 동그란 알사탕이 커다란 보관함 안에 가득 들어 있었다. 그 동그란 모양새에 긴장이 누그러졌다. 김꽃님 은 복도 안쪽으로 걸어 들어갔다. 한 발 한 발, 복도 끝으로 다가갈수록 향기는 더욱 진해졌다. 복도의 끝에, 보라색 작 은 꽃 한 송이가 떨어져 있었다.

"토끼풀 꽃을 여기서 다 보네. 이거 약으로 쓴다고 캐기 도 했었는데."

김꽃님은 꽃을 집어 들려고 허리를 숙였다. 꽃을 향했던 김꽃님의 시선은 곧, 꽃송이 뒤에 나타난 누군가의 발끝으로 옮겨 갔다. 낯익은 청년의 발이 아니었다. 그것은 '천사님'의 것일 수가 없었다.

*

오늘의 미션.

자신이 저지른 폭력에 대한 고백. 총 네 번의 기회가 주어집니다.

박형돈은 모니터에 뜬 문구를 멍하니 봤다. 이곳에 간

힌 지 닷새째, 계속되는 공포에 바짝 곤두선 신경은 결국 폭발하고야 말았다. 박형돈은 손에 들고 있던 걸레를 집어 던졌다.

"난 한 번도 다른 사람에게 폭력을 가한 적이 없어. 자식들도 회초리 한 번 안 대고 길렀다고! 폭력은, 지금 너희가 내게 하는 거지!"

띠링. 박형돈의 외침에 대답이라도 하듯 까맣던 태블릿 피시가 밝게 변했다. 분노에 차 콧김을 내뿜던 박형돈의 눈이 휘둥그레 커졌다. 액정에 뜬 것은 은행 계좌였다. 너무나 익숙한 계좌 번호와 계좌주에 쓰인 이름 석 자 박형돈. 의심의 여지 없는, 박형돈 자신의 계좌였다.

미션 거부. 즉각 처벌.

액정에 메시지가 떠오르고, 표시된 계좌의 총액이 바뀌었다. 순식간에 백만 원이 줄어들었다. 해킹. 두 글자가 박형돈의 머릿속에 내리꽂혔다.

"아니야. 이건 조작이야. 내 계좌는 무사해. 무사하고 말고."

기회 네 번 소진에 따른 연속 처벌.

백만 원. 또 백만 원. 화면 속 숫자가 또다시 바뀌었다. 박형돈은 애써 침착성을 유지하려 했다. 그러나 또다시 백만 원이 줄어든 순간, 박형돈은 태블릿 피시를 붙잡았다.

"안 돼! 내 돈. 내 돈만은 건드리지 마! 차라리 때려! 대체 내게 왜 이러는데!"

학력과 돈. 그 둘 중 변변치 않은 학력을 덮어 주는 건 오직 돈뿐이다. 그 돈이 사라진다면…… 상상도 하고 싶지 않았다. 박형돈은 절규하며 태블릿 피시를 붙잡고 주저앉았다.

*

앞에 놓인 찻잔에서 은은한 꽃향기가 피어올랐다.

"클로버 꽃을 말려서 우려낸 거예요. 예쁘죠?"

맞은편에 앉은 소녀가 손에 든 유리병을 흔들어 보였다. 유리병 안에는 말린 꽃이 절반쯤 차 있었다. 김꽃님은 꽃보다도 소녀의 미소 띤 얼굴이, 이 공간이 곱다고 생각했다.

향기는 온실에서 흘러나오고 있었다. 설마 건물 안에, 그것도 복도 중간에 이렇게 넓은 실내 온실이 있을 줄은 몰랐다. 김꽃님은 차를 마시며 주변을 둘러보았다. 한쪽에는 버들잎처럼 좁고 가느다란 잎을 가진 붉은색 꽃이 흐드러지게 피어 있었고, 다른 쪽에는 별을 닮은 보라색 꽃이 잔뜩 피어 있었다. 줄기가 희고 가느다란 나무며 둥글고 기다란 선인장을 비롯해 처음 보는 식물들이 가득했다.

그중에서도 가장 눈길이 가는 건 천장에 매달린 테라리움이었다. 사람 한 명쯤은 너끈히 들어갈 크기의 다이아몬드 모양 테라리움 안에는 보라색 꽃이 한가득 피어 있었다. 작은 종 모양의 꽃이 겹쳐 피어난 모습은 레이스를 드리운 베일 같았다. 김꽃님은 테라리움 바닥의 스테인드글라스 무늬를 멍하니 바라보았다.

"염소가 저기에도 있네요."

스테인드글라스 무늬는 복도의 유리문을 지키던 염소의 해골 장식과 똑같았다.

"염소인 걸 한 번에 아시네요? 오빠는 저거 처음에 보고는 양인 줄 알던데."

더 이상 염소 해골이 무섭게 느껴지지 않는 건 눈앞의 소녀 덕분이었다. 소녀는 놀라서 주저앉은 김꽃님을 일으켜 세워 온실로 안내하고, 차를 내주었다. 볼살이 채 빠지지 않은 동그란 얼굴과 붙임성 좋은 말투는 그 자체로 긴장 완화제였다. 소녀가 말하는 '오빠'는 아마도 '천사님'이리라. 김꽃님은 지레짐작했다.

"아까는 미안해요. 귀신이라도 본 것처럼 놀라서. 이렇게 귀여운 학생인 줄도 모르고."

"아니에요. 그 염소 장식 본 후면 누구든 긴장할걸요."

옛날이야기 중에 〈베 짜는 학〉이란 것이 있다. 한 남자가 활에 맞은 학을 발견해 정성껏 치료해 주고, 학은 은혜를 갚기 위해 여자로 변해 남자를 찾아간다. 학은 남자에게 베를 짜 줄 테니 그것을 팔아 돈을 벌라고, 대신에 절대 자신이 베 짜는 모습을 보지 말라고 신신당부를 한다. 학이 짠 베는 비싼 값에 팔리고, 남자는 곧 부자가 된다. 행복한 시간을 보내던 어느 날, 남자는 궁금해진다. 왜 베 짜는 모습을 보지 말라고 한 걸까. 결국 궁금함을 이기지 못한 남자는 베 짜는 방의 문을 열고야 만다. 남자가 본 것은 여자가 아닌, 자신의 깃털을 뽑아 베를 짜는 학의 모습이었다. 학은 큰 소리로 울고는 남자를 남긴 채 날아가 버린다.

이야기를 들을 때마다, 어린 김꽃님은 궁금했다. 학이 떠난 후 남자는 어떻게 되었을까. 그러나 엄마에게 묻지는 않았다. 주변의 많은 여자아이들이 그렇듯 어린 김꽃님은 그때 이미 원하는 바를 억누르는 데 익숙했다.

물어보면 청년도 학처럼 훨훨 날아가는 건 아닐까. 청년과, 청년 덕분에 누리고 있는 날들이 한 번도 본 적 없던 베처럼 아름다워서 현실이 아닌 것만 같았다. 그래서 무엇도 물어볼 수가 없었다. 그러나 입 안을 맴도는 차의 향기가, 김꽃님을 들썩거리게 만들었다.

어릴 적 김꽃님은 한참 밭일을 돕다가도 토끼풀 무리를 발견하면 친구들과 뛰어가 네 잎 토끼풀을 찾겠노라 야단법석을 떨었다. 네 잎짜리 토끼풀을 발견하면 그해 농사가 잘된다는 미신이 있어서, 다른 곳에 한눈을 팔 때는 시간 낭비를 한다고 꾸짖던 아버지도 너그럽게 봐주었다. 어린 김꽃님이 참지 않고, 어린아이로 지낼 수 있던 찰나를 감싸던 토끼풀의 향기. 소녀에게는 물어봐도 되지 않을까. 애써 억눌러 온 호기심이 살며시 고개를 들었다.

"왜 염소인가요?"

청년이 준 명함에도 흰 꽃관을 쓰고 춤을 추는 염소가 그려져 있었다. 그 명함을 볼 때마다 복수와 염소가 대체 무슨 상관인지가 궁금했다.

"희생양이란 말, 많이 들어 보셨죠?"

"그럼요. 잘못 뒤집어쓴 사람 가리키는 거잖아요."

"그게 영어로는 스케이프고트, 즉 속죄의 염소예요. 동양에서 우리가 지금 양이라고 부르는, 털을 깎아서 섬유를 짜기 위해 기르는 면양은 흔한 종이 아니었죠. 면양은 생김새가 염소와 확연히 달라요. 면양은 몽실몽실하고 염소는 날카롭죠. 산양은 생긴 게 염소와 잘 구분이 안 되거든요. 그래서 조선 시대 때는 염소를 새끼 양이란 뜻의 고(羔)라는 한자를 붙여 고양이라고 부르기도 했고, 외국에서는 산양을 goat라고 부르기도 했어요. 영어로 희생양은 sacrificial lamb인데, 그보다 오래된 표현이 scapegoat예요. 이렇듯 염소와 양의 분류 문제, 거기에 번역 단계에서 용어가 섞이면서 우리나라에서는 스케이프고트가 희생양으로 번역되었죠. 이른바 언어의 혼재가 일어난 거예요."

한참 말하던 소녀가 아차 싶은 표정으로 살짝 혀를 내밀어 보였다.

"저 너무 수다스럽죠? 오빠한테 만날 잔소리 들어요. 넌 너무 말이 많다고."

"아니에요!"

김꽃님은 두 손을 내저었다.

"재미있어요. 나, 똑똑한 사람들이 해 주는 이야기 듣는 거 좋아해요. 텔레비전에서 선생님들이 나와서 강연하는 프로그램 있잖아요. 그런 것도 엄청 좋아해서 남편 몰래 보곤 해요."

"왜 몰래 봐요?"

"여편네가 괜히 아는 것 많아지면 집에 망조가 든대요. 소설책 같은 것도 읽으면 화를 내서 손도 못 댔어요. 마음 같아서는 노인 대학 같은 데도 다녀 보고 싶지만 그림의 떡이죠."

"……그렇군요. 스케이프고트는 심리학에서는 사회 문화의 심리적 희생자를 의미해요. 이 단어가 처음 등장한 건 1530년경, 윌리엄 틴들 번역 성서에서죠. 고대 이스라엘 사람들은 속죄의 날에 염소를 제물로 사용했어요. 염소의 머리에 두 손을 얹고 죄를 고백해요. 그러곤 그 염소를 광야에 풀어 놓았죠. 그렇게 하면 죄가 염소와 함께 불모지로 사라진다고 믿었대요."

"가엾어라. 쫓겨난 염소는 물이나 제대로 마셨을까요."

"모두가 염소를 욕하고 구박하는 것으로 자기들은 잘못 없는 척을 하는 거죠. 혹은 눈앞에 존재하는 진짜 범인을 못 본 척하거나. 혹시 관동 대지진 사건, 아세요?"

1923년에 일본 도쿄와 요코하마 일대 기간 관동 지역에 대지진이 발생했다. 당시 일본의 경찰은 조선인이 우물에 독약을 탔다는 유언비어를 퍼뜨렸다. 지진과 행정 무능력으로 발생할 사람들의 분노를 골칫거리던 제일 조선인과 중국인, 일본인 사회주의자의 탓으로 돌린 것이었다. 이로 인해 죄 없는 6000여 명이 살해당했다.

"알아요. 그거. 엄마가 저 어릴 때 이야기해 줬죠. 그렇군요. 그 경우에는 살해당한 사람들이 희생양이 된 거군요. 아, 염소랬지. 스케이프, 스케이프고트…… 맞아요?"

"맞아요. 그런 속죄의 염소가, 가정 안에도 있어요."

"집 안에?"

"가족 구성원 중 한 명에게 특정한 역할을 부여하는 거예요. 그리고 그 사람이 역할에서 벗어나면 비난하죠. 그렇게 해서 속죄의 염소가 된 한 명을 제외한 다른 가족끼리는 결속을 다져요. 예를 들면 자녀 중 한 명을 '문제아'로 낙인찍어요. 쟤는 너무 시끄러워. 툭하면 편식을 해서 엄마를 힘들게 해. 이런 식의 말을 계속하는 거죠. 활발하고, 입맛이 조금 까다로울 뿐인 아이는 그렇게 문제아가 돼요. 부모가 계속해서 그렇게 말을 하면 주변도 그 아이에게 문제가 있다고 받아들이죠. 속죄 염소가 된 본인마저 말이죠."

김꽃님은 식탁에 가족이 함께 앉아 밥을 먹을 때마다 날아오던 남편의 타박을 떠올렸다. "밥도 참 복 없게 먹는다. 하여간 우리 집 복은 네 엄마가 다 나가게 한다니깐." 아들은 대학에 떨어졌을 때 김꽃님에게 책가방을 던졌다. "왜 발표 날에 미역국을 끓여? 엄마 때문에 망했어!" 딸은 결혼식 날 김꽃님을 끌어안고 귓가에 속삭였다. "엄마. 절대 이혼하지 마. 난 아빠 떠맡을 생각 없어. 이혼해 봤자 엄마가 할 수 있는 것도 없잖아."

이혼. 그건 무서운 단어였다. 남편은 김꽃님에게 "이혼해 버릴까"라는 말을 자주 했다. 이혼을 하면 김꽃님은 맨몸으로 집에서 쫓겨날 거라고 했다. "이 재산은 다 내가 돈 벌어 쌓은 것이니, 너는 이불 한 채도 가지고 나갈 수 없어"라고 으름장을 놨다. 젊었을 적 김꽃님은 남편이 그럴 때마다, 속으로 '내가 아르바이트해서 아이들 책값, 옷값 다 버는데. 생활비 절반은 내 돈인데 왜 내 것이 하나도 없단 말이야'라고 궁얼거렸다. 그러나 김꽃님이 번 돈으로 책을 사 읽은 아이들도 "엄마가 하는 게 뭐가 있어?"라고 묻자 혼란스러워졌다. 무릎이 욱신거릴 정도로 일하고 또 일하는데, 가족들은 김꽃님이 하는 일이 없다고 했다. 그렇게 30여 년이 흐르자 김꽃님도, 자기가 하는 일은 일이 아닌 것으로 여기게 되었다.

'염소였구나. 내가 염소였어.'

몸 전체가 번갯불로 들썩였다. 알았다 해서 어쩌란 것인가. 어쩔 수 없지 않은가. 이틀이 지나면 다시 원래의 삶이다. 이틀이 지나면⋯⋯

'⋯⋯돌아가고 싶지 않아. 돌아갈 수 없을 것만 같아.'

찻잔을 움켜쥔 김꽃님의 손이 딜딜 떨렸다. 김꽃님은 찻잔 안에 남은 차를 단번에 마셨다.

"그래서 염소예요. 목이 졸린 채 쫓겨난 염소를 돕는 또 다른 염소. 그게 우리죠."

"⋯⋯복수를 해 준다고 쓰여 있었어요."

물어 봐야지, 결심했던 질문이 불쑥 목 안에서 치솟아 밖으로 떨어졌다.

"염소를 내몬 사람들에게 반성의 기회를 주는 거예요. 우리가 할 수 있는 건 그 정도니깐. 저는요. 진짜 복수를 할 수 있는 건 쫓겨난 염소뿐이라고 믿어요."

소녀가 건너편에서 김꽃님을 향해 몸을 뺐었다. 소녀가 목에 걸고 있는 목걸이가 허공에 길게 드리워졌다. 목걸이에 걸린 펜던트도 염소다. 500원짜리 동전만 한 펜던트에 돋아난 염소의 뿔 한가운데 작은 보석이 박혀 있었다.

"어떨까요. 무엇이 복수가 될까요."

탁자에 드리운 소녀의 그림자가 속삭였다. 김꽃님은 그제야 소녀의 홍채가 파랗다는 것을 알았다. 초승달이 뜬 밤과 같은 푸른색이다. 그곳에 가라앉은 검은 눈동자에 홀리기라도 한 듯, 김꽃님은 애써 생각을 더듬었다.

"그 사람에게 복수가 될 만한 건…… 글쎄요. 평생 아무도 세끼 밥을 차려 주지 않는 거려나. 그 사람에게 중요한 건 돈과 밥뿐이거든요."

"둘 다 빼앗아 올 수 있어요."

소녀는 맑게 웃었다. 순간 김꽃님은 소녀의 그림자에서 끝이 날카롭고, 둥글게 휜 뿔을 본 것만 같았다.

*

배가 고프다.

박형돈은 초점이 풀린 눈으로 천장을 봤다. 소리를 지르느라 바짝 마른 입술을 혀로 핥자 까칠하게 일어난 각질이 느껴졌다. 어디인지도 모를 집에 갇힌 지 일주일째다. 폭력을 고백하라는 미션 이후에도 집안일 미션은 계속되었다. 박형돈은 계속 실패했고, 계좌의 돈은 쭉쭉 줄어들었다.

그러나 박형돈의 의지를 꺾어 버린 건 '불합격' 세 글자가 아니었다. 어제저녁, 박형돈은 드디어 처음으로 '합격' 판정을 받았다. 시금치 무침은 맛은 형편없었지만, 겉보기에는 완벽했다. 박형돈은 두근거리며 이어질 보상을 기다렸다. 계좌에 돈이 줄어드는 것이 벌이라면, 보상은 분명 돈이 돌아오는 것일 터였다. 예상대로 계좌의 숫자가 움직였다.

"4000원? 이봐. 장난해? 고작 4000원이라니! 이렇게 고생해서 만들었는데, 왜 4000원이야!"

4000원은 박형돈이 한 끼 식사를 만드는 데 이거면 충분하다고 김꽃님에게 책정해 준 생활비였다. 그러나 박형돈은 그 사실을 알아차리지 못하고 그저 울부짖었다. 그리고 무기력해졌다. 어차피 해도 안 된다. 4000원씩 벌어서 언제 계좌를 회복한단 말인가. 다음번에도 '합격' 판정을 받으란 법도 없지 않은가. 박형돈은 울다가 탈진해 잠들었다.

맛있는 밥. 밥이 먹고 싶다.

아침에 눈을 뜨자마자 든 생각은 오직 하나였다. 드러누운 채 고개만 태블릿 피시 쪽으로 돌린 박형돈의 두 눈이 휘둥그레 커졌다. 태블릿 옆에 커피 캔이 놓여 있었다. 박형돈은 일주일 만에 본 음료수에 달려들어, 단숨에 들이켰다. 목울대가 몇 번 움직이고, 박형돈의 손에서 떨어진 음료수 캔이 거실 바닥을 굴렀다.

*

마지막 날이다. 김꽃님은 아침 일찍 일어나 짐을 챙겼다. 짐이라곤 해도 이곳에 올 때 메고 있던 손가방이 전부다. 청년이 사 준 옷은 고이 개켜 옷방에 두고, 입고 왔던 옷으로 갈아입었다.

'이건 어떻게 하나.'

김꽃님은 탁자 위에 놓인 명함을 만지작거렸다. 지난 이틀간 찾아왔던 변호사가 주고 간 것이다. "서은진입니다"라고 자기소개를 한 변호사는 많은 것들을 알려 주었다. 이혼을 해도 김꽃님이 맨몸으로 쫓겨날 일은 없다는 것, 전업주부도 재산 분할을 받을 수 있다는 것, 김꽃님의 경우 남편이 본격적으로 재산을 축적한 것이 결혼 후이기에 더욱 그렇다는 것, 계속된 남편의 폭언이 있었기에 협의 이혼이 아닌 소송으로 가도 김꽃님에게 유리하다는 것 등이었다. "원하시면 소송을 맡아 드리지요. 비용은 걱정 마십시오. 계약서에 쓰여 있던 애프터케어에 포함됩니다." 서은진의 말 한마디 한마디에 번개가 내리꽂혔다. 번개 사이로 달려 나가면 완전히 다른 세상으로 갈 수 있을 것이다. 그것을 알면서도 김꽃님은 쉬이 나아갈 수 없었다. 딸아이 시댁에서 이혼한 부모 두었다고 구박하지는 않을까. 혹시 아들이 결혼을 할 때 흠이 되지는 않을까. 발목을 잡아끈 것은 역시나 자식이었다.

'아이들이 무슨 잘못이 있어. 아버지가 무섭고, 보고 배운 게 그래서 표현을 못 할 뿐이지. 마음이야 그러겠어.'

김꽃님은 명함을 고이 주머니에 넣었다. 엘리베이터 문이 열리고 청년이 방 안으로 들어왔다. 가실까요라는 청년의 말에 김꽃님은 자리에서 일어났다. 엘리베이터 안에서, 청년이 또 다른 명함을 꺼내 보였다.

"염소가…… 다섯 마리네요."

혼자서 춤추고 있던 염소가 다섯 마리로 늘어나 있었다. 김꽃님은 그 그림에서 눈을 뗄 수 없었다. 혼자 춤을 추는 카드 속 염소는 외로워 보였는데, 함께 춤을 추는 다섯 마리의 염소는 무척이나 즐거워 보였다.

"복수가 완성되면 이걸 드려요. 어머니. 어떠세요. 제가 이걸 어머니께 드려도 될까요?"

김꽃님은 쓸쓸하게 웃으며 고개를 가로저었다. 엘리베이터에서 내려 호텔을 나오자, 리무진이 기다렸다. 김꽃님은 리무진에 올라탔다. 차 문이 닫히고, 김꽃님은 내려간 창문 너머로 손을 내밀어 흔들었다. 청년이 몸을 숙여, 차 안을 들여다보았다.

"어머니. 제 이름을 한 번도 묻지 않으시네요. 마지막까지도."

김꽃님은 창문 너머 청년과 눈을 맞추었다.

"〈베 짜는 학〉 이야기 알아요? 어릴 적에, 학이 날아가 버린 후에 남자는 어찌 되었을까가 궁금했어요. 남자는 학이 없던 날들로 돌아갈 수 있었을까요. 어쩌면 남자는 학을 찾아 온 산을 뒤졌을지도 몰라요. 그러기만 했으면 다행이게. 멀쩡한 학을 상처 입힌 뒤에 구해 주는 척했을지도 몰라요. 사람은 그런 존재예요. 베풀어 준 은혜는 너무 쉽게 잊고, 선물받은 행복을 당연하게 여겨요. 나도 그런 인간이 아니라고 누가 장담할 수 있겠어요. 내가 청년의 이름을 알게 되면, 현실로 돌아간 뒤에 자꾸 그 이름을 찾게 될지도 모르지요. 나쁜 마음을 품을 수도 있어요. 그러니깐 묻지 않을래요."

"그렇게 될까 걱정하는 사람은 결코 그렇게 되지 않아요."

차의 창문이 닫히고 리무진이 매끄럽게 도로로 진입했다. 김꽃님은 리무진에 앉아 휴대폰 전원을 켰다. 부재중 통화 열두 통. 메시지 다섯 통. 딸과 아들에게서 온 메시지는 세 개였다.

엄마. 어디 병원이야? 많이 다친 거 아니면 그냥 퇴원해. 아빠 밥 차려줘야 할 거 아냐.

엄마. 그거 보험사기 아냐? 무슨 골절로 입원을 해?

아빠가 자꾸 귀찮게 굴잖아. 적당히 퇴원해.

김꽃님은 휴대폰 액정을 손바닥으로 살며시 덮었다. 발목을 잡아끌던 믿음에 균열이 생겼다. 금방이라도 발아래가 무너질 듯 선명한 균열이었다.

리무진은 곧 아파트 정문에 멈췄다. 김꽃님은 꾸벅 인사를 하고 리무진에서 내렸다. 집으로 향하는 발걸음이 걸음걸음, 한 발자국이 천근만근 무거웠다.

'한마디도 괜찮냐고 물어보진 않는구나.'

느려진 걸음과 달리, 엘리베이터는 너무나 빠르게 층에 도착했다. 엘리베이터에서 내린 김꽃님은 멍, 낯익은 울음소리를 들었다. 집 현관문 앞 복도에 소녀가 앉아 있었다. 소녀의 손에 들린 이동장 안에서 별이가 얼굴을 내밀었다. 김꽃님을 보고 흥분을 주체하지 못한 별이 때문에, 이동장이 들썩거렸다.

"다리 다친 거 치료가 끝났다고 해서 데리고 왔어요."

소녀는 이동장에서 별이를 꺼내 안았다. 별이는 다리를 버둥거리며 김꽃님 쪽으로 가려고만 했다. 김꽃님은 소녀의 손에서 별이를 받아 안았다. 엉덩이를 받친 손에, 별이가 정신없이 흔드는 꼬리의 움직임이 느껴졌다.

"반겨 주는 건 너뿐이구나."

김꽃님은 혼잣말을 중얼거렸다.

"온실 말이에요. 제가 만든 그곳. 예뻤나요?"

소녀가 불쑥 물었다.

"예뻤어요."

"거기 있는 식물들은 원래라면 한자리에 모일 일 없는 종류들이에요. 누군가는 인공적인 조명 아래, 서로 다른 환경에서 자란 것들을 모아 놓는 게 무슨 의미가 있냐고 말할지도 모르죠. 하지만 저는요. 가끔 그 온실에 있으면 제가 그들과 함께 있음을 실감해요. 함께 있다는 건 그런 게 아닐까요."

소녀는 김꽃님의 주머니 안으로 손을 뻗어, 그 안에 무언가를 넣었다.

"함께 있어서 소중한 존재만을 지키세요."

소녀는 그렇게 말하곤 등을 돌려, 빠르게 계단을 뛰어내려갔다. 김꽃님은 별이를 안은 채 뛰어 내려가는 소녀의 뒷모습을 바라보았다. 소녀가 완전히 사라지고, 김꽃님은 주머니에 손을 넣었다. 말린 토끼풀 꽃이 든 작은 유리병이었다.

'함께 있어서 소중한 존재……'

그런 것이라면 별이뿐이다.

김꽃님은 현관문을 열고 집 안으로 들어갔다. 환기되지 않아 퀴퀴한 공기가 코 안으로 훅 밀려 들어왔다. 거실 한가운데, 남편 박형돈이 팔다리를 쫙 펼친 채 널브러져 누워 있었다. 김꽃님은 남편의 발치에 서서 입술을 달싹거렸다. 여보라는 두 마디 말이 간신히 입술 사이를 비집고 나왔다. 남편이 번쩍 눈을 떴다.

"뭐야. 여기가 어디야. 집? 우리 집? 아이고 끝났다. 끝났구나."

남편은 두 손을 마주 잡고는 "하느님. 감사합니다"라고 연거푸 외쳤다. 몸을 일으켜 앉은 남편과 김꽃님의 시선이 마주쳤다. 기쁨으로 가득 차 있던 남편의 표정이 와락 일그러졌다.

"넌 어디 있다 이제 기어들어 와? 빨리 밥이나 차려!"

남편이 고함을 치자, 김꽃님의 품에 안겨 있던 별이가 몸을 꿈틀거리며 으르렁 목울대를 울렸다. 별이는 거실 바닥으로 뛰어내려 남편과 김꽃님의 사이를 가로막듯 섰다.

"뭐야. 이 똥개 갖다 버렸는데 왜 또 여기 있어?"

남편은 짜증을 내며 별이를 걷어찼다. 별이의 작은 몸이 휴지 조각처럼 힘없이 내던져졌다. 바닥에 쓰러진 별이를 본 김꽃님은 망설이던 한 발을 내디뎠다. 번개가 내리꽂히는 땅을 박차고 뛰었다.

"이혼해요."

"뭐?"

"이혼하자고! 더는 당신하고 못 살아!"

김꽃님의 목소리는 그대로 번개가 되어 주변을 뒤흔들었다. 남편의 얼굴이 일그러지든 말든, 김꽃님은 별이를 안고 뒤돌아섰다. "야, 너 거기 안 서? 저 여편네가 미쳤나!" 뒤에서 쏟아지는 폭언이 오히려 김꽃님의 등을 떠밀었다. 김꽃님은 한 번도 뒤돌아보지 않고 집을 나왔다. 들어갈 때는 무겁기만 하던 발걸음이 더없이 가벼웠다. 김꽃님은 주머니에 넣어 두었던 명함을 꺼내 신중하게 번호를 눌렀다. 곧 신호음이 갔다.

"여보세요. 저…… 저는 호텔에서 만났던 김꽃님입니다. 혹시, 변호사님이 말씀하셨던 그거요. 이혼할 수 있게 도와주신다고 했잖아요. 아직도 유효한가요?"

휴대폰 너머에서 들려온 대답에, 김꽃님은 환하게 웃었다.

젊었다면. 좀 더 잘 참았다면.

"참긴 뭘 참아. 젊었으면 참지 않았지."

김꽃님은 전화를 끊고 아파트 정문을 나섰다. 아파트 정문 맞은편, 2차선 도로변 카페의 창가 자리에 앉은 세 사람이 김꽃님의 웃음을 봤다. 화답이라도 하듯, 그들도 웃었다.

*

"의뢰 완료. 이번 일은 내 역할이 컸어. 인정?"

청년, 김해찬이 환하게 웃으며 고개를 돌리자 카페 안 사람들 몇몇이 창가 자리를 힐끔거렸다. 김해찬을 보며 얼굴을 붉히던 사람들의 시선은, 곧 옆의 여자에게로 옮겨 갔다. 꼬불꼬불한 파마머리와 단아한 얼굴의 언밸런스는 사람들의 눈길을 끌기에 충분했다.

"납치에. 해킹에. 연기자 섭외에 실시간 모니터 감시. 일은 내가 다 했다. 김해찬 넌 좀 날로 먹으려는 경향이 있어."

파마머리 여자, 진선미의 타박에 김해찬은 코웃음을 쳤다.

"귀신같은 눈썰미로 의뢰받아 낸 게 나거든? 그나저나 하이하. 저 할머니 속마음 좀처럼 털어놓지 않던데 어떻게 설득한 거야?"

김해찬의 왼쪽 옆에 앉은 푸른 눈의 소녀, 하이하는 어깨를 으쓱해 보였다.

"내가 한 거라고는 차를 내어 드린 것뿐이에요. 저분의 고향 친구들을 좀 만나 봤는데, 약속이나 한 듯 토끼풀, 그러니깐 클로버 이야기를 하더라고요. 보랏빛이 섞인 붉은 꽃이 그렇게 예뻤다고. 어쩌다 한 번 네 잎 클로버 찾는 사람들은 클로버에 꽃이 핀다는 것도 몰라요. 그러니 그분들은 한두 번 클로버 더미를 뒤진 게 아니었단 뜻이죠. 김꽃님 씨에게 그건, 행운이나 행복을 찾는 시간이 아니라 유일하게 쉴 수 있던 시간인 거예요."

하이하는 자기 앞에 놓인 아이스 아메리카노를 쭈욱 빨고는 인상을 썼다. 그 표정을 본 김해찬은, 자기 앞에 놓인 딸기 스무디를 하이하 쪽으로 밀었다.

"긴장의 끈이 팽팽하게 이어지다가 잠깐 느슨해지는 때가 있잖아요. 그럼 사람의 뇌는 그 일순간을 절대적인 편안함으로 기억해요. 그때 맡았던 냄새를 재현하는 것만으로도 편안함을 느끼기도 해요. 이른바 안락의 스위치죠. 김꽃님 씨에게는 클로버가 그 스위치였던 거예요."

"김꽃님 씨 친구들은 어떻게 찾았어?"

"간단하죠. 오빠가 김꽃님 씨를 만난 지하철 호수와 시간을 바탕으로 반경 내에 있는 장례식장을 찾은 뒤에, 김꽃님 씨와 비슷한 연령대 여성의 빈소를 방문했던 조문객을 살

퍼봤죠."

"말이 간단하지. 뛰어다닌 건 나야. 하이하, 네 시나리오에 불만이 있는 건 아니지만 좀 더 단순한 방법도 있잖아. 눈에는 눈, 이에는 이. 박형돈을 배에 태우든가 하우스에 밀어 넣든가 해서 한 1년간 밥만 하게 만들면 간단하잖아."

"어휴. 진선미 넌 왜 그리 난폭하냐. 폭력 반대. 엥? 이거 별로 안 쓴데?"

김해찬은 하이하가 마시던 아이스 아메리카노를 마시고는 의아한 듯 고개를 갸웃거렸다. 그러다 퍼뜩 생각났다는 듯 물었다.

"그럼 강아지는? 강아지가 그런 행동을 할 것도 예측했던 거야?"

"설마요. 애견 트레이너에게 케어를 부탁한 건 맞아요. 하지만 특정 행동을 익히게 한 건 아니에요. 불안 증상을 치료해 달라고만 했죠."

"하지만 할머니 말로는 강아지가 자기와 남편 사이를 막아섰다던데."

하이하는 스무디를 마시고는 달다고 만족스럽게 웃었다.

"그야, 그런 말이겠죠."

"그런 말?"

"사랑이죠. 사랑."

하이하의 말에 진선미는 실소를 지었다. 김해찬도 웃으

려 했다. 그러나 어릴 적 자신이 하곤 했던 상상, 정말 있던 일처럼 느껴질 만큼 자주 그려 보던 장면이 떠올라 그럴 수가 없었다. 엄마가 자신의 손을 잡고 집에서 도망치는 장면 위로, 개를 안고 뛰쳐나온 김꽃님의 모습이 겹쳐졌다.

'강아지를 부러워하는 건 내 캐릭터가 아닌데.'

그다지 쓰지 않던 커피가 이상하리만치 쓰게 느껴졌다. 빨대 끝을 비틀던 김해찬은 문득 뒤통수에 닿는 시선을 느꼈다. 덤덤하게 뒤돌아봤다. 이럴 때 괜히 예민하게 반응했다가는 일만 더 커질 뿐이다. 하지만 카페 안쪽 벽에 기대어 서서 창가를 노려보는 여자와 눈이 마주친 순간, 김해찬은 자기도 모르게 미간을 찌푸렸다. 여자의 시선이 담고 있는 건 단순한 호기심이 아니었다. 적의였다. 훑는 것이 아닌, 내리꽂히는 시선이었다.

그 시선이 향하고 있는 곳. 그건 김해찬이 아니었다. 김해찬은 다시 고개를 돌려, 팔꿈치로 옆자리의 하이하를 툭 쳤다.

"야. 너 혹시 누구한테 돈 꾸고 안 갚았냐?"

"갑자기 무슨 소리예요?"

"……아니. 그게."

김해찬은 다시 뒤돌아봤다. 여자의 입술이 달싹 움직였다. 검은 선글라스를 낀 여자의 얼굴에 입만 남아 움직이는 듯 커다랗고 분명한 움직임이 이어졌다. 그러는 내내, 여자는 끈을 당기듯 손목을 까닥거리고 있었다.

"……세 번째 봄."

김해찬은 여자의 입 모양을 따라 중얼거렸다.

2.

Dancing With Me

반짝거리는 무대 커튼과 어둠과 어우러진 조명. 토요일 저녁 공연을 한차례 마치고, 토요일에서 일요일로 넘어가는 새벽 공연을 준비하기 전의 짧은 휴식 시간이다. 출연자들 몇몇은 모여 앉아 알코올이 이끌어 낸 수다를 안주처럼 주워 먹었고, 몇몇은 화장을 고치기에 여념이 없었다. 김해찬은 좁은 휴게실의 화장대에 앉아 화장 솜에 클렌징크림을 묻혀 얼굴을 닦았다. 거울 안으로 벽에 걸린 커다란 네온 장식이 비쳤다. 공연 때마다 쓰는, 형광색으로 빛나는 '레드랄라'의 이니셜 장식이다.

'레드랄라'는 드랙 아티스트들이 주 멤버인 보깅 댄스 팀이다. 주 활동지는 이태원에 위치한 동명의 펍 '레드랄라.' 펍의 주인이자 댄스 팀의 수장인 반이 1세대 보깅 아티스트로 유명세를 떨친 덕에 드랙 아티스트의 성지로 일컬어지는 곳이다. 김해찬은 이곳에서 '씨투'라는 예명으로 매주 주말마다 무대에 선다.

"씨투. 너 벌써 가? 새벽 무대 안 서고? 퀵 서비스 알바?"

김해찬이 메이크업을 지우는 것을 본 멤버가 의아한 듯 물었다.

"키다리 아저씨에게 편지 보내야 하는 날이거든."

김해찬은 붙였던 아랫눈썹을 쭉 떼어 냈다.

"키다리 아저씨? 뭐야. 너 혹시 다른 팀 간 봐? 그러기만 해 봐."

"내가 다른 팀을 왜 가. 우리 가족을 두고."

"가족이래. 애는 낯간지러운 말을 잘도 한다니깐."

김해찬은 몸서리치는 멤버들을 보며 깔깔 소리 내어 웃었다.

"딱 기다려. 내가 돈 왕창 벌어서 우리 팀 미국 투어 시켜 줄 테니깐."

요란한 웃음소리가 휴게실 안을 채웠다. 웃지 않는 건 반뿐이었다. 반은 김해찬을 빤히 바라보며 물었다.

"그 키다리 아저씨란 사람, 진짜 이상한 놈 아니지?"

"아니라니깐."

"수상하잖아. 대체 무슨 일을 하기에 그 비싼 호텔에서 지내게 하냔 말이야. 거듭 말하지만 아무리 돈이 좋아도 스폰서 그딴 거 받으면 안 된다.”

“그런 거 아냐! 진짜! 드라마 너무 봤다. 거기 열일곱 살
짜리 어린애도 같이 살아.”

“그게 뭐니. 가출 팸 고급 버전이야?”

“아이. 그런 가족 놀이 안 해. 나 완전 드라이하거든?”

김해찬의 단호한 말투에도, 반은 못 미덥다는 눈빛을 거
두지 않았다.

“드라이? 네가? 팀 멤버 엄마 수술비까지 대 준 네가?”

“그건 그거고 이건 이거지.”

“그럼 왜 그렇게 열심인데 그 일? 낮에 퀵 배달 하는 것도
줄였잖아.”

“말했잖아. 키다리 아저씨라니깐. 돈을 진짜 많이 줘. 내
모든 불안을 없애 줄 만큼.”

김해찬은 거울에 얼굴을 한번 비추어 보고 화장대 앞에
서 일어났다. 의자에 놓아둔 파일을 집어 들자, 반이 흥미를
보였다.

“그건 뭐야?”

“이거? 키다리 아저씨에게 보낼 편지. 정확히는 보고서.”

“보고? 탐정 놀이라도 해? 그건 무슨 사건인데?”

김해찬은 파일을 가방에 넣었다.

“할머니랑 강아지는 행복하게 살게 되었습니다로 끝나야
만 하는 사건.”

김해찬은 가벼운 발걸음으로 가게를 나왔다. '레드랄라' 건물 옆에 세워 둔 바이크에 올라타 시동을 걸며, 김해찬은 반의 질문을 곱씹었다.

왜? 왜냐고?

김해찬은 바이크에 올라타 주말의 이태원을 빠져나왔다. 주말의 서울은 밤에 더욱 붐비는 법이다. 신호를 받으며 선 김해찬의 앞뒤로 자동차의 불빛이 넘실거렸다.

꼭 파도 같구나. 빛의 파도.

길이 막히는 것에 짜증이 날 법도 하지만, 빛에 둘러싸인 김해찬의 표정은 온화했다. 김해찬은 무엇이든 무리 지어 몰려오는 것을 좋아했다. 개별로 떨어져 있으면 그저 빛이고, 그저 물일 뿐인 하찮은 것들이 모이면 강해진다.

그 바다의 파도도 그랬다.

*

그 사건은 〈전 국가 대표 수영 선수 아버지 살해 혐의〉란 타이틀로 세상에 알려졌다. 사람들은 자극적인 제목에 기사를 클릭했다. 실상은 제목과는 달랐다. 50대 남자가 가족 여행 중 행방불명되었다가 이틀 후 해변에서 시신으로 발견되었다. 사고 원인을 조사 중에 남자가 마지막으로 찍힌 해변 근처 카페에 있던 CCTV가 회수되었다. CCTV 확인 결과, 카페에서 남자는 둘째 아들과 함께 있었음이 밝혀졌다. 아들은 아버지가 밤바다를 보러 가자고 해서 함께 호텔을 나섰고, 해변 근처 카페에 들러서 커피를 샀고, 거기서 어머니에게 전화가 와서 혼자 호텔로 돌아왔다고 진술했다. CCTV는 카페 안에만 설치되어 있었고 그 외 목격자는 없었다. 그러나 어머니에게 걸려 온 통화 기록이 확실했고 호텔 CCTV에도 아들의 행적이 확인되었다. 아들과 헤어진 후 바닷가에서 혼자 술을 마시다가 바다에 뛰어들어 사망한 것으로 추정. 경찰은 그렇게 결론 내렸다. 남자가 취한 상태였다는 카페 직원의 증언과, 이전에 남자가 한강에서 술을 마시다가 뛰어들려고 해서 119가 출동한 기록이 반영된 결과였다. 고로 아들은 살해 용의자가 아니었고 혐의를 받은 적도 없었다. 주요 참고인이었을 뿐이다.

그럼에도 기사의 제목이 〈살해 혐의〉로 난 것은, 아들이 김해찬이었기 때문이다. 열두 살 때 대한 수영 연맹에 선수 등록이 되었고 열일곱 살 때 국가 대표로 선발된 기대주. 스무 살 때 세계 선수권 대회 자유형 200미터 부문에서 금메달을 딴 후 '훈남 수영 선수'로 주목받는 라이징 스타.

그해 김해찬은 국가 대표로 선발되지 못했다. 슬럼프에 빠진 아들과, 그 아들을 헌신적으로 서포트한 것으로 유명한 아버지. 끈끈한 부자지간을 뒤흔든 충격적인 반전. 소설이나 영화 속 사건으로는 채워지지 않는 일상 속 드라마를 원하는 사람들의 욕구를 충족시키기에 마땅한 요소를 김해찬은 모두 가지고 있었다. 거기에 그의 준수한 외모가 더해지면 한동안 조회 수를 걱정하지 않아도 된다는 계산을 마친 기자들과 렉카들은 서슴없이 김해찬의 온몸에 빨대를 꽂았다.

그들이 중점적으로 제기한 의혹은 시간이었다. 김해찬이 카페를 떠난 시각과 호텔 입구 CCTV에 찍힌 시각 사이의 텀이 미심쩍게 길다는 거였다. 성인 남성 평균 걸음 속도를 생각해도 10여 분이면 충분히 도착할 거리를, 김해찬은 20분이 지난 뒤에야 도착했다. 그 사이에 아버지를 바다에 밀어 버린 것이 아니냐 하는 추측이었다. 몇몇 유튜버들은 과학적 실험이라며 카페에서 호텔까지 걷고 뛰며 온갖 방법들을 동원해 시간을 쟀다. 그러나 이 추론은, 김해찬이 어머니와 호텔 밖 길거리에서 대화하는 것을 들었다는 증언이 나오면서 신빙성을 잃었다. 증언을 한 사람은 호텔 경비원이었고, 시력이 좋지 않아 얼굴은 보지 못했으나 목소리는 분명 두 사람의 것이 맞았다고 증언했다.

"수영 선수가 왜 아버지를 바다에서 구하지 못했냐니. 아니, 그 자리에 있어야 구하지."

사건을 담당했던 형사는 김해찬에게 호의적이었다. 김해찬의 사건 직전, 언론 플레이에 떠밀려 사건성이 없다고 확정된 사건에 석 달 넘게 동원되어야 했던 형사였다.

"하여간 그놈의 음모론이 나라 다 말아먹게 생겼어. 운동화에서도 사건 지점과 성분 비슷한 모래 한 톨도 발견되지 않았다고. 지들이 우겨서 신발 밑창 분석까지 맡겨서 나온 결과인데, 순응을 해야지. 아버지 잃고 슬픔도 클 텐데, 잘 견뎌. 어? 어깨 좀 펴고!"

형사의 손이 김해찬의 등을 세게 내리쳤다. 그는 눈치채지 못했을 것이다. 김해찬이, 그의 억센 손바닥이 닿을 때마다 몸이 움찔거리는 것을 들키지 않으려 필사적으로 참고 있다는 것을. 몸에 밴 폭력의 기억은 그 손이 아버지의 것이 아님을 알면서도 반응하게 만들었다. 다행히도 김해찬은 참는 데 익숙했다.

어릴 적부터 참고 참았다. 매일 이어지는 강도 높은 훈련을 견뎠고, 아버지의 폭력을 견뎠고, 자신에게만 쏟아지는 폭력을 모른 척하는 어머니와 형의 외면을 견뎠고, 대신 짊어진 아버지의 꿈을 견뎠다. 금메달리스트가 되려면 참을성이 중요해. 아버지의 말버릇이었다. 금메달리스트가 되는 것이 꿈이었으나 되지 못한 아버지는, 그 꿈을 둘째 아들인 김해찬에게 떠넘겼다. 아버지가 첫째인 형이 아닌 김해찬에게 기대를 건 것은, 형이 아버지처럼 알레르기성 비염을 앓았기 때문이다. 아버지가 국가 대표가 되지 못한 것은 대회 직전 일으킨 음주운전 사고 때문이었으나, 아버지는 그 사실을 머릿속에서 지우곤 모든 것을 비염 탓으로 돌렸다.

아버지가 지운 건 그뿐만이 아니었다. 집 밖의 아버지는 집 안의 아버지를 지웠다. 아들의 꿈을 서포트하는 역할을 충실히 해내던 집 밖의 아버지. 아들이 원하는 걸 했으면 좋겠다고 인터뷰하던 집 밖의 아버지. 김해찬을 끌어안고 다독거리며 기록은 중요하지 않다고 말하던 집 밖의 아버지. 어릴 적 김해찬은 가끔, 집 밖의 아버지와 집 안의 아버지가 다른 사람이 아닐까를 의심했다. 기록을 내지 못하면 넌 쓰레기일 뿐이라고 소리를 지르며 벨트를 휘두르는 집 안의 아버지가 영영 사라져 버리기를 기도했다. 메달만 따면, 내가 좀 더 잘하면 술 냄새 나는 아버지는 사라지지 않을까. 아버지의 꿈을 이루어 주면, 메달 하나만 따면 자유로워질 것이다. 그렇게 믿으며 참고 또 참았다. 그러나 변하는 것은 없었다. 참는 것은, 무엇도 변화시키지 못했다.

그래서 김해찬은 참기를 그만두었다. 김해찬은 자신을 쫓아다니는 사람들 앞에 섰다.

"어차피 진실에는 관심 없잖아요? 부디 여기 계신 분들이 제 영상으로 많이 버시기를 바랍니다. 진실을 팔아넘긴 대가가 너무 적으면 진실도 폼이 안 나니까요."

폼. 자신들을 진실을 쫓는 정의의 사도로 여기는 렉카 채널의 구독자들은 '폼'에 민감했다. 그날을 기점으로 김해찬의 사건 영상 조회 수는 급격히 줄어들었고, 렉카 채널 운영자들은 더 돈이 되는 사건으로 관심을 돌렸다. 김해찬은 선수 은퇴를 공식적으로 발표하고 부모님과 함께 살던 집을 나왔다. 원룸을 구해 반년간, 밖에 나가지 않고 안에 틀어박혔다. 틀어박힌 내내, 김해찬은 가위에 눌려 뻗어 밤을 지새웠다.

파도. 그날의 파도는.

김해찬은 그날 아버지에게 말했다. 더는 헤엄치고 싶지 않다고. 이제부터라도 내가 원하는 대로 살겠다고. 금메달 하나를 땄으니 그걸로 된 것 아니냐고. 가족 여행의 시작부터 술에 취해 있던 아버지는 혀 꼬부라진 소리로 웅얼거림으로 고함을 대신했고, 김해찬은 아버지에게 밖에 나가 이야기하자고 했다. 호텔 방문을 나서는 김해찬의 등 뒤에서 어머니가 가라앉은 목소리로 물었다. "난 전화 걸고, 녹음기만 들고 있으면 되는 거지? 그 이상은 무엇도 해 줄 수 없어." 선을 긋는 말 한마디 한마디가 김해찬의 마음 한 켠을 찔렀다.

파도. 그날의 파도는 참아 왔던 고통의 물결로 만들어졌다. 김해찬은 밤마다 밀려드는 파도에 떠내려갔다. 새까맣게 밀려오던, 모든 것을 부수어 줄 듯 우렁찬 소리와 함께 일어나던 흰 물결. 새까만 밤이었기에 더욱 선명하게 보였던 그 파도는 천사의 날개였고, 악마의 꼬리였다. 구원이자 절망이었다.

신호가 바뀌고, 차들이 느릿하게 움직였다. 김해찬의 바이크도 불빛 속으로 빨려 들어가듯 천천히 움직였다.

왜, 왜냐고?

그 만남이 밀려드는 '왜'라는 의문을 막아 줬기 때문이다.

*

키다리 아저씨를 만난 건 6개월 전이었다. 김해찬이 퀵 배달 일을 시작한 지 채 한 달이 되지 않던 때였다. 집에 틀어박혔던 동안 아르바이트도 하지 못한 탓에, 통장 잔고는 월세를 내기에도 벅찬 수준으로 줄어 있었다. 배달 일은 헬멧을 쓰고 하기에 얼굴을 드러내지 않아도 되는 게 좋았다.

김해찬은 빨리 돈을 모으고 싶었다. 뚜렷한 목표는 없었다. 그저 돈이 없는 게 불안했다. 돈이 없으면 지킬 수 없는 게 많다는 것을, 김해찬은 너무나 잘 알았다. 아버지가 폭력을 행사할 때에, 어머니는 그 옆에 앉아 김해찬이 받아 오는 상금과 메달에 딸려 오는 연금을 계산하곤 했다. 집의 경제권을 쥐고 휘두르는 아버지 앞에서 어머니는 그저 무력했다. 한번은 맞다가 어머니와 눈이 마주쳤다. 그때 어머니의 무덤덤하던 그 표정. 김해찬은 그때, 어머니가 인간의 무언가를 포기했음을 알았다.

나도 돈이 없으면, 어머니의 얼굴을 하게 될지도 모른다.

그것은 김해찬을 괴롭히는 불안 중 하나였다. 그것뿐이라면 계속 집에 틀어박혀 있었을지도 모른다. 그러나 불안은 또 다른 가지를 쳤다. 발단은 동료가 건넨 제안이었다. 수영 강사를 해 보지 않겠냐는 제안. 거절은 당연한 것이었으나, 거절의 이유를 꾸며 내야만 했다. 꾸며내지 않는다면, 그것은 단순한 거절이 아닌 진실에 대한 고백이 될 터였다. 그러나 어떠한 이유를 꾸며내도 상대가 납득하리란 보장은 없다. 왜라는 의문은 전염성이 강하다. 번져 나간 의문은 김해찬을 다시 하이에나들 사이로 밀어 넣을 수도 있었다. 그런 의문에 시달리지 않으려면 그럴싸한 변명거리가 필요했다.

'확 복권에 당첨되었다고 할까. 하지만 그럼 왜 원룸에 계속 사냐고 묻겠지.'

김해찬은 지하철 계단을 내려가 물품 보관소에서 물건을 꺼냈다. 보관소 안에 든 것은 피자 박스 크기의 상자였다. 다시 계단을 올라와 오토바이 탑박스에 실었다. 기계적으로 움직이던 김해찬의 동작에 브레이크가 걸린 건, 배달할 주소를 확인했을 때였다. 주소는 지하철 바로 옆에 위치한 호텔 로비의 카페였다. 김해찬은 오토바이에서 내려 탑박스에서 물건을 꺼내 들고 호텔로 향했다. 이전에도 몇 번인가, 이런 일이 있었다. 물건을 받으러 갔더니 다짜고짜 휴대폰을 들이미는 사람도 있었고, 갑자기 채널에 출연해 달라고 팔을 잡아끌던 사람도 있었다. 호기심을 충족시켜 달라는 대중의 요구와 금전적인 이득을 취하고자 하는 욕심이 맞물리는 순간 사람들은 더없이 무례하고 천박해졌다. 거칠게 호텔 문을 열고 안으로 들어가, 주문서에 쓰인 테이블 넘버 앞에 섰다. 테이블에는 교복을 입은 여자아이 한 명이 앉아 있었다.

"너, 이게 무슨 장난질이야?"

김해찬은 상자를 소리 나게 테이블에 놓았다.

"아. 그렇구나. 냄새가 닮았네요. 그래서 회장님이 추천한 거구나."

여자아이는 김해찬을 빤히 바라보더니 중얼거렸다. 김해찬은 더 이상 상대하고 싶지 않아 몸을 돌렸다. 호기심을 가장한 폭력을 마주하고 있을 필요는 없었다. 뒤돌아서는데, 누군가 김해찬의 앞을 막아섰다. 미간을 찌푸리며 한발 뒤로 물러선 김해찬은, 상대의 얼굴을 보고는 눈을 껌벅거렸다.

"장난이 아니라 제안을 하려는 거랍니다. 자, 일단 앉아요. 같이 볼 게 있답니다."

여자는 서은진이었다. J 그룹의 회장인 정영욱의 변호사로, J 그룹의 '후계자 살인 사건'으로 유명한 사람이다. 20여 년 전, 경영권 다툼을 놓고 일어난 재벌가의 살인 사건. 당시 범인으로 의심받은 건 회장 정택수의 딸, 정영욱이었다. 수많은 정치적 관계와 미심쩍은 증거들이 뒤엉킨 수사 결과 검찰은 정영욱을 기소했다. 구성된 검사 팀은 막강했다. 누가 봐도 어떻게든 정영욱을 올가미에 넣고 말겠다는 의지가 엿보이는 팀. 그 팀에 대항한 것이 서은진이었다. 결과는 무죄. 정영욱은 3개월 후 정식으로 총회장 자리에 올랐다. 그러나 사람들은 그 후에도 오랫동안 정영욱을 '권력에 돈이 멀어 아버지를 살해한 마녀'라 불렀다.

'후계자 살인 사건'이 떠들썩하게 보도될 때 김해찬은 채열 살도 되지 않은 어린아이였다. 그럼에도 사건의 내용과 서은진의 얼굴을 알고 있는 건, 얼마 전에 사건을 모티브로 한 영화까지 개봉했기 때문이다.

서은진은 당황한 김해찬의 어깨를 잡아 돌려 세우고는 의자에 앉혔다. 김해찬은 얼결에 서은진이 떠미는 대로, 여자아이가 앉은 테이블 맞은편 자리에 앉았다. 서은진이 테이블에 놓인 상자를 열었다. 상자 안에는 노트북이 들어 있었다. 서은진은 노트북을 켜고, 모니터 화면에 떠 있는 파일을 눌렀다. 비디오가 재생되었다. 채 1분이 되지 않게 짧고 지직거리는 흑백 화면. 김해찬은 비디오의 재생이 끝나고도 한참이나 검게 변한 모니터를 노려보았다.

"무슨 속셈입니까?"

그건 자동차의 블랙박스에 찍힌 영상이었다. 스치듯 찍힌 영상 속에서 한 여자가 혼자 서서 떠들고 있었다. 손에 무언가를 꽉 움켜쥔 채 영상에 찍힌 여자는 김해찬의 어머니였고, 찍힌 시간은 경비원이 김해찬과 어머니가 호텔 밖에서 이야기하는 것을 들었다고 증언한 그 시간대였다. 그것은 김해찬의 무혐의를, 다른 결과로 바꿀 수도 있는 증거였다.

"속셈은 무슨. 이건 우리가 김해찬 씨의 편이라는 증거지요. 경찰이 그 차를 놓친 것이, 그리고 우리 쪽이 먼저 블랙박스를 입수한 게 얼마나 다행입니까?"

"우리는 무슨……."

김해찬이 어이없다는 듯 중얼거리자 서은진은 싱긋 웃었

다. 그것뿐이었다. 왜냐고, 왜 그런 선택을 했냐고, 다른 진실
은 없냐고 묻지 않았다.

"약간 불유쾌한 방법으로 불러낸 건 미안하게 생각합니
다. 하지만 이 파일만 보내면 더 경계할 것 같아서, 얼굴을
보고 이야기를 하는 편이 좋다고 생각했어요. 자, 일단 서류
를 좀 볼까요?"

서은진이 가방에서 서류를 꺼내 테이블에 올려놓았다.
김해찬은 마지못한 척 손을 뻗어 서류를 집어 들어 펼쳤다.

"뭐야, 이게. 염소 클럽? 유치한데……? 이런 말도 안 되
는 일을 왜 하는 건데?"

서류에 쓰인 내용을 본 김해찬의 미간에 옅은 주름이 잡
혔다. 김해찬이 보기에 그건, 슈퍼 히어로를 꿈꾸는 어린아
이가 썼을 법한 얼토당토않은 기획이었다.

"마녀라 불렸던 돈 많은 회장님이 실험을 하고 싶어 해
요. 사느냐 죽느냐 그것이 문제로다!"

짝. 김해찬은 등을 바짝 폈다. 손뼉 치는 소리와 높은 음
성에 일순 온 신경이 여자아이에게 쏠렸다. 아이의 손가락
사이에서 카드 한 장이 빙글빙글 돌았다.

"……뭐, 그런 예스러운 대사를 빌려 표현하자면 죽일까
죽이지 않을까, 그것이 문제로다. 이 정도일까요. 유전론과
환경론 중에 어느 쪽이 이길까, 그런 과학적인 실험은 아니에
요. 오히려 철학적 실험에 가깝죠. 사르트르는 말했어요. 실

존은 본질에 앞선다고. 회장님은 나를 자신의 마음을 투영한 복사본으로 보고 있어요. 나는 실존하는 가상 이미지인 거죠. 회장님은 과거와 미래 사이에 나를 둠으로써, 자신의 가상 이미지가 어떠한 선택을 할지 지켜보고 싶어 해요."

"……무슨 말인지 이해가 안 되는데."

"쉽게 말하면 이거죠."

빙글빙글 돌던 카드가 멈추고, 날카로운 모서리가 김해찬을 가리켰다.

"오빠는 죽인 쪽. 즉 과거."

서류를 넘기던 김해찬의 손이 멈췄다. 카드는 김해찬의 옆, 빈자리로 향했다.

"그리고 또 한 명. 클럽에 들어올 사람은 죽일지도 모르는 쪽. 즉 미래."

"클럽?"

"회장님이 그러더라고요. 조건만 충족하면 실험 방식은 내가 정해도 된다고. 그래서 돈지랄을 좀 해 볼까 해요. 혹시 희생 염소에 대해서 아세요?"

"몰라. 난 이런 바보 같은 일에 함께할 생각 없어."

"그러지 말고, 끝까지 한번 살펴보세요."

김해찬은 서류를 획획 넘겼다. 마음 같아서는 자리를 박차고 나가고 싶었지만 블랙박스 영상이 신경 쓰였다. 저걸 경찰에 넘기지 않겠다는 약속을 받아 내야 했다. 하지만 서류의 마지막 장을 본 순간, 김해찬은 번쩍 고개를 들었다.

"여기 적힌 거, 진짜야? 인센티브랑 특약 조항도?"

"진짜예요. 말했잖아요. 돈지랄 할 거라고."

슈퍼 히어로를 꿈꾸는 어린아이의 연극이 아니라 미치광이의 실험에 어울리래도 '기꺼이'를 외치게 할 액수의 계약금이었다. 그뿐만이 아니었다. 인센티브에 적힌 호텔 숙박도 마음에 들었다. 동료에게 받은 강사 제안을 거절하고도 의구심을 사지 않을 모든 조건이 그곳에 마련되어 있었다.

수영 강사를 할 수는 없다. 더 이상 헤엄칠 수 없다. 헤엄치려 할 때마다 너는 이것밖에 못 한다고, 다른 건 할 수 없으니 헤엄치라 소리치던 아버지의 목소리가 귓가에 되살아났다. 아버지는 죽었다. 이젠 없다. 그런데도 호통 소리는 좀처럼 귓가에서 떨어지지 않는다.

"어때요? 염소가 될래요?"

"왜 하필 나야?"

"말했잖아요. 닭은 냄새가 보인다고."

아이가 카드를 내밀었다. 카드 뒷면에는 춤을 추는 염소가 그려져 있었다. 김해찬은 카드를 받아 들었다. 내 이름은 하이하예요. 여자아이가 웃었다.

그것이 염소 클럽, 그리고 하이하와의 첫 만남이었다.

*

잠들지 못했던 밤 동안 파도는 끊임없이 물었다.

후회하니?

후회하지 않니?

그 안에서 몸을 웅크리고 누워 있을수록, 답할 상대 없는 질문이 몸 안을 채웠다. 왜? 왜 그랬나요? 왜 나였나요? 왜 그렇게밖에 할 수 없었나요? 왜 도와주지 않았나요? 왜? 왜? 왜? 수많은 물음표가 고통스럽게 내장을 뒤흔들었다.

그 물음표를 하나씩 토해 낼 수 있었던 건 염소 클럽의 활동을 하면서부터였다. 사람을 염소로 만들어 버린 폭력에는 그 어떤 이유도 없었다. 그것을 한 발 떨어져 바라본 뒤에야 알았다.

애당초 이유가 없다. 그러니 후회할 필요도 없다. 염소 클럽의 활동은 김해찬이 파도 안에서 숨 쉴 수 있게 해 주었다. 언젠가는 파도 위에서, 춤을 출 수도 있으리라. 한 번도 꿈꿔본 적 없던 미래에 대한 상상을 하게 되었다.

'그때 그 말은 뭐였을까. 닮은 냄새가 보인다는 거.'

움직임이 빨라졌다. 김해찬은 기꺼이, 파도의 일부가 되었다.

3.
이희태 수사 기록,
첫 번째

비명도 지르지 못한 죽음에서는 달콤한 냄새가 났다.

"어때?"

습관적인 질문을 던지고 나서야 이희태는 정한용의 눈가가 붉은 것을 눈치챘다. 감식반 신입인 그가 얼마 전 애아빠가 되었다는 사실이 퍼뜩 떠올랐다. 아마도 정한용은 핏자국도, 증오와 당혹스러움이 범벅이 되어 내팽개쳐진 물건도, 서늘한 침입의 흔적도 남지 않은 살인 현장은 처음일 것이다. 강력반 소속으로 20여 년간 온갖 현장을 종횡무진 누볐던 이희태도, 이 고요한 현장을 마주칠 때면 무어라 형용하기 어려운 감정에 사로잡혔다. 그것은 차갑게 들끓는 용암과도 같았다.

"약간, 힘듭니다."

딱딱하게 굳은 정한용의 입가는 좀처럼 풀리지 않았다.

"좀 읊어 보시게나. 후배님."

"시신 세 구 모두 안방에서 발견되었습니다. 부부는 음독 추정, 어린아이는 액사 추정입니다. 어린아이의 시신은 남자와 여자 사이에 반듯하게 눕혀져 있었고, 남자와 여자는 각각 아이의 한쪽 새끼손가락과 자신의 새끼손가락을 테이프로 칭칭 감고 죽어 있었습니다. 신고가 들어온 건 오전 9시. 최초 발견자는 가사 도우미인 50대 여성으로, 매일 9시에서 9시 반 사이에 집에 온다고 합니다. 보통은 개수대에 설거지 거리가 쌓여 있는데 아무것도 없어서 의아했다고 하네요. 안방 청소를 하려고 문을 열었고, 그때 시신을 발견했다고 합니다. 처음에는 잠든 건가 해서 깨우려 했다는군요."

그러나 침대 가까이 다가선 순간 세 사람 모두 깨어날 일은 없다는 것을 알았다. 다급한 신고에 빌라촌의 좁은 골목 안으로 경찰차가 진입했다. 평온했던 빌라촌은 일순간 소란스러워졌으나, 소란은 오래가지 않았다. 학군이 좋다는 이유 하나로 비싼 집값을 감내하고 엘리베이터도 없는 빌라로 모여든 사람들은, 자신들의 요새가 언제나 고요하기를 바랐다. 앰뷸런스가 떠남과 동시에 사람들은 약속이나 한 듯 모여서 있던 빌라 입구에서 흩어졌다.

"타살 가능성은?"

"희박합니다. 외부 침입 흔적도 없고, 유서도 발견되었어요. 침대 아래 놓인 베개 위의 토사물 흔적이 아이 입가에 묻은 것과 일치하는 걸로 봐서는, 아마도……."

정한용의 입술이 다시 한일자로 굳게 다물어졌다. 이희태는 정한용의 등을 가볍게 두드리고 집 안을 살펴보았다. 안방을 살핀 후, 몸을 돌려 주방으로 향했다. 누군가의 일상을 상상하려면 그의 냉장고를 봐야 한다는 게 이희태의 신조였다. 그러나 냉장고는 텅 비어 있었다. 평소와는 다르게 깨끗하게 정리되어 있었다던 개수대처럼, 일상을 지워 내려 한 듯 무엇도 남아 있지 않았다. 남은 흔적이라곤 가운데 선반 한쪽 구석에 찐득하게 녹아내려 들러붙어 있는 점액질 덩어리뿐이었다. 단 냄새는 그 누르스름한 덩어리에서 뿜어져 나오고 있었다. 이희태는 냉장고 안으로 손을 뻗어 덩어리를 슬쩍 건드렸다. 장갑 너머로 몰캉한 촉감이 느껴졌다.

"이 다디단 냄새는…… 푸딩?"

탄성처럼 터져 나온 의문에 답한 것은, 부엌으로 들어서던 정한용이었다.

"예. 맞아요. 푸딩에 약을 섞어서 애한테 먹인 것 같더라고요. 그래서 애한테서 방어흔도 안 나올 것 같아요. 부검 결과 나와야 확실하겠지만요."

푸딩 덩어리 아래, 무언가 흰 것이 깔려 있었다. 이희태는 엄지와 검지로 그것의 끄트머리를 집었다. 끄집어낸 것은 트럼프 카드 크기의 종이였다. 종이를 살피는 이희태의 미간이 깊게 패였다. 이희태는 휴대폰을 꺼내, 갤러리를 빠르게 넘겼다. 두 달 전 찍은 사진이 그곳에 있었다. 손가락 끝에 걸린 종이 속 그림과 똑같은 그림이다.

절벽 끝에 서 있는 한 그루의 나무.

그 나무에 목이 졸린 채 매달려 있는 염소 한 마리.

이희태는 휴대폰을 꺼내, 카드의 사진을 찍었다.

*

"아무리 그래도 너무 자주이지 않냐?"

이희태의 말에, 최진철은 무심히 해장국을 들이켰다.

"뭐가? 해장국이? 아니면 우리 외근이? 신고는 나날이 증가하는데 인력은 늘 고만고만하니 어쩌냐. 나도 죽겠어. 봐, 나 머리 염색할 시간도 없어서 새치로 뒤덮인 거. 우리 막내가 나보고 아빠가 아니라 할아버지 같다고 창피하다더라."

"아니. 그런 뜻이 아니야. 그리고 새치는 내가 더 많아. 걱정 마."

두 사람의 뒤쪽 자리에 앉아 늦은 점심을 먹던 해장국집 직원이 벽에 걸린 텔레비전의 볼륨을 높였다. "경찰은 일가족이 극단적 선택을 한 것으로 판단했습니다……." 이희태와 최진철은 텔레비전에서 흘러나오는 소리에 귀를 기울였다. 오후의 토막 뉴스는 금세 다른 소식으로 바뀌었다. 어이구, 미친놈들. 직원은 혀를 차며 채널을 돌렸다.

"아직도 저 워딩을 쓰는 놈들이 있네. 일가족 극단적 선택은 개뿔. 애들이 죽는 걸 선택했냐? 일방적으로 살해당한 거지."

"내 말이. 자녀 살해 후 자살, 이걸로 워딩 바꾸라고 보도 지침 나가지 않았냐?"

두 사람은 동시에 분통을 터뜨렸다. 여청 팀에서 만나 파트너가 된 지 2년째. 두 사람은 이래저래 죽이 잘 맞았다. 사건뿐만이 아닌 정립되지 않은 시스템과도 싸워야 하는 신설 팀에 자기 발로 걸어 들어온 두 사람이었으니, 그럴 만도 했다.

"워딩 때문에 사건의 본질이 흐려진다고."

희대의 이상한 재판 랭킹 10위. 바뀐 채널 속 사회자가 외쳤다. 이희태는 벽에 걸린 텔레비전 모니터로 시선을 옮겼다. 실제 일어난 사건과 뜬소문을 적절히 섞어 편집해 랭킹을 매기는 프로그램이었다. 온갖 효과가 가득 찬 화면도 이희태의 주의를 완전히 환기하진 못했다.

"너무 자주야. 6개월간 우리 관할에서만 자녀 살해 후 자살 사건이 네 건이야. 한 달 반 텀으로 일어났다고. 이 사건이 통계에 제대로 잡히지 않는 특성이 있기야 하지. 수면으로 잘 떠오르지를 않으니깐. 아무리 그래도 이제까지 연평균 스무 건을 웃도는 게 보통이야. 그게 우리 관할에서만 6개월간 네 번. 모두 경제적 어려움 없고 가정 폭력 신고도 한 건 안 들어왔던 중산층 집안에서 벌어졌다고."

최진철도 텔레비전 화면으로 시선을 옮겼다. 싹을 틔운 물음표에 쉬이 동조해서는 안 될 일이다. 그랬다가 물귀신에 홀리기라도 한 듯 얼토당토않은 수사에 끌려 들어갔던 걸 떠올리면 몸서리가 쳐졌다.

"저거 그거네. 마더 포이즈너 사건. 나 저거 축구 기다리다가 봤어. 실제로는 음료가 아닌 푸딩에 독을 탔다더라."

최진철은 텔레비전 속 사건으로 화제를 바꿨다. 외국의 재판 장면이 자료 화면으로 떠 있었다. 피고석에 선 누군가의 얼굴에는 모자이크 처리가 되어 있었지만, 체격으로 어린 여자아이임을 쉽게 유추할 수 있었다.

"땅덩어리가 넓어서인가. 미국은 참 별일이 다 일어나."

이희태는 피식 웃으며, 해장국 그릇에 남은 건더기를 숟가락으로 그러모았다.

"땅덩이 좁은 우리나라에서도 더한 일이 일어나는데 무슨. 일어나자. 슬슬 들어가야지."

해장국집을 나서며, 이희태는 화면에서 잠깐 봤던 '마더 포이즈너'의 옆모습을 떠올렸다.

'마더 포이즈너와 푸딩이라……'

까만 머리카락과, 어설픈 모자이크 너머로 보이던 물색 물결 일렁이던 눈빛. 네 건의 사건 현장에서 공통적으로 발견된 카드에 그려진 염소 속 홍채도 꼭 그런 푸른색이었다.

그림 속 염소는 눈을 뜬 채 나무에 매달려 있었다.

*

무엇이 소년을 변하게 했는가.

이희태는 맞은편에 앉은 소년을 바라보았다. 유정호. 열여덟 살. 마약 유통 혐의로 검거되었다. 이희태와는 두 번째 만남이다. 유정호는 이전에 이희태가 담당했던 '자녀 살해 후 자살 사건'의 생존자였다. 아버지가 아내와 자식 두 명에게 약을 먹인 후 목 졸라 살해하려 한 사건이다. 살아남은 건 유정호뿐이었다. 유정호는 당시 선택적 함구증을 겪었지만 이희태와의 반복되는 상담 끝에 호전되어 증언 청취가 가능했었다. 그 뒤로도 간간이 이어지던 연락이 끊긴 것은 반년 전쯤, 유정호가 갑자기 휴대폰 번호를 바꾸면서였다.

"어디 로또라도 되어서 잠수 탄 줄 알았더니 마약으로 들어오면 어쩌냐."

농담 섞인 인사에도 유정호는 입술을 꾹 다물고 이희태의 어깨 너머를 바라볼 뿐이었다.

무엇일까. 무엇이 변하게 한 것일까.

유정호는 변했다. 이희태는 유정호를 처음 만났던 때를 기억했다. 아버지에 의해 목이 졸려 질식사 직전까지 갔던 소년은 병원 침대에 누워 호흡기를 낀 채 이희태를 올려다봤다. 말을 하지 못해도 이희태를 똑바로 바라보던 눈빛은 말보다도 많은 단어를 담고 있었다. 함구증 증상이 생긴 후에도 그랬다. 유정호의 시선은 언제나 상대를 마주했다. 나는 잘못이 없어요. 내가 잘못한 게 아니에요. 그 피 맺힌 외침이 목소리가 아닌 눈에서 쏟아져 나오는 것만 같았다. 말을 할 수 있게 된 후에도 마찬가지였다. "선생님. 그때 말이에요. 아빠가 저한테 그랬어요. 똑바로 보라고. 너를 죽이는 비정한 아버지를 용서하지 말라고요. 그래서 전 앞으로요. 다른 누구의 시선도 피하지 않을 거예요. 안 그러면 아버지를 용서해 버릴 것만 같거든요." 그렇게 다짐하던 유정호의 눈빛은 삶에 대한 의지로 빛났다.

그러나 유정호는 지금, 이희태를 마주 보지 않는다.

"어땠어?"

이희태가 조사실을 나오자마자 최진철이 물었다. 이희태는 양손으로 X자를 그어 보였다. 최진철은 뒷머리를 벅벅 긁었다.

"너 상대로는 입을 열 줄 알았는데. 아직 미성년자고, 병원 돌면서 약 타는 잔챙이 역할만 했으니 주도자만 말하면 감경될 거라고 말했는데도 한마디를 안 하네. 쟤, 말 못 하는 거 다 나은 거 아니었어?"

"충격으로 인한 일시적인 현상이었으니깐."

"그럼 이번에도 뭔가 엄청 충격받을 일이 있었나?"

이희태는 유정호에 대한 파일을 다시 한번 빠르게 훑어

보았다.

"알파 연구소의 후원을 받는 중이라고 되어 있네. 이전에 재 병원에 있을 때 연결되었던 곳은 푸른 재단이었을 텐데. 알파 연구소는 어디지? 처음 들어 보는데?"

"알파 연구소…… 아, 거기네. 설리번 열풍 몰고 온 곳. 왜, 그 천재 소녀 진진아. 시력을 잃어 가는 화가 말이야. 진진아 재능 발굴해 준 사람이 알파 연구소 소속이라고 알려져 있어. 다른 인적 사항은 일절 비밀. 그래서 설리번 선생이라고 불리지. 그 연구소, 만들어진 지 1년 좀 넘었을 거야."

"잘 아네."

"뇌파 프로그램이라고, 거기서 운영하는 재능 개발 프로그램이 엄청 인기야. 우리 늦둥이 올해 고2잖아. 마누라가 늦둥이도 알파 연구소 보내고 싶다고 아주 노래를 불러서 알아봤었지. 우리 마누라, 설리번 선생 광팬이야."

"보냈어?"

최진철은 쓴웃음을 지으며 손을 내저었다.

"어이구. 못 보내. 거기 진짜 비싸. 게다가 나는 거기 좀 찝찝하더라. 거기 주 후원자가 누군지 알아? 박석일이야. 국회 의원 박석일."

박석일, 그 이름을 듣자마자 이희태의 미간에 주름이 잡혔다.

"어우. 박석일? 하필이면."

박석일. 대한민국 최고령 국회 의원으로 유명한 남자다. 국회 의원 타이틀을 달고 저지를 수 있는 대부분의 비리를 저질렀지만 의원직 박탈까지 가는 처벌을 받은 적은 없다. 탈당을 당했을 때에도 무소속으로 나와 당선이 된, 이른바 불사조다. 그의 불사조 비법이 종교 단체 후원이라는 건 공공연한 비밀이다. 한 사이비 종교 단체가 집회에서 박석일을 연호하는 영상이 유출되어 큰 논란이 된 적도 있었다. 박석일은 그 종교 단체와 자기는 아무 관련이 없다고, 일방적으로 지지하는 것까지 자신이 책임져야 하냐고 발뺌했다. 박석일의 비서 통장에서 종교 단체로 거액의 돈이 이체된 사실이 밝혀졌음에도 조사는 유야무야 마무리되었다. 박석일이 의혹을 제기한 미디어를 전부 허위 사실 보도에 근거한 명예 훼손으로 고발했기 때문이다.

그 뒤로도 두세 군데, 다른 사이비 종교 단체와 박석일의 커넥션 의혹이 제기되었다. "종교 그런 거 안 믿습니다. 나는 나만 믿어요. 내가 이렇게 잘났는데 뭐 하러 신을 믿습니까. 나는 나로 다시 태어날 수 있으면 백번도 그렇게 할 겁니다." 박석일은 한 인터뷰에서 그렇게 말하며, 그 의혹을 전면으로 부인했다.

"그때 박석일 상대로 유일하게 승소했던 게 서은진이었지."

"그야, J 그룹이 서포트했으니깐. 정영욱 회장이 워낙 박석일 싫어하잖아. 정택수 전 회장하고 박석일이 워낙 돈독했으니깐. 후계자 살인 사건 때, 박석일이 분명히 정영욱이 범인이라고 여기저기 쑤시고 다녔잖아. 박석일은 정택수 동생이 회장 자리 물려받기를 원했다던데. 정영욱이 회장 되고 J그룹이랑 박석일, 커넥션 딱 끊겼잖아."

칸막이 너머에서 서류 작성에 여념이 없던 팀의 막내, 이순경이 고개를 들었다. 좋아하는 연예인 이름이라도 들은 듯 눈이 반짝거렸다.

"서은진 변호사가 그런 소송도 했었어요? 역시 멋있네요."

"멋있어? 서은진이? 막내야. 우리 지금 다른 사람 말하는 거 같은데."

이희태가 아는 서은진은 권력을 위해서라면 애매함으로 거짓을 빚어내 진실로 만들어 버리는 철저한 자본주의형 변호사이자, 철저한 J그룹 정영욱 회장의 개였다.

"J그룹 회장 변호사인 서은진 말하는 거 아니에요? 정영욱 회장하고 서은진 변호사. 이 둘이 대한민국 여걸 탑 파이브로 손꼽히잖아요. 고아원 출신인 서은진을 믿고 후원해 주다니. 회장님도 진짜 멋져요. 저 두 사람 이야기 모티브로 한 영화 봤거든요. 회장 자리를 놓고 일어난 가문의 전쟁! 영화에서는 두 분 나이 차이가 많이 안 나는 걸로 그려졌는데, 실제로는 스무 살 넘게 차이 난다고 하더라고요."

이희태와 최진철은 잠시 서로를 마주 보았다.

"막내야. 너 몇 살이지?"

"스물여덟 살이요."

"……J 그룹 사건이 일어났을 때 꼬마였겠구나. 어이구. 그게 벌써 20여 년 전이야? 그래. 모를 만도 하다. 그게 얼마나 이상한 점이 많은 사건이었는지."

이희태는 고개를 가로저었다. 당시 이희태는 막 발령을 받은 새끼 순경이었다. 수사를 열심히 하면, 범죄자에 대한 처벌만큼은 법대로 이루어질 거란 환상을 지키고 싶던 때였다. 그 환상을 와장창 박살 낸 것이 'J 그룹 후계자 살인 사건'이었다. 이희태는 자신보다 고작 서너 살 많은 신참 변호사가 수사의 결과가 아닌 권력과 인맥을 조정해 수사 결과를 뒤집어 나가는 모습을 지켜보며, 수많은 선배들의 한탄과 분노와 좌절을 술자리에서 집어삼켰다.

"뭐…… 10년이면 강산도 변한다고 하니깐."

최진철도 떨떠름한 표정으로 중얼거렸다.

"왜들 그러세요. 서은진 변호사가 뭐 어쨌다고. 보세요. 이거. 서은진이 고문으로 있는 비영리 취약 계층 지원 홈페이지예요. 이게 또 인터넷에서 엄청 화제가 되었거든요."

이 순경은 이희태와 최진철을 향해 모니터를 돌려 보였다. 모니터를 본 이희태의 눈가에 작은 떨림이 일었다. 새까만 배경 한가운데 염소 해골 마크가 빙글빙글 돌았다.

"이거 무슨 사이트 같으세요?"

이 순경의 말에 최진철은 힐끔, 다시 한번 모니터를 바라보았다. 이희태는 유정호의 사건 파일을 넘겼다. 스치듯 봤던 무언가를 확인해야만 했다. 서류를 넘기던 손은 유정호의 소지품을 찍은 사진이 실린 페이지에서 멈췄다.

"글쎄다. 오컬트 사이트? 저주 사이트인가. 설마 장기 매매 사이트는 아니겠지."

"땡! 보세요."

이 순경이 해골 마크를 클릭하자 해골에서 꽃이 피어나더니, 살이 토실토실 오른 염소로 바뀌며 홈페이지 화면이 전환되었다. 흰색과 초록을 메인으로 한 홈페이지 위쪽에는 "염소 클럽. 가족 전문 심리 상담소"라는 글씨가 큼지막하게 쓰여 있었다.

"10, 20대는 심리 상담 지원 사업 같은 거 있는지 없는지도 잘 모르잖아요. 그러다 보니 가정 폭력 겪어도 SNS에서 가출 팸이나 찾지 이런 서비스 이용률은 낮고. 그런데 이 홈페이지 보세요. 정체불명의 디자인 덕분에 입소문을 타서, 예약률이 엄청 높대요. 이 사이트, J 그룹에서 후원하는 거예요. 서은진이 고문이고."

"……허허. 정영욱이 이런 걸 한다고? 그것참. 사람이 늙으면 유해진다더니."

"이 염소 클럽에서 보호 종료 청소년, 범죄 소년의 사회

복귀도 돕는다고 하더라고요. 뭐더라. 마더 포이즈너? 이전에 미국에서 일어난 사건인데 그때 범인으로 체포된 애가 10대 한국계래요. 그 애를 데려와서 보호하고 있다는 소문도 있던데."

유정호의 소지품을 찍은 사진에 카드가 있었다. 이희태는 휴대폰을 꺼내 갤러리의 사진을 불러왔다. 푸딩을 먹고 죽은 아이의 사건 현장에서 찍은 사진이다. 이희태는 서류 속 사진과, 휴대폰 액정을 번갈아 바라보았다.

"……마더 포이즈너 사건의 범인을 보호한다고?"

절벽 끝 나무와 목이 졸린 염소. 사건마다 남아 있던 카드와 푸딩. 마더 포이즈너 사건의 범인은, 눈이 푸른 여자아이는 푸딩에 독을 탔다고 했다.

어머니를 죽이기 위해.

현장에서 맡았던 달콤한 냄새가 코 안쪽에서 스멀스멀 피어올랐다.

4.
동생을 병원에 데려가는
엄마가 미워요

손가락이 쿡 목덜미를 찔렀다.

"이하야. 너 여기 점 세 개가 줄지어 있어. 별자리 같다."

방심했다. 교복 재킷을 입는 동안은 머리를 묶어도 목덜미가 가려지니깐 크게 신경 쓰지 않았다. 하이하는 천연덕스럽게 친구가 찌른 목덜미 뒤쪽을 손바닥으로 덮었다.

"몰랐어. 안 보이는 데라서."

상대가 점으로 봤다면 점이라 생각하게 두면 된다. 굳이 점이 아니라 타투야, 라고 정정할 필요는 없다. 학교에 다닌 지 1여 년, 하이하는 학교가 교정 시설과 비슷하면서도 다르다고 느꼈다. 똑같은 옷, 비슷한 헤어스타일, 불합리한 규칙과 노골적인 경쟁이 존재한다. 동시에 유행하는 노래를 함께 듣고 어디서 시작되었는지 알 수 없는 소문을 책상 한가운데 쌓아 올려 바삭바삭 나누어 먹는다. 하이하는 그 기묘한 폐쇄성이 좋았다. 교복을 입고 그 안에 있으면 더없는 보통의 존재가 되는 듯했다. '보통'이란 실재하지 않는 개념임을 알면서도 그 말에 취할 수 있는 무대의 존재가 사랑스러웠다. 하이하는 기꺼이 그 무대를 만끽할 작정이었다.

"이하 넌 장래 희망 조사서 뭐 적어 냈어?"

친구들 중 한 명이 주머니에게 멘토스를 꺼냈다. 나도 줘, 나도. 내밀어진 손에 한 알씩 색색의 멘토스가 굴러떨어졌다. 하이하도 손을 내밀었다.

"마녀. 리본을 자른 마녀."

손바닥에 놓인 멘토스는 하이하의 홍채와 같은 푸른색이었다. 알싸한 민트향 멘토스를 혀 아래 굴리며, 하이하는 친구들과 함께 학교 앞 횡단보도에 섰다. 주머니 속 휴대폰이 울렸다. 하이하는 휴대폰을 꺼내 도착한 메시지를 확인했다. 접수 3건. 보류 1건. 염소 클럽 홈페이지에 접수된 의뢰는 전문 상담가들에 의해 1차적으로 분류된 후 하이하에게 전달된다. 하이하의 눈길을 잡아 끈 건 '보류'였다. 지난 1여 년간 보류 판정은 단 한 건도 나온 적이 없었다.

"하이하! 뭐 해, 빨리 건너!"

친구의 외침에 하이하는 휴대폰 액정에서 눈을 뗐다. 어느새 친구들은 횡단보도를 건너간 뒤였다. 신호등의 깜빡거림이 완전히 색을 바꾸기 전에, 하이하는 횡단보도를 뛰어

건넜다.

하이하는 호텔에 돌아오자마자 미디어 실에 앉아 관리자 시스템에 로그인했다. 보류로 분류된 사건의 의뢰인은 손수아. 열 살이었다.

동생을 병원에 데려가는 부모님이 미워요. 혼내 주세요.

하이하는 의뢰의 첫 문장을 소리 내어 읽었다.

염소 귀신이 있는 홈페이지에 글을 쓰면 염소 귀신이 복수를 해 준다고 학교 친구에게 들었어요. 그래서 이 홈페이지를 찾으려고 엄청 노력했어요……

글의 내용만 봐서는 엄마가 동생만 신경 쓰는 걸 질투하는 아이의 투정인 것만 같다. 하지만 열 살이다. 혹여 염소 클럽을 오컬트 사이트로 알았다 해도, 아이가 자신의 부모를 저주해 달라는 의뢰는 그 자체로 신호일 수 있다. 그렇기에 '미달'이 아닌 '보류'로 분류된 것이다.

하이하는 손수아의 의뢰 카테고리를 '보류'에서 '접수'로 바꾼 후 메시지 란에 써넣었다. 초록이, 안전을 약속하는 색이 사라지기 전에 길을 건너야 할 터였다.

*

진선미는 블라우스의 주름을 당겨 폈다. 뽀글뽀글한 파
마머리를 하나로 모아 묶고 안경을 썼다. 아동 복지 센터 직
원 명찰을 보란 듯이 목에 걸면 준비 완료다. 연기에 복장은
중요하다. 사람들은 어떠한 직업에는 보편적인 이미지를 요
구하고, 상대가 그 이미지에 부합할수록 권위를 부여한다.
권위는 사람의 입을 가볍게 만든다. 진선미가 조금 더 까다
로운 위조 과정을 거치더라도 공공 기관 명찰을 선호하는 이
유다.

진선미는 차에서 내려 전달받은 주소로 향했다. 조사 상
대에 대한 기본 정보는 숙지하고 있다. 의뢰인은 손수아. 열
살. 초등학교에 다닌다. 아버지 손기택(38세)과 어머니 강지영
(36세) 모두 생존. 손수조란 이름의 여섯 살짜리 남동생은 유
치원이나 다른 교육기관 어디도 다니지 않고 있다. 4인 가족
이 거주하는 곳은 지은 지 30년이 되어 가는 빌라촌 구옥이
었다.

"실례합니다. 시에서 운영하는 아동 복지 센터에서 나왔
습니다. 잠깐 여쭐 것이 있어요."

진선미는 손수아의 집 초인종을 누르고 인터폰에 준비
한 대사를 읊었다. 반응이 없다. 옆집으로 옮겨 가 또다시 초
인종을 눌렀다. 다섯 가구가 일렬로 늘어선 복도형 빌라의
세 번째 집 초인종을 눌렀을 때에야 "잠시만요"라는 답이 돌

아왔다. 도어체인을 건 채 한 뼘만큼 열린 문틈으로 젊은 여자의 얼굴이 엿보였다.

"기관에서 나오신 거예요? 또 수아네 일이죠?"

진선미는 떡밥을 던지기도 전에 걸려든 물고기를 기꺼이 낚았다.

"이번에도 수아가 신고했나 보네요. 걔, 어린 게 아주 심보가 고약해요. 이전에도 사람이 왔었는데, 담당자가 바뀐 모양이네. 센터에서 이미 조사 다 했어요. 애가 부모를 잡아가라고 하니깐 아동 학대는 아닌가 하고."

"주변분들 봤을 땐 아무 정황도 없나요?"

"그럼요! 학대가 뭐예요. 그 집 부부가 애들한테 얼마나 헌신적이라고요. 둘째가 많이 아파서 애 엄마가 병원에서 살다시피 해요. 여기 빌라 보면 알겠지만 그렇게 넉넉한 생활이 아니니깐요. 하루 이틀이면 모를까 내내 간병인 쓸 수가 없죠. 그러니깐 수아한테 신경을 좀 덜 쓸 수밖에 없고. 그걸 걔는, 부모가 자기를 방치했다고 거짓말을 하는 거예요."

"수아네 집 초인종을 눌러도 아무도 안 나오던데, 지금도 병원에 계실까요?"

"아마 그럴 거예요. 요즘 부부 둘 다 낮에는 안 보이더라고요."

문은 닫혔다. 진선미는 다시 손수아의 집 앞으로 다가갔다. 현관문에 키패드가 설치되어 있지 않았다. 원형 손잡이는 낡았고, 현관문 사이는 틈이 붕 떠 있었다. 진선미는 품 안에서 카드를 꺼내 틈 사이로 밀어 넣었다. 문과 벽이 닿는 부분을 오고 가던 카드가 곡선을 따라 움직이며 잠금쇠를 꾹 눌렀다. 힘을 줘 손잡이를 당기자, 약간의 저항감과 함께 문이 열렸다.

'모로 가도 서울로 가면 되는 거 아니겠어.'

손수아의 집을 살펴보고 올 것. 그게 이번에 진선미가 맡은 임무였다. 진선미는 손수아의 집 안으로 들어갔다. 좁은 현관은 신발과 입구가 묶인 쓰레기 봉지, 택배 박스로 가득 차 있었다. 집 안으로 한 발 들어서자마자 벌레 잡는 끈끈이를 떼어 낼 때의 마찰음이 났다. 양말을 사이에 두고도 발바닥에 느껴지는 끈적거림. 그것은 단번에 벗겨 낼 수 없는 매일의 흔적이었다. 진선미는 휴대폰으로 현관의 사진을 찍었다.

"어른들 신발만 넘치게 있네. 명품도 있고. 애들 신발은 하나도 없고."

현관에서 세 발을 옮기자 거실이었다. 거실도 현관과 별반 다르지 않았다. 진선미는 집안 곳곳을 돌아다니며 사진을 찍었다. 빨랫거리가 쌓인 탁자 아래, 일회용 주사기가 나뒹굴고 있었다. 주사기 옆에는 스포츠 음료가 놓여 있었다. 진선미는 음료수 통을 집어 들었다. 끈적끈적했다. 바닥에 쓰인 음료수의 유통 기한은 1년이 지나 있었다.

진선미는 손수아의 집을 나왔다. 끈적이는 발을 신발에 밀어 넣고 복도를 지나 계단을 걸어 내려오며 휴대폰의 발신 버튼을 눌렀다.

"조사 다 했어?"

"너는 전화 걸면서 인사도 안 하니?"

수화기 너머의 김해찬의 목소리는 언제나와 같았다. 평소라면 의미 없는 말다툼을 주고받았을 것이다. '염소 클럽의 진선미'가 된 지도 벌써 1년 가까이다. 그사이 역할에 성격이 붙고 관계가 생겼다. 진선미는 디데이까지 그 역할을 착실히 수행할 작정이었다.

"조사는?"

그러나 발바닥에 남은 끈적거림이, 결과만을 재촉하게 만들었다.

"알았어. 어휴, 급하기는. 손수조가 입원한 병원, 이미 악명 높은 곳이야. 개인택시 면허 판매하려는 사람들에게 허위 진단서 발급해 주고, 비급여 항목이면 마약성 약물도 마구 처방해 주는 곳으로. 의사 한 명이 허위 진단서 사건으로 징역형을 받은 전적도 있어. 병원은 개인의 일탈이라고 일축했지만, 조직적인 행위를 한 명이 뒤집어쓴 증거가 여실해. 그때 징역형 받은 의사 서 씨는 집행 종료 후에 다시 의사 생활 중이야. 복지부에서 의사 면허를 취소했는데 소송을 통해서 면허 취소가 위법하다는 판결을 받아 냈어."

"그 의사는 지금 어디서 일해?"

"어디긴. 원래 일하던 병원. 서 씨가 손수조의 담당의야."

"알았어. 난 손수조 부모를 좀 더 조사해 볼게."

"알았어. 그런데 너, 괜찮은 거지?"

"뭐?"

"평소랑 좀 달라서. 괜찮으면 됐어."

통화를 끝내고 빌라를 빠져나와 대로변에 들어설 때까지도 신발 안, 발바닥이 끈적거렸다. 진선미는 한쪽 신발을 벗고, 신고 있던 양말을 벗었다. 양말을 벗은 채로 신발을 신으니 덜 끈적거렸다. 다른 한쪽 양말도 마저 벗었다. 몇 발자국 걷자, 평소에 잘 신지 않는 단화 뒤꿈치에 맨살이 쓸려 빨개졌다. 쓰라렸지만 다시 양말을 신지는 않았다.

끈적거리는 건 질색이다.

진선미는 주차해 놓은 차에 올라타 시동을 걸었다. 염소 클럽은 의심만으로 움직이지 않는다는 철칙을 지키기 위해서는 생각보다 품이 많이 든다. 주차장을 빠져나가며, 진선미는 카 라디오를 틀었다.

문화·예술 소식입니다. 눈이 보이지 않는 천재, 존재하지 않는 아름다움을 그리는 소녀 화가 진진아의 작품 경매를 위한 갤러리 프리뷰전이 개최된다고 하네요.

라디오 볼륨을 높였다.

1년 전 혜성처럼 나타난 진진아. 작품 〈눈꽃소녀〉가 미국 크리스티 경매에서 약 20만 달러에 낙찰되면서 두각을 나타내었는데요. 이번 전시회는 알파 연구소의 전폭적인 후원 아래 이루어진다고 합니다. 알파 연구소는 실명 위기에 처한 진진아의 재능을 알아내어 끌어올린 곳으로도 유명하지요. 혹시 이번 경매에는 베일에 싸인 설리번 선생님이 등장하지 않을까, 모두가 기대하고 있는데요. 아쉽게도 프리뷰는 공개가 아닌, 도록에 동봉된 티켓이 있어야 참가 가능한 회원 등록 형식으로 운영된다고 하네요. 도록은 200부 한정으로 제작되어 이미 판매가 완료되었다고 합니다. 언젠가는 천사의 그림을 많은 사람이 볼 수 있는 전시회도 개최되기를 바라 봅니다. 그럼 신청곡 함께 듣겠습니다. 스매싱 펌킨스의 〈투데이〉입니다.

단조로운 기타와 드럼 소리가 이어지며 느릿한 노랫소리가 흘러나왔다.
"한여름에 아스팔트에 녹아내린 풍선껌 같은 목소리네."
진선미는 라디오를 껐다.

＊
노랑과 초록이 어우러진 소아 병동의 복도는 아이들의 높은 체온만큼 활기로 북적거린다. 휴게실에서 동화책을 뽑

아 코끼리 의자로 달려오던 아이들은 주춤, 걸음을 멈췄다. 카메라를 든 어른들이 의자를 차지하고 앉아 있었다.

"영 장면이 안 뽑히는데요. 아이가 병원에 익숙해져서 그런가. 너무 얌전하네요. 엄마를 좀 힘들게 하는 장면이 나와야 사진이 잘 나오는데."

카메라를 든 사람의 말에, 앞에 선 여자는 고개를 조아렸다.

"죄송해요. 어려운 걸음 하셨는데."

"아닙니다. 수조 상태 좋은 건 기쁜 일이죠. 한 10분 쉬고 다시 찍을까요?"

여자가 병실 안으로 들어가고, 병실 문은 닫혔다.

"손수조, 쟤가 무슨 병이랬지?"

"의심되는 건 식도 이완 불능증. 식도와 위를 연결하는 부위의 근육이 이완되지 않는 병이야. 음식을 먹으면 구토를 하게 되니깐 먹는 것 자체가 고통스럽지."

"그래서 애가 코에 관 삽입하고 있는 거로군. 삐삐 말랐더라."

"석 달 전에 다른 프로에서 기부 특집 했을 때 반응 꽤 좋았다더라. 먹지 못하는 아이. 우리나라 사람들, 밥에 민감하잖아. 애가 자기 누나가 빵 먹는 거 물끄러미 보기만 하는 장면은 나도 가슴 아프더만."

"우리도 차라리 그쪽으로 콘셉트 잡지. 왜 꼭 애 우는 걸

찍어 오라는 건지."

"특집 성격이 다르잖아. 이번 특집 포커스는 엄마라니깐. 아픔을 품은 엄마들. 특수병에 걸린 아이를 돌보는 부모 특집."

우는 연기라도 해 달라고 할까? 그들의 말이 끝나기 무섭게 병실 안에서 찢어지는 울음소리가 터져 나왔다. 앉아 있던 사람들이 재빨리 카메라를 들고 일어났다. 간호사 한 명이 뛰어와 병실 안으로 들어갔고, 카메라를 든 사람들이 그 뒤를 따랐다.

하이하는 복도 끝에 서서 그 모습을 지켜보았다.

"또 촬영 팀 왔어요? 안 돼요! 못 찍게 해야 돼!"

병동 출입구가 소란스러워졌다. 끝이 갈라진 어린아이의 높은 목소리가 복도에 울렸다. 하이하는 출입구 쪽으로 걸음을 옮겼다. 간호사 한 명이 발버둥 치는 손수아를 붙잡아 달래고 있었다.

"방해하면 안 돼. 수아도 동생이 빨리 건강해졌으면 좋겠지? 그러니깐 얌전히 기다리자."

"전에도 말했잖아요! 저런 거 찍으면 수조가 더 아파요. 울어야 된다고, 아파 보여야 한다고 들들 볶는단 말이에요!"

"그래. 그런 일 일어나지 않게 간호사 선생님들이 잘 지켜볼게. 그럼 됐지?"

"내 말 안 믿잖아요!"

동생을 병원에 데려가는 엄마가 미워요   107

손수아가 일으킨 소동에 다른 병실에서 너도나도 한 명씩 문을 열고 복도를 살폈다.

"어휴. 저 애 또 저러네. 저번에 촬영 올 때도 저러더니. 쟤 부모도 고생이다, 진짜."

"그러니깐. 무슨 애가 입만 열면 거짓말이야. 관심 못 받아서 죽은 귀신이 들렸나."

병간호로 지친 어른들의 목소리는 커다랗고 날카로웠다. 간호사는 결국 손수아를 병동 밖으로 데리고 나갔다. 하이하가 뒤를 따라 나갔을 때, 손수아는 병동 밖 벤치에 앉아 손톱을 물어뜯고 있었다. 하이하는 손수아의 앞에 서서, 눈높이를 맞춰 몸을 숙였다.

"안녕. 난 염소 귀신의 심부름꾼이야."

"언니, 제정신이에요?"

손수아는 어이없다는 듯 중얼거렸을 뿐, 그 이상의 반응은 보이지 않았다. 하이하는 손수아의 옆에 앉았다.

"너희 학교에서는 염소 귀신 이야기 유행하고 있지 않니? 염소 그림이 그려진 홈페이지에 글을 쓰면 염소 귀신이 복수해 준다는 이야기, 몰라?"

손수아는 대답 없이 계속 손톱만 물어뜯었다. 하이하는 주머니에서 사탕을 꺼내 손수아에게 내밀었다. 손톱 끝에 고정되어 있던 손수아의 시선이 작게 흔들렸다. 하이하는 사탕을 벤치 가운데에 놓았다. 배고픈 매가 먹이를 낚아채듯 손수아는 재빨리 사탕을 가져갔다. 사탕을 입 안에 넣고 우물거리던 손수아가 불쑥 말했다.

"염소 귀신 이야기요. 언니는 초등학생도 아닌데 그런 거에 관심이 있어요?"

"넌? 아까 병원 안에서 우연히 봤는데 엄청 화난 것 같던데. 누구한테 화난 거야? 그렇게 화나게 만든 사람에게 복수하고 싶진 않아?"

"……하고 싶죠. 나랑 같은 반 애가 그 홈페이지 찾았거든요. 막 비밀 서약 그런 것도 한대요. 그러니깐 진짜 염소 귀신이 나타나 줄지도 모르죠. 하지만 염소잖아요? 난 염소가 싫어요. 믿을 수가 없다고요."

"염소가 싫다고? 왜?"

까드득. 사탕 깨지는 소리가 났다.

"말 안 할래요. 언니도 내 말 안 믿을 거잖아요. 거짓말쟁이라고 할 거잖아요. 어른들은 다 그래. 나한테 왜 거짓말을 하냐고 자꾸 물어봐요. 나 말고 아빠랑 엄마한테 좀 물어보지. 왜 그러냐고."

손수아의 어깨가 흥분으로 들썩거렸다. 까득. 까득. 사탕이 입 안에서 부서지는 소리가 말소리와 뒤섞여 거친 마찰을 일으켰다.

"난 네가 거짓말한다고 생각 안 해."

까득거리던 소리가 멈췄다.

"……정말로요?"

"응. 진짜 거짓말쟁이는 오히려 거짓말쟁이란 의심을 받지 않게 마련이거든."

손수아는 엉덩이를 들썩거려 하이하와 딱 붙어 앉고는 작게 속삭였다.

"……예전에 방송 출연 하고 얼마 후에 어떤 아줌마가 집에 왔어요. 이상한 아줌마였어요. 환생이니, 선택받은 아이니 막 그런 말을 한다고요. 무슨 사이비 교주같이."

손수아는 빠르게 말을 뱉었다. 하이하는 음절과 음절 사이에서 불길함을 집어내었다. 환생. 특별한 아이. 아침마다 기도하듯 암송하던 목소리가 되살아났다.

"나는 그 아줌마 싫어요."

손수아는 잠시 말을 멈추고 마른 입술을 혀로 핥았다.

"그 아줌마가 오고 나서 엄마가 더 이상해졌어요. 염소가 왜 싫냐면요, 그 아줌마 손등에 염소 그림이 있단 말이에요. 뿔이 이렇게 돋아나고, 새파란 눈을 가진 염소예요. 목에 끈이 칭칭 감겨 있는데 진짜 징그러워요."

하이하의 목 뒤가 뻣뻣하게 경직되었다.

"……염소?"

세 번째 봄이 오기 전에 술래잡기가 시작될 거야. 편지지에 쓰여 있던 글씨가 목소리에 뒤섞였다. 하이하는 한 손을 들어 자신의 목덜미를 만졌다.

"그 아줌마가 그랬어요. 염소와 술래잡기 중이라고. 무슨 말인지 잘 모르겠지만, 어쨌든 염소를 보면 그 아줌마가 떠오른단 말이에요. 그래서 염소 귀신에게 의뢰하기 싫었어요."

목덜미를 찌르던 바늘의 날카로운 아픔이 되살아났다. 선택받은 아이와 도망친 염소 손수아의 이야기 속에서는 저녁마다 건네받던 푸딩의 냄새가 났다.

'……염소 클럽에 의뢰를 한 건 손수아가 아니야. 누군가 손수아인 척을 해서 홈페이지에 글을 썼어. 누군가. 만약에 그 누군가가 그 사람이라면…… 목적이 무엇이었을까.'

이것은 명백한 함정이다. 하이하는 주머니 속 카드를 만지작거렸다. 이 카드를 손수아에게 건네면, 달콤한 냄새를 뒤쫓아 끈을 쫓는 추적자가 올 것이다.

"그럼 이 염소는 어떠니? 춤을 추는 염소. 이건 좀 귀엽지 않아?"

그러나 하이하는 카드를 꺼내 손수아에게 내밀었다. 손수아는 머뭇거리다 카드를 받아 재빨리 주머니에 넣었다.

"……언니가 주는 건 별로 싫지 않아요."

"잘 가지고 있어. 염소 귀신이, 위험할 때에 구하러 가 줄 거야."

어느 쪽이 술래일지는, 술래잡기가 시작되어야 알 일이다.

*

오늘도 몰리(Moly)는 맛이 없다.

진선미는 벗겨 낸 사탕 껍질을 주머니에 쑤셔 넣었다. 온실에 들어오려면 몰리를 먹을 것. 염소 클럽의 규칙 중 하나다. 김해찬은 몰리를 먹을 때마다 "이걸 먹기 싫어서 원룸 다시 얻을까 고민된다니깐"이라고 투덜거렸다. 호텔 생활을 썩좋아하는 김해찬이 그렇게 말할 정도로 사탕은 맛이 없다. 사탕을 만들면서 맛을 안 보는 걸까, 아니면 미각치인 걸까. 진선미는 때때로 하이하가 사탕을 만드는 모습을 가만히 지켜보았다.

이상한 아이. 이상하게도 궁금한 아이.

인삼과 국화 향이 미묘하게 뒤섞인 사탕을 입속에서 굴리며, 진선미는 복도 안쪽으로 걸어 들어갔다. 불평을 할 생각은 없다. 몰리니깐. 몰리는 신의 약초다. 근심을 씻어 주고 분노와 비애를 달래 주는, 테베 여자들의 비법. 텁텁한 맛이 입안을 채울 때면 진선미는 〈오디세이아〉를 소리 내어 읽던 귀신의 목소리를 떠올렸다. 그 목소리로 보이지 않는 장막을 만들어 방어해 왔다. 끈적거리지 않도록, 하이하에게 궁금한 것이 생기지 않도록. 이미 생겨난 물음표가 장막 밖으로 새어 나가지 않게 입 안에 사탕과 함께 굴려 녹였다. 몸 안에 의문이 쌓인다. 이미 넘치도록 쌓여 계곡을 만든 물음표 사이로 굴러떨어져 사라지기를 기대한다. 이대로만 계속된다

112

면 괜찮을 것이다.

온실 문을 열자, 소리의 진동이 걸음을 멈추게 했다. 진선미는 잠시간 온실 문손잡이를 붙잡고 서 안을 들여다봤다. 하이하는 식물처럼 앉아 허공에 매달린 테라리움을 바라보고 있었다. 온실 안의 식물은 모두 하이하가 고른 것이라 했다. 온실의 디자인도, 온실 안에 놓인 가구도 모두 그랬다. 하이하가 허락한 존재로만 이루어진 공간. 그렇기에 온실에 있는 하이하는, 온실 전체를 긴 나이트가운처럼 두른 공주처럼 보였다. 온실 한가운데 매달린 테라리움이 조명을 반사해 왕관과도 같은 빛을 흩뿌렸다. 그것은 언제나와 같다. 평소와 다른 것이라면 소리다. 이제껏 하이하는 온실 안에 음악을 틀어 놓은 적이 없었다.

'왜? 왜 갑자기 외부의 소리로 이 안을 채우는 거지?'

진선미는 솟아오른 질문을 계곡 아래로 차 버리고, 온실 안으로 들어섰다.

"지각이야. 하이하. 회의 시작 시간 15분 지났어. 김해찬이 하도 지랄해서 데리러 왔다."

하이하의 시선이 테라리움에서 진선미에게로 옮겨 왔다.

"미안해요. 잠깐 졸았나 봐."

하이하는 팔을 위로 들어 쭉 기지개를 켰다. 그러곤 경쾌한 손놀림으로 탁자 위에 놓인 종이를 팔랑팔랑 흔들어 보였다.

"우리 학교 요즘 미쳤어요. 이게 다 숙제예요. 숙제로 학생을 죽이려고 하는 게 틀림없어."

"시험지네?"

진선미는 하이하가 탁자에 내려놓은 종이를 집어 들었다.

"틀린 문제까지 다 공책에 써서 다시 풀어 오래요. 요즘 세상에 말이 돼요? 수업 내용도 필기 안 한다고요."

"많이 틀리지 않았으면 되는 거 아냐? 그럼 숙제도 적을 거 아냐. 음…… 점수를 보니깐 많긴 많겠다."

"와. 언니. 못됐다. 가요. 숙제하느니 회의를 하는 게 낫겠어요."

하이하는 앞장서서 온실 문 쪽으로 향했다. 진선미는 시험지에 적힌 필체가 동글동글 평범한 것이 거슬렸다. 하이하와 지내는 동안 몇 번이고, 지금처럼 퍼뜩 깨닫게 되는 순간들이 있었다. 앞서 걷는 사람은 절대적인 권력을 지닌 공주가 아닌, 그저 열일곱 살 어린아이라는 사실이다.

"언니. 뭐 해요? 해찬 오빠, 기다린다면서요."

진선미는 들고 있던 시험지를 내려놓았다.

"음악이 좋네. 나 이거, 며칠 전에 차에서 들었어. 라디오에서 나오더라. 외국 밴드인가."

"스매싱 펌킨스 노래예요. 제목은 투데이."

하이하와 진선미는 온실을 나와 나란히 복도를 걸었다.

"1993년에 발매된 앨범이에요. 제가 태어나기 딱 10년 전이죠. 노래가 밝죠? 록앤롤이니깐. 후렴구 가사도 오늘은 최고의 날이라고, 생애 최고의 날이라고 하니깐 경쾌하죠. 그런데 투데이를 만든 빌리 코건이 인터뷰에서 이 곡을 썼을 때 누구보다 죽음에 집착하고 있었다고 말했대요. 죽어 버리든가 죽음에 익숙해진 채 살아서 행복해지든가 해야겠다는 생각으로 노래를 만들었대요."

복도에 두 사람의 발소리가 리듬감 있게 울려 퍼졌다.

"잘 아네."

"좋아했거든요."

왜 좋아한다가 아니라 했다인 걸까.

과거형의 어미가 계곡 아래 밀어 넣은 의문을 끌고 올라왔다. 다시 걷어찼다. 올라오지 마. 그 계곡 아래 있어야만 해. 나는 하이하에 대해 무엇도 궁금하지 않아. 진선미는 똑바로 앞을 바라보았다.

"분홍색 리본 흉터들은 절대 잊을 수 없지."

"응?"

"방금 노래의 가사 중 한 구절이에요. 그 사람이 그랬어요. 흉터가 남아도 심장을 잡아 뜯어야 한다고."

"누가?"

계곡 아래로 미처 떨어뜨리지 못한 질문이 진선미의 입밖으로 튀어나왔다.

"저에게 공 주고받는 법을 처음 가르쳐 준 사람이요."

이대로만 계속된다면.

그러나 이대로 계속되지 못할 것임을, 이미 알고 있다.

＊

손수아는 주머니 속 요구르트를 꽉 움켜잡고 복도를 뛰었다.

"수아야. 병원 복도에서 뛰면 안 돼."

간호사가 주의를 주었지만 손수아는 멈추지 않았다. 매일 오후 5시에서 7시까지 아빠와 엄마는 유튜브에 올릴 영상을 편집한다. 그때는 손수아가 무엇을 해도 신경 쓰지 않는다. 이때를 놓치면 안 된다.

"J 그룹에서? 대박이잖아. 얼마를 준다는데?"

"총 3회 분량으로 제작할 예정인데, 한 회당 출연료로 일인당 200씩. 수조는 후원 대상이라 원칙상 출연료 지급이 안 되고, 대신에 후원금 명목으로 챙겨 준다네."

"그럼 자기랑 나만 계산해도 한 회 400에 3회니깐 1200? 야. 역시 대기업이 후하네. 짜잘한 의학 잡지 이딴 데랑은 비교가 안 되잖아. 뭘 망설여? 바로 수락해야지."

하지만 오늘은 아빠도 엄마도 노트북을 들여다보고 있지 않았다. 대신 병실 구석에서 심각한 표정으로 마주 앉아 이야기를 나누었다. 손수아가 병실 문을 열고 들어가자 엄마가 문 닫으라는 손짓을 해 보였다. 손수아는 문을 쾅 소리 나게 닫았다. 엄마는 다시 고개를 돌려, 아빠와의 대화에 집중했다.

"일단 선생님과 상의해 봐야 하지 않을까? 선생님이 지시한 것 이외에는 하면 안 돼. 어겼다가 혹시라도 우리, 선택받지 못하면 어떻게 해?"

손수아는 병실 침대로 다가갔다. 주의를 끌어서는 안 된다. 침대에 누워 있던 손수조는, 손수아가 옆에 서자마자 팔을 버둥거리며 일어나 앉으려 했다.

"누나. 나 누워 있기 싫어."

"쉿. 조용히 해."

손수아는 검지를 손가락에 가져다 댔다.

"선택받는 거 중요하지. 나도 선생님을 믿어. 하지만 자기야. 일단 우리도 먹고살아야 할 거 아냐. 수조 입원비야 후원금으로 충당한다고 해도 먹고살려면 돈이 들어."

손수아는 손수조의 등 아래 베개를 받쳐 앉을 수 있게 도와주고, 주머니 안에서 요구르트를 꺼내 입구를 막은 실링지를 벗겼다.

"그래도……"

"잘 생각해 봐. J 그룹에서 제작하는 다큐야. 자기들 이미지 메이킹하려고, 희귀병 앓는 애들 후원하는 거잖아. 분명히 좋은 시간대에 방영할 거야. 〈인간극장〉 같은 프로그램과 조인할지도 모르지. 공중파에 방송되면 우리 유튜브에 영상 올리는 거랑 비교도 안 되게 많은 사람이 볼 거야. 자기를 알아보는 사람도 더 많아지겠지. 다들 자기한테 고생한다, 젊은 엄마인데 안됐다, 예쁘다고 할 거야."

마셔. 빨리 마셔. 손수아는 동생의 입에 요구르트를 가져다 댔다.

"나 이거 말고 딴 거 먹고 싶어."

손수조가 입술을 비죽거렸다.

"일단은 이거 먹어. 병원 나가면 딴 거 먹자."

손수아도 다른 것을 가져오고 싶었다. 간호사는 손수조가 오랫동안 음식을 먹지 못해서, 액체나 말랑말랑한 것을 먹어야 한다고 했다. 제일 먼저 떠오른 건 아이스크림이었다. 손수조는 원체 아이스크림을 좋아했다. 하지만 아이스크림을 주머니 안에 넣고 왔더니 질척하게 녹아 버렸고, 요거트는 숟가락으로 떠먹어야 해서 시간이 많이 걸렸다. 그렇게 하나씩 X자를 긋다 보니 남은 게 요구르트뿐이었다.

"푸딩 먹으면 안 돼? 냉장고에 있는 거."

"안 돼. 그건."

냉장고 안에 있는 푸딩은 그 아줌마가 가져온 것이다. 엄마는 푸딩이 보물이라도 되는 양 소중하게 보관해 두었다. 손수아가 단호하게 말하자 손수조는 더 이상 고집을 부리지 않고 요구르트를 손에 쥐었다.

"다 좋아. 하지만 프로그램 구성 중에 정밀 검사를 하는 게 있어. 이건 어떻게 해?"

"뭐가 문제야? 서 선생님이 알아서 해 주실 거야. 정확한 병명이 나오지 않는다, 이렇게 말해 달라고 찔러주자고. 이 세상엔 판정도 어려운 희귀병이 얼마든지 있어."

"그럼. 그럼 하자. 어머, 야! 손수아! 무슨 짓이야!"

새된 비명과 함께, 엄마의 손이 손수조의 손등을 내리쳤다. 요구르트가 손수조의 손에서 떨어져 이불에 얼룩을 만들었다.

"수아야. 무슨 짓이야? 수조는 음식을 먹으면 안 돼. 엄마가 몇 번이고 말했지? 수조는 아파. 이제 곧 큰 촬영이 있어. 그때까지 수조는 더 많이 아플 거야. 알았니?"

이불은 순식간에 요구르트를 빨아들였다. 손수조는 이불 안으로 숨어 들어갔다.

"그러다가 수조가 진짜 아프면요? 밥을 못 먹으면 사람은 죽어요. 수조가 죽으면 어떻게 해요? 엄마. 엄마는……."

손수아는 말을 끝내지 못했다. 침대 옆으로 온 아빠가 손수아의 머리를 손바닥으로 내리쳤다. 손수아는 넘어지지 않으려고 발바닥에 힘을 주고 버텼다. 반대쪽으로 또다시, 비슷한 강도의 힘이 몰려왔다. 이번에도 버텼다. 손수아는 손수조가 있는 곳에서는 아빠가 아무리 때려도 넘어지지 않겠다고 결심한 터였다.

"야. 넌 왜 만날 부모 하는 일에 방해야? 경찰에 신고한 것도 어이가 없었는데, 이젠 일을 다 망치려고 들어? 네가 1000만 원 벌어 올 거냐?"

연이은 타격음은 병실 문 밖에서 인기척이 나고야 멈췄다. 아빠가 병실 문을 열고 밖을 살피는 사이, 손수아는 이불 안으로 기어들어 갔다.

"누나, 괜찮아?"

이불 안에서 손수조가 물었다. 손수아는 손수조의 등을 꽉 끌어안았다. 동생의 등은 이젠 등뼈가 만져질 정도로 말랐다. 무섭다. 이대로 동생이 점점 작아져서 사라질 것만 같다.

"괜찮아. 누나는 너보다 어른이잖아."

어른은 강하다. 어른은 무슨 일이든 원하는 대로 할 수 있다. 아빠와 엄마보다 어른이 되면, 그때까지만 버티면 된다. 손수아는 동생의 등을 더욱 힘주어 끌어안았다.

*

냄비 안의 떡볶이가 매콤한 냄새와 함께 끓어올랐다. 서은진은 국자로 냄비 안을 저었다.

"즉석 떡볶이 2인분에 만 원이 넘다니. 나 어릴 적엔 5000원이면 배부르게 먹었는데."

서은진이 건네준 서류를 보고 있던 하이하는 어우 하고

질색을 했다. 서류를 옆에 비어 있는 의자에 내려놓은 하이하는 서은진의 손에서 국자를 빼앗아 들었다.

"언제 적 물가예요, 변호사님. 그나저나 용케 며칠 만에 저렇게까지 조사하셨네요."

"있는 정보원 없는 정보원 다 동원한 거야. 늙은이를 이리 혹사하다니."

"나이 50에 늙은이 소리하면 진짜 어르신들한테 등짝 맞아요."

하이하는 냄비에서 떡볶이를 한 국자 퍼서, 서은진 앞에 놓인 접시에 덜었다.

"동방예의지국이니 변호사님 먼저."

"동방예의지국 운운할 거면 메뉴 좀 고르게 해 줘. 만날 때마다 떡볶이니. 이 매운 게 뭐 좋다고."

"한국의 여고생이라면 역시 떡볶이죠."

하이하는 너스레를 떨며 포크로 떡볶이를 찍어 입에 넣었다. 맵다. 매워서 좋다. 매운맛은 미각이 아니라 통각이다. 매운 성분인 캡사이신은 구강 속 수용체 단백질과 결합해 통각 신경을 자극해 대뇌에 전달한다. 대뇌는 '얼얼한 느낌'을 도출해 내는데, 이것을 맛이라 착각한다. 엄밀히 따지면 맛이 아닌 고통. 그러나 매운 '맛'은 맛이다. 떡볶이를 먹는 사람은 그 맛이 혀에서 온 것인지 대뇌에서 온 것인지를 따지지 않는다. 맛이라 착각하면, 그것은 맛이 된다.

"자, 이젠 말을 해 봐라. 회장님께 무어라 보고할까? 네가 왜 그 정보를 원했는지 말이다. 박석일이 얽혀 있어 회장님도 쉬이 넘기지는 않으실 거다."

"회장님이 타운 미술관 오픈과 관련해서 박석일을 주시하고 있다는 건 알아요."

하이하는 의자에 놓인 파일을 집어 들었다. 확인하고 싶었다. 그 사람이 어디에 있는지를. 술래잡기를 시작하려면, 술래의 자리를 차지하려면 정보가 필요한 법이다.

"박석일은 그 미술관을 자금 세탁용으로 쓸 모양이지. 진동수를 내세웠더구나. 진동수가 의원직 상실 이후 협심증을 이유로 두문불출하다가 1년 전쯤부터 움직였더구나. 아무래도 내년 지방 선거 때 복귀를 노리는 것 같아. 타운 미술관 후원도 그중 하나야. 예술 산업 후원이 이미지 세탁에 좋긴 하지. 경기도 외곽에 폐공장을 복합 전시 공간으로 바꾸겠다고 나섰더구나. 박석일도 후원자 중 한 명이야. 실상은 진동수가 박석일의 자금을 후원금 명목으로 세탁해 주고, 대신 정치적 서포트를 받기로 한 거겠지. 진동수는 딸인 진진아의 전시회를 미술관 개관식과 맞추어 진행할 예정인 것 같아. 그날이 본격적인 진동수의 활동 시작을 알리는 신호탄이되겠지."

"회장님은 진동수가 정치판에 합류하는 걸 원하지 않으시죠?"

"당연하지. 박석일에게 팔 하나 더 붙여서 좋을 게 뭐 있겠니. 지금도 하는 일마다 태클인데. 그 인간이 금융위 국정 감사에서 J 그룹의 특별 감사 실시를 주장한 탓에 고생했던 걸 생각하면……. 어이구, 하여간 그 노인네는 명줄도 길어. 전 회장님은 뭐 하나 몰라. 친구 안 데려가고. 박석일, 그 노인네는 낯짝도 없어요. 그렇게 살인자니 뭐니 몰아세우더니 회장 취임 후에 바로 정치 후원금을 요구하지 않나. 저쯤 낯가죽이 두꺼워야 정치하는구나 싶더라."

하이하는 파일에서 서류를 꺼내 유심히 들여다보았다.

"진진아. 이름 들어 본 적 있어요. 시력을 잃어 가는 천재 소녀 화가라고. 진동수의 딸이었군요. 보자. 열네 살. 5년 전 진동수가 재혼으로 얻은 딸. 5년 전이면 진동수가 국회 의원 당선되었던 그해네요?"

"맞아. 당시에 당선되었던 게, 동정 여론 덕을 꽤 본 거였거든. 선거를 한 달 앞두었을 때 집에 불이 났어. 집에 혼자 있던 부인이 변을 당했지. 거기 기사 있지? 그 기사가 그 이전부터 진동수를 다룬 특집인데, 부인 이야기가 꼭 들어가. 치매를 앓는 부인을 보살피는 헌신적인 남편. 그게 진동수가 고수해 온 스탠스야. 그 부인이 사고로 세상을 떠났으니 동정 여론이 일 수밖에. 재혼은 그해 12월 말에 했더군. 이른 재혼이란 말도 있었는데, 진동수가 심장 협심증이란 사실을 공표해서 비난 여론은 없었던 듯해. 남자가 아프면 돌보아 줄 마누라가 필요하지 그딴 댓글이 주렁주렁 달린 걸 보면."

"재혼한 아내도 4년 전에 교통사고로 사망했군요."

"그쯤 되면 진동수가 저승사자지."

서류를 팔랑팔랑 넘기던 하이하의 손이 멈췄다.

"알파 연구소? 여기는 뭐 하는 곳이에요? 자료는 거의 없는데 언급은 꾸준히 되네요."

"진진아가 화가의 재능을 찾은 게, 그곳을 다니기 시작하면서라더군. 설립된 지 1년 반쯤 됐어. 그런데 거기, 영 구린내가 나."

서은진은 잠시 뜸을 들인 후, 말을 이었다.

"……네가 알아봐 달라고 한 사람. 그가 그곳의 책임자로 있더구나."

하이하가 서류를 움켜쥔 부분에 깊은 손톱자국이 새겨졌다.

"책임자라고요?"

"그래. 그가 진진아의 설리번 선생님이야."

타는 냄새가 났다. 하이하의 손은 서류에 더욱 깊은 자국을 새겼고, 서은진은 그것을 보지 못한 척 앞에 놓인 버너의 손잡이를 돌려 불을 껐다. 그러곤 여상히 말을 이었다.

"참, 그리고 한 가지 더. 서류에는 없는 이야기다만, 아무래도 마음에 걸려서 말이다. 진선미가 경호 업체에 타운 미술관 개관식에 업무 요청을 넣을 수 있냐고 문의했더구나."

서류를 쥔 손의 힘이 느슨해졌다. 하이하는 접시에 남은 떡볶이를 몽땅 욱여넣었다. 아픈 맛이다. 떡볶이를 삼키고, 물 한 잔을 들이켰다.

"괜찮아요. 무슨 일인지 대충 예상이 가거든요."

"무슨 일일 것 같은데?"

하이하는 파일을 가방에 챙겨 넣었다.

"술래가 되어야 할 이유가 하나 더 늘어난 거죠."

서은진은 그 이상 무엇도 묻지 않았다. 접시에 남은 양배추 조각을 젓가락 끝으로 밀어 접시 가장자리로 옮겼을 뿐이다. 서은진은 어디까지나 역할에 충실하기로 작정한 터였다. 제아무리 눈앞의 작은 여자아이와 만나 떡볶이를 먹는 일이 점점 즐거워진대도, 그 결심을 번복할 수는 없었다.

"이만 갈까요. 변호사님."

하이하는 가방을 들고 자리에서 일어났다.

"오늘 저녁에 근사한 스케줄이 있어서 준비를 해야 하거든요."

"무슨 스케줄?"

하이하는 양손을 들어, 머리 옆에 뿔을 만들었다.

"염소 귀신이 되어 보려고요."

맛이라 착각하면 맛이 된다. 비록 함정이었다 해도 알아차리지 못한 척을 하면 그만이다. 술래잡기가 시작된다 해도 디데이가 찾아올 때까지 염소는 춤을 출 것이다. 하이하는 가게를 나섰다.

*

불 꺼진 병실은 어둡다. 두꺼운 커튼이 쳐진 병실 창문 틈새로 바깥의 불빛이 희미하게 새어 들어올 뿐이다. 손수아는 이불 안에서 얼굴만 빠끔히 내밀어 밖을 살폈다.

'오늘은 꼭 올 거야. 그때까지만 버티자.'

벽에 걸린 시계의 큰 바늘은 어느새 숫자 11을 가리키고 있다. 등에 달라붙은 손수조의 높은 체온과 숨소리가 손수아의 눈꺼풀을 더욱 무겁게 만들었다. 졸리다. 이대로 자고 싶지만 새벽 4시까지는 버텨야 한다. 4시가 되면 간호사가 병실을 돈다.

'밤에도 저 카메라가 계속 작동하면 좋을 텐데.'

손수아는 병실 벽 한쪽에 설치되어 있는 카메라를 바라봤다. 오늘 오전에 손수조는 병실을 옮겼다. J 그룹에서 후원하는 특집 프로그램 촬영을 위해서다. 감독 아저씨는 병실에 카메라를 달았다. 총 네 대. 사람의 움직임을 쫓아가며 촬영하는 신기한 카메라다. 현장감 있는 영상을 위해 촬영 팀이 들어오는 대신에 카메라로 내내 병실 안을 촬영한다고 했다. 그 말을 들었을 때 손수아는 환호성을 내지르고 싶었다. 하지만 저녁 9시 이후로는 미성년자인 손수조의 편의를 위해 카메라 작동을 멈춘다는 설명에 곧 실망했다. 카메라가 내내 작동하면, 이 프로그램을 촬영하는 동안에는 아빠도 엄마도 무엇도 하지 못했을 거다.

올까. 오늘 밤도 올까. 엄마는 오늘 많이 울었다. 감독 아저씨는 원래 손수조를 진찰했던 의사가 아닌, 다른 의사가 정밀 검사를 진행할 거라고 했다. 엄마는 병실을 옮기는 내내 울었고, 잠깐 집에 다녀온다고 할 때도 울었다. 집에 가서는 아빠에게 전화를 걸어 미친 듯이 소리를 질렀다. 역시 이 촬영은 하지 않았어야 한다고, 이제 와서 선생님에게 상담을 할 수도 없다고, 화를 내다가 울다가 했다. "그래. 알았어. 본격적인 검사 들어가기 전에 한 번 더 손쓸게." 엄마는 그렇게 말하곤 전화를 끊었다.

그러니깐 엄마는 온다. 올 거다. 기다려야 한다.

병실 문이 열렸다. 손수아는 자는 척 두 눈을 질끈 감았다. 숨죽인 발자국 소리가 점점 침대로 가까워졌다. 손수아는 실눈을 떴다. 엄마가 침대 옆에 서 있었다. 엄마는 손수조의 머리를 쓰다듬었다.

"착하지. 엄마를 행복하게 해 줄 거지? 착한 아이니깐."

손수아는 자신의 등을 끌어안은 손수조의 손에 힘이 들어가는 것을 느꼈다. 손수조는 자고 있는 게 아니다. 자는 척하고 있는 거다. 무서워서 자는 척하는 것 말곤 할 수 있는 게 없는 거다.

'내가 어떻게든 해야 돼. 내가 더 어른이잖아.'

손수아는 손수조의 머리를 쓰다듬던 엄마의 손이 머리보다 높게 올라가는 것을 봤다. 엄마가 손수조의 링거 주머니를 거치대에서 들어 올린 순간, 손수아는 벌떡 일어나 엄마의 팔을 붙잡았다. 엄마, 하지 마. 입 밖으로 말을 밀어 올리려 했지만 입술이 얼어붙기라도 한 듯 움직이지 않았다. 엄마는 사나운 눈빛으로 손수아를 노려보며 팔을 휘둘렀다. 손수아는 엄마의 팔을 놓지 않으려 필사적으로 버텼다. 엄마가 손바닥 안에 쥐고 있던 주사기가 병실 바닥에 떨어지며 바늘과 피스톤이 분리되었다. 주사기 안에 담겨 있던 액체가 병실 바닥에 점점이 흩어졌다. 손수아는 침대 아래로 굴러떨어졌고, 이불 안에서는 손수조의 흐느낌이 새어 나왔다.

"쉿. 밤에는 울지 말라고 했지."

엄마는 불룩 솟아오른 이불 위를 한 대 내리치고는, 바닥에 떨어진 주사기를 주웠다.

"너 때문에 다시 가져와야 하잖아. 하여간 도움이 안 돼. 수아야. 이건 다 네 동생을 더 좋게 만들려고 하는 거야. 수조는 특별한 아이라고 선생님도 그랬어. 수조는 모든 시련을 이겨 내고 완벽한 윤회를 이루어 낼 거라고."

병실 바닥에서 몸을 일으키던 손수아는, 자신의 앞을 지나는 엄마의 발목을 꽉 붙잡았다.

"거짓말이야."

"이거 놔. 손수아."

"아빠도 엄마도 다 거짓말쟁이야! 내가 거짓말쟁이가 아니라! 엄마. 엄마는 진짜 그게 기뻐? 수조가 아프면, 그게 기뻐? 대체 왜? 사람들이 불쌍하다고 하는 게 대체 왜 기쁜 건데!"

"조용히 하랬지. 손수아!"

엄마는 손수아를 걷어찼다. 손수아는 등껍질에 들어간 거북이처럼 몸을 웅크렸다. 주머니 안에 넣어 둔 카드가 느껴졌다. "염소 귀신이 구하러 갈 거야"라던 말이 귓가에 어른거렸다.

'좋은 사람이었어. 내가 거짓말쟁이가 아니라는 걸 믿어 주었잖아.'

하지만 언니의 그 말은 아마도 거짓말일 것이다. 염소 귀신 따위는 없다. 힘없는 아이를 도와주는 어른도 없다. 그런 건 그냥, 이야기 속에만 존재한다. 그래서 손수아는 스스로 어른이 되기로 했다. 귀신도 어른도 도와주지 않는다면, 가짜 어른 행세를 해서라도 버티고 싶었다.

버티면, 버티고 버텨서 진짜 어른이 되면……

"죽여 버릴 거야."

얼어붙었던 입술 사이에서 손수아의 절규가 튀어나왔다. 손수아를 걷어차던 엄마의 발이 멈칫 허공에 멈췄다.

"뭐?"

"어른이 되면 아빠도 엄마도 죽여 버릴 거야! 나랑 수조

괴롭힌 만큼 아프게 해 줄 거야! 두고 봐. 복수할 거야. 꼭 복수할 거야!"

멈추었던 발이 손수아의 머리를 후려쳤다. 귀 한쪽에서 칠판 긁는 듯한 소리가 나면서 눈 안쪽에서 섬광이 터졌다. 둔탁한 아픔 속에 느낀 건 목을 파고드는 날카로운 손톱의 감촉이었다. 손수아는 그대로 의식을 잃었다. 얼마쯤일까. 손수조의 울음소리가 멀어졌다가, 다시 밀물처럼 밀려왔다. 누군가의 목소리가 파도 같은 울음에 뒤섞여 들렸다.

"복수는 내가 해 줄게. 너는 다른 꿈을 꾸렴."

손수아는 힘겹게 눈을 떴다. 희뿌연 시야에, 자신을 내려다보는 누군가의 형체가 어른거렸다. 머리 양옆에 뾰족한 무언가 솟아나 있는 것만 같았다.

'와 줬어. 좋은 염소. 거짓말이 아니었어.'

손수아는 까무룩, 파도에 몸을 맡겼다.

＊

법원 정문은 피켓을 든 사람들과 취재진으로 북적거렸다. 노란 플라스틱 울타리 앞을 지키고 선 경찰들 뒤로 모여 선 사람들은 목소리를 높여 외쳤다.

"아이를 아프게 한 못된 부모 엄벌하라!"

"가짜 진단서 뗀 의사도 공범이다!"

한쪽에서는 시민 단체가 서명 운동을 펼치고, 그 옆에서는 기자가 서명을 하는 시민과 인터뷰를 하고 있었다. 맞은편에서는 그런 사람들을 배경으로 보도가 한창이었다. 하이하와 진선미, 김해찬은 시위를 하는 사람들 뒤쪽에 서서 그 광경을 지켜보았다.

"통칭 천사 엄마 사건의 결심 공판이 진행될 예정인 법원 앞은 이른 아침부터 북적입니다. 한 부부가 의사와 결탁해 여섯 살 아들이 불치병에 걸렸다는 거짓말로 후원금을 챙긴 이 사건은 2개월 전, 다큐멘터리 촬영 중 기기 조작 오류로 한밤중에도 녹화가 진행되면서 발각되었습니다. 피해 아동의 친부인 손 씨와 친모인 강 씨는 아들에게 치사량에 가까운 소금을 섭취하게 해 입원을 시킨 후, 지속적으로 아들의 수액에 썩은 스포츠 음료와 수돗물 등을 주입했습니다. 이들은 아들이 불치병에 걸렸다고 주장, 평생 치료를 해야 하는데 돈이 없다고 호소하며 개인 SNS 채널과 잡지 등을 통해 후원금을 받아 왔습니다. 아동 학대 방치 시민회는 이들의 행위가 아들의 목숨을 돈과 바꾸려고 한 살인 미수 행위라며 법원에 엄중한 처벌을 바라는 시위를 벌이고 있습니다. 전문가는 손 씨와 강 씨가 대리 뮌하우젠 증후군을 앓고 있을 가능성도 있다는 의견을 제시했습니다."

"대리 뮌하우젠 증후군이 무엇인지 설명 부탁합니다."

"뮌하우젠 증후군은 일종의 허위성 장애입니다. 이 증후군을 앓는 사람은 자신을 약자로 만들어 타인의 동정을 얻는 데에서 만족감을 느끼는데요. 대리 뮌하우젠 증후군은 이름 그대로, 그런 임상 양상을 타인을 통해 실현하는 것입니다. 이 경우 피해자는 많은 경우 자신이 피해자임을 인지하지 못하고, 인지했어도 외부에 피해 사실을 알리기를 꺼리는 경우가 많다고 합니다. 분명히 피해자지만, 가해자가 그를 아프게 함과 동시에 보살피는 존재이기에 굴절된 감정의 고리로 엮이게 되는 것입니다. 그렇기에 이번 경우처럼 가해자가 처치를 한 것이 영상에 찍히는 등 명백한 증거가 없으면 암수 범죄가 될 확률도 높습니다."

파란 호송차가 법원 정문으로 미끄러져 들어갔다. 시위대에 함성은 더욱 커졌다. 몇몇 사람들이 호송차의 뒤를 따라 달리자, 플라스틱 울타리 뒤에 서 있던 사람들도 호송차를 향해 뛰어나갔다. 경찰이 그들을 막아서면서 몸싸움이 벌어졌다. 뒤엉킨 사람들의 무리는 하나가 되어 굴러갔다. 하이하와 진선미, 김해찬 세 사람만이 제자리에 남았다.

"저쪽에서 대리 뮌하우젠 증후군을 들먹이면서 정신 질환으로 감경 주장할 수도 있어. 저 부분이 미디어에 부각되면 사람들이 흥미 위주로 사건을 가볍게 여길 수도 있고. 보도할 때 저 부분이 되도록 노출되지 않도록 주의해 달라고 요청해야겠어."

진선미의 말은 하이하의 귓가를 미끄러져 바닥에 떨어졌다. 하이하는 호송차가 들어간 법원 정문 쪽으로 고개를 돌린 채 미동도 하지 않았다. 사람들 사이에 검은 선글라스를 쓴 여자가 하이하를 바라보고 서 있었다. 여자는 우아한 손놀림으로 하이하에게 이쪽으로 오라는 손짓을 했다. 하이하가 서 있는 도보와 법원 정문은 횡단보도 두 개가 걸쳐진 만큼의 거리가 떨어져 있었다. 그러나 하이하는 여자가 어떤 표정을 하고 있을지, 보지 않고도 알 수 있었다. 선글라스 아래 감추어진 푸른 눈도, 얇은 곡선을 그리며 휘어 올라가는 입가도 당장 허공에 그려 낼 수 있게 생생했다.

'이거였구나. 함정을 판 목적. 내게, 당신이 이곳에 왔다는 걸 알리려고.'

하이하는 목걸이의 펜던트를 꽉 움켜잡았다가 놓았다. 그러곤 몸을 돌려 섰다. 목덜미를 잡아끄는 등 뒤의 시선을 무시하며 진선미와 김해찬에게로 한 발 더 다가갔다.

"우리, 이젠 집에 가요."

하이하는 웃었다. 웃으며 생각했다.

세 번째 봄은 찾아오지 않을지도 모른다, 고.

5.
Take My Hand

파마약 냄새만큼 진한 수다가 가게 안을 가득 채웠다. 맥락 없는 대화가 끝도 없이 이어지는 미용실 한가운데, 진선미는 로드를 말고 앉아 달달달 다리를 떨었다. 전송되어 온 메시지에는 정중한 거절의 문구가 적혀 있었다.

'……타운 미술관 개관식 경호는 모두 알파 연구소에서 관리한다 이거지. 그렇다면 연구소 쪽 사람과 접촉할 방법을 찾아봐야 해.'

쉽지 않은 일이다. 타운 미술관 개관식을 디데이로 정한 뒤 끊임없이 알파 연구소에 잠입을 시도했었다. 개관식 날, 의심받지 않고 진동수의 근처에 머물 수 있는 입장을 손에 넣어야 했다. 그러나 알파 연구소는 지독하게 폐쇄적이었다. 경호원은 물론, 모든 운영 인력을 추천인을 통해서

만 채용했다.

'변호사님에게 부탁하면 추천인쯤은 소개받을 수 있을 테지만 말이지.'

그랬다가는 하이하에게 이야기가 흘러 들어갈 가능성이 높다. 그것만은 피하고 싶다. 디데이를 맞이하는 때에, 그곳에는 염소 클럽의 누구도 있기를 바라지 않았다. 고민에 빠진 진선미의 다리가 더욱 격렬하게 떨렸다.

"어휴. 다리 떨면 복 나가. 그만 떨고 이거 좀 먹어."

귤 하나가 진선미의 무릎에 툭 놓였다. 아주머니들의 호기심 어린 시선도 귤과 함께 날아들었다. 진선미는 잠자코 귤을 까서 입에 넣었다. 동네 미용실은 어디를 가든 비슷한 분위기다. 그곳의 단골들은 자신들이 뿜어내는 친밀함 속으로 낯선 이를 끌어들인다. 그래서 진선미는 동네 미용실만을 찾았다. 낯선 이에게 쉽게 말을 거는 사람들은, 그만큼 낯선 이를 쉬이 잊을 터였다.

"아가씨는 젊은데 뭐 이런 뽀글뽀글 아줌마 파마를 해? 이런 낡아 빠진 가게에 와서. 혹시 무슨 징크스라도 있어?"

"모르는 소리 하지 마. 우리 조카가 좋아하는 가수도 나처럼 뽀글 파마 하고 있더라. 아줌마 파마 아니야. 요즘은 이런 게 트렌드야, 트렌드."

아줌마 파마라서 좋은 건데요, 라는 말은 굳이 하지 않았다. 귀신은 인간과 쉬이 말을 섞어서는 안 된다. 언제든 사라질 수 있도록, 말을 아끼고 자취를 지워 나가야 한다. 그러나 가끔 말하고 싶다. 아줌마 파마라서 좋은 거예요. 아줌마라고 불리고 싶어 했던 사람이 이 머리를 하고 싶어 했거든요, 라고.

아줌마를 동경했던 아줌마. 이인연은 그렇게 불리는 걸 좋아했을 거다.

……파마를 하면 모두가 강해지나 봐. 오늘 본 드라마에서는 남편 머리를 프라이팬으로 내리치더라. 정말 멋졌어. 아줌마들은 왜 그렇게 멋있을까. 말도 잘하고 암에 걸려도 살아남고 자기 아이를 때린 사람 머리채도 잘 잡아. 선미야. 아줌마는 중년 여자를 통칭하는 거잖니? 그럼 나도 아줌마잖아. 마흔 살이면 중년 맞잖아. 그런데 왜 엄마는 아무것도 못하지? 머리카락 때문인가? 엄마도 드라마 속 아줌마들처럼 뽀글뽀글 파마를 하면 강해질까? 아빠 머리를 프라이팬으로 내리칠 수 있을까?

진선미는 기억 속에서 재생되는 목소리를 귤과 함께 씹어 삼켰다. 손가락을 타고 흐른 귤즙이 끈적거렸다. 끈적거리는 손. 끈적거리는 것은 질색이다.

어머니의 손은 언제나 끈적거렸다.

*

거실에 놓인 액자 속 사진의 여자는 다른 사람이었다. 동그란 액자에 든 사진 속 여자는 곱게 치장한 얼굴에 솜씨 좋게 만 컬이 들어간 헤어스타일을 하고 몸에 맞춘 듯 딱 맞는 정장을 입고 있었다. 그 옆, 네모난 액자에 든 사진 속 여자의 얼굴에는 화장기가 없었다. 머리카락은 하나로 빗어 내려 묶고, 하얀 가운을 입었다. 그러나 두 여자 모두 입가에 그린 듯한 미소를 띠고 있었다.

진선미가 사진 속 두 여자가 같은 사람이라는 걸 깨달은 건 여덟 살 때였다. 그 여자가 자신의 어머니라는 사실도 그때 알았다. 진선미에게 '어머니'는 그런 존재였다. 있으나 마나 한 사람. 진선미가 태어나기 전부터 아팠고, 태어난 후에도 아파서 언제나 병원에 있는 사람. 가끔 '엄마'라고 부를 누군가가 있으면 좋겠다 싶기도 했지만 없는 것이 불편하지는 않았다. 가져 본 적 없는 것은 가져 본 것보다 덜 아쉬운 법이다.

게다가 어린 진선미는 바빴다. 진선미는 발레와 피아노 레슨을 받았고 영재 교육원을 다녔다. 진선미의 담당 교사들은 입을 모아 진선미가 발레에도, 피아노에도, 공부에도 재능이 없다고 했다. 그래도 진선미는 있는 힘을 다해 꾸역꾸역 진도를 따라잡았다.

강한 사람만이 원하는 걸 가질 권리가 있단다. 이것이 진동수의 입버릇이었다.

아홉 살, 진선미가 영재 교육원의 과제를 다 하지 못해결석한 날, 진동수는 진선미의 방문 밖에 자물쇠를 채우고 밀린 과제를 다 할 때까지 밖에 나오지 못하게 했다. 진선미가 화장실에 가고 싶다고 해도 방문은 열리지 않았다. 진선미는 열아홉 시간을 갇혀 있다가 과제를 모두 검사받은 후에야 방에서 나올 수 있었다.

그날 이후 진선미는 진동수의 허락 없이 다른 어딘가로 나가기를 꿈꾸지 않게 되었다. 발레나 피아노보다는 학교에서 배운 유도와 코딩이 더 재미있었지만 말할 수 없었다. 진동수가 원하는 강한 사람이 되어야만 했다. 어떤 것이 '강하다'는 건지 고민할 틈도 없었다.

이인연이 집에 돌아온 건 진선미의 열한 살 생일날이었다. 학원을 마치고 집에 오니 낯선 냄새가 났다. 병원에 갈 때나 맡았던 소독약 냄새였다. 진선미는 덫에 다가가는 어린 짐승처럼 몸을 웅크리고 발소리가 나지 않게 걸었다. 1층 식탁에 케이크가 놓여 있었다. 생일날 케이크에 초를 붙이고 노래를 부르는 행위는 진동수가 지배하는 집 안에서 한 번도 일어난 적 없는 것이었다. 생일 축하는 밖에서, 카메라 앞에서 하는 걸로 정해져 있었다. 병원 홍보용 블로그에 올라갈 가족애 넘치는 사진을 위해서는 많은 과정이 필요했다. 적당히 소문을 내 줄, 그러나 함부로 타인의 만들어진 행복 안으로 들어오지는 않는 준비된 관객이 있는 레스토랑에 앉아 웃고 박수를 치고 진동수의 뺨에 뽀뽀를 해야만 했다. 진선미에게 생일은 조금도 즐겁지 않은, 그 일련의 과정을 수행하는 날일뿐이었다.

그런데 케이크라니. 역시 무언가가 달라졌다.

진선미는 2층으로 올라갔다. 진동수의 집은 2층짜리 단독 주택이지만 2층은 1층에 비해 천장이 낮았기에 잘 사용하지 않았다. 삼각형 모양 지붕의 낮은 쪽 꼭짓점에 있는 방은 특히나 천장이 낮아서, 흡사 다락방처럼 보였다. 냄새는 그 방 주변에서 가장 진하게 떠돌았다. 어린 진선미는 방문 손잡이를 살그머니 돌렸다.

"선미구나. 벌써 시간이 그렇게 됐나."

먼저 눈이 마주친 건 진동수였다. 방 안, 침대 옆에 서 있던 진동수가 고개를 돌려 방문 쪽을 봤다. 진선미는 다녀왔습니다, 라고 말하며 진동수의 시선을 피했다.

"이쪽으로 와. 인사해라."

진선미는 시선을 바닥에 둔 채 방 안으로 들어갔다. 방 전체에 진한 소독약 냄새가 떠돌았다. 침대 옆에 놓인 슬리퍼와 바퀴 달린 수액 거치대. 약간 고개를 들었다. 수액 거치대와 연결된 링거 줄이 보였다. 줄을 따라간 곳에는 새하얗고 깡마른 손등이 있었다. 새파란 핏줄이 도드라지게 튀어나온 손등은 사람의 것이 아닌 공포 영화에 나오는 귀신의 것인 듯했다.

"선미야."

손등의 주인은 목소리도 색이 빠진 듯 투명했다. 진선미는 귀신에 홀린 듯 고개를 들었다. 화장기 없는 얼굴에 뺨만 붉게 상기된 얼굴이 낯익었다. 거실에 걸린 사진 속 여자다. 세간은 여자를 "진동수 원장의 병약한 아내"라 칭했다.

"내가 엄마야. 나 기억하니?"

그러니까 여자, 이인연은 곧 진선미의 어머니였다. 진선미는 갑자기 나타난 '엄마'를 뚫어져라 봤다. 언제나 아팠다는 엄마. 너무 몸이 좋지 않아 면회도 안 된다던 엄마. 그래서 이제까지 한 번도 만난 적 없는 엄마. 갑자기 운석이 눈앞에 떨어진 듯했다.

"오늘부터 집에서 요양하기로 했다. 뭐 하니. 엄마한테 인사하렴."

진동수는 당시 의료 사고로 조사를 받고 있었다. 성형 수술을 통해 사람들의 인생을 바뀌어 주는 예능에 출연해 유명세를 얻은 진동수였기에 그 여파는 컸다. 사람들은 의료 사고의 진실 여부보다 진동수가 그때까지 보여 준 이미지와 어긋난 행보를 보인 것을 질책했다. 외모로 인한 상처가 있는 사람을 보듬어 주는 전문의, 젊은 나이에 치매 판정을 받은 아내에게 헌신하는 남편, 어린 딸을 혼자서도 잘 보살피는 자상한 아버지. 이것이 진동수에게 따라붙는 수식어였다. '간호사에게 무면허 봉합 시술 지시'는 그런 수식어에 잘 어울리는 죄목이 아니었다.

여론이 뒤집힌 것은 한 편의 기사 때문이었다. 기사에는 진동수의 아내가 입원한 병원 안에서 입장을 표명하라고 소리 지르는 기자와, 아내의 병원에서만은 조용히 해 달라고 사정하는 진동수와, 그런 두 사람 앞에 나타나 칼로 팔을 긋는 여자의 모습이 1분 내외 영상이 첨부되어 있었다. 기사는 큰 반향을 불러일으켰다. 진동수가 아내를 집으로 데려가 보살피기로 했다는 소식은 진동수 동정론에 더욱 불을 붙였다. 영상에 찍힌 기자도, 영상을 찍은 기자도 이전에 작성한 기사가 하나도 없는 유령이라는 데는 누구도 신경 쓰지 않았다.

이러한 사건의 흐름을 알지 못하는 어린 진선미에게 이인연의 등장은 갑작스럽기만 했다.

"안녕하세요."

어린 진선미는 옆집 사람에게 인사하듯 한 발 떨어져 허리를 숙였다. 이인연의 손이 허공을 휘저었고, 진동수는 히죽 웃으며 진선미의 몸을 돌려세웠다.

"내려가자. 생일 파티를 해야지."

"이번 생일은 외식 안 해도 돼요?"

"응. 필요한 사진은 이미 다 찍었어. 이제부턴 집에서 파티할 거다."

잠시 후, 세 사람은 식탁 앞에 앉았다. 케이크에 초를 꽂고 불을 붙였다. 이인연은 링거를 뺀 손으로 열심히 박수를 치고 생일 축하 노래를 불렀다. 진선미는 초를 불어 껐다. "엄마가 생겼으니 무언가가 변하게 해 주세요"라고 속으로 소원을 빌었다.

촛불이 꺼지고 이인연이 케이크를 잘라 각자의 접시에 한 조각씩 놓아주었다. 진선미는 포크를 들어 부드러운 크림을 떠먹었다. 이인연도 포크를 들었다.

"당신은 그게 아니지."

진동수가 웃으며 이인연의 손을 붙잡았다.

"자. 당신을 위한 특별한 쿠키야."

진동수가 이인연에게 내민 것은 초에 불을 붙이고 놔둔, 끝이 새까맣게 탄 성냥이었다. 이인연은 부들부들 떨리는 손끝으로 성냥을 받아 들었다. 진동수는 진선미에게로 손을 뻗어, 진선미의 입가에 묻은 크림을 닦았다.

"약속 지켜야지. 자기야."

이인연은 입을 벌렸다. 진선미는 이인연이 손에 든 성냥을 입에 넣는 것을 멍하니 지켜봤다. 검게 탄 성냥을 과자처럼 아작아작 씹어 먹는 이인연은 정말로 귀신같았다.

귀신. 귀신은 밤마다 진선미의 방에 찾아왔다. 찾아와서 별반 무언가를 하진 않았다. 그저 잠이 든 척 누운 진선미의 손을 잠시간 꽉 잡았다. 이인연의 손은 늘 끈적끈적했고, 진선미는 그것이 몸서리치게 싫었다. 진선미는 이인연에게 물어보고 싶었다. 왜 성냥을 먹은 거냐고, 왜 낮에는 한마디도 하지 않고 방에만 틀어박혀 있냐고, 엄마도 나를 문밖으로 데리고 나가 주지 않을 거냐고. 그러나 물어볼 수 없었다. 자신이 없는 곳에서는 엄마에게 말을 걸지 말 것. 진동수가 그런 지시를 했기 때문이다.

이인연을 위한 특별한 쿠키. 그것이 무엇을 의미하는지, 집으로 촬영 팀이 올 때만 이인연이 지내는 방이 1층 안방으로 둔갑하는 것이, 치매라던 이인연이 평소엔 멀쩡한 것이, 의사가 진단을 하러 와서는 이미 작성된 진단서에 사인만 하고 가는 이유가 무엇인지.

1년, 또 1년이 지나면서 진선미는 하나하나 던져진 신호를 꿰어 맞출 수 있는 나이가 되었다. 진동수는 이인연을 팔고 있었다. 관심이 필요할 때마다 이인연을 내세워 자신의 이미지를 만들어 갔다. 어쩌면 이인연은 아프지 않은지도 모른다. 어쩌면이 아니라 아마도 확실하게. 그러나 진선미는 무엇도 하지 않았다.

강한 사람이 약한 사람을 이용하는 건 당연하고, 이인연은 약하다.

그러니 아무 문제도 없다. 진선미는 쿠키를 삼키는 이인연을 못 본 척하며 집을 나섰다. 이인연이 집에 온 뒤, 진동수는 진선미에게 너그러워졌다. 원하는 걸 배우라고 했고, 친구들과 놀다가 집에 늦게 돌아와도 혼나지 않았다. 가지 못하게 했던 학교 행사도 모두 보내 주었고 동아리 활동도 할 수 있게 됐다. 진선미의 세계는 갑자기 넓어졌다. 중학생이 되고, 고등학교에 진학하면서 점점 자신의 가정이 다른 집과 다름을, 그 다름은 '틀림'일 수 있음을 알았다. 문밖에 서니 뒤틀린 집의 기묘함이 너무나도 잘 보였다. 그 뒤틀림에서 조금이라도 멀어지고 싶어서 더욱더 밖에서 보내는 시간이 많아졌다. 그러나 밤이 되면 어김없이 끈적끈적한 손이 진선미의 손을 붙잡았다. 진선미는 그때마다 질끈 눈을 감았다. 집 밖에서의 진선미는 어릴 때와는 조금씩 다른 사람이 되어 갔지만, 집 안에서의 진선미는 여전히 어린 진선미였다.

열일곱 살의 여름이었다.

모든 것이 더없이 평온했다. 진동수의 성형외과는 1년 전에 예약을 걸어야 할 정도로 성황이라 경기도 쪽에 분점을 낼 준비를 하고 있었다. 진선미는 여름 방학이 시작되면 전국 유도 대회를 위한 합숙 훈련을 떠날 예정이었다. 방학 내내, 그 끈적거리는 손에서도 해방이었다. 가벼운 발걸음으로 방학식을 마치고 집에 돌아왔다.

"어서 오거라."

현관에 들어서 한쪽 신발을 벗은 진선미의 머리 위로 진동수의 음성이 떨어져 내렸다. 신발을 벗던 진선미의 손이 멈췄다. 아픈 어린아이를 돌보는 부모의 상냥함이 담긴 목소리. 특별한 쿠키를 줄게. 이인연에게 성냥을 건넬 때에만 내는 목소리. 그것은 진선미를 향해서는 안 되는 것이었다.

"아빠가 방송 패널로 출연한 게 벌써 1년 전이야. 알고 있니? 사람들은 참 냉정해. 아무리 열심히 해도, 더 젊고 잘생긴 사람이 인기를 끄니깐 아빠를 잊어버리는구나."

다정하고 슬픈 목소리. 커다란 손바닥이 진선미의 뒷목을 꽉 움켜잡았다.

"아버지 바쁘시잖아요."

"바쁘지. 하지만 사람이라면 누구든 사랑받고 싶은 게 당연하지 않니."

진동수는 진선미의 뒷목을 한쪽으로 밀며, 진선미의 고개를 돌렸다. 진선미는 힘을 주고 버텼다. 고개를 돌리고 싶지 않았다. 한쪽 신발만 벗었으니 이대로 밖으로 뛰어나가 도망가고 싶었다. 그러나 몸이 움직이지 않았다.

'어째서, 대체 왜.'

코끝이 시큰거렸다. 열일곱 살의 진선미는 유도 기술로 웬만한 성인 남자를 거뜬히 넘겨 버릴 수 있었다. 진동수와 힘으로 겨루어도 일방적으로 밀리진 않을 터였다. 머리로는 아는데, 몸은 방 안에 갇혔던 아홉 살 때처럼 점점 움츠러들 뿐이었다.

결국 진선미의 목이 옆으로 꺾였다.

"우리 딸. 너를 위한 특별한 음료란다."

위스키 잔이 진선미의 뺨에 와 닿았다. 독한 술 냄새가 코끝에 확 밀려 올라왔다. 갈색의 액체 안에 검은 재 같은 것이 둥둥 떠 있었다.

"마시렴."

진동수는 진선미의 뒷목을 붙잡은 채, 진선미의 입술에 잔을 가져다 댔다. 진선미는 입술을 꾹 다문 채 버텼다. 마셔. 입을 벌리라고. 진동수의 목소리에 짜증이 섞였고, 진선미의 입술이 조금씩 벌어졌다.

"그만둬!"

진동수의 몸이 휘청거렸다. 진동수의 손에서 벗어난 진선미는 자리에서 벌떡 일어나 섰다. 이인연이 숨을 헐떡거리며 진동수와 진선미 사이를 가로막았다.

"약속이 다르잖아. 나한테만 해. 나한테만! 애는 자유롭게 살게 놔두기로 했잖아!"

"당신 미쳤어? 감히 나를 떠밀어?"

"약속 지키라고, 약속!"

이인연은 진동수의 손에서 위스키 잔을 빼앗았다.

"이거 내가 마실게. 나 하나면 되잖아."

이인연은 위스키 잔 안에 든 것을 단숨에 마셨다. 진선미는 음료를 마신 이인연이 입을 손으로 틀어막으며 제자리에 주저앉는 것을 봤다. 신호는 이제까지와 완전히 다른 모양으로 다시 페어 맞추어졌다. 진동수는 이인연을 팔고 있다. 아마도 분명한 사실이다. 그러나 그것을 가능하게 한 것은, 이인연이 진동수가 원하는 대로 팔려 나간 것은 인질이 있어서

임을 진선미는 그제야 알았다.

인질은 진선미 자신이었다.

"약속 안 지키면 당신이 한 일 다 밝힐 거야."

이인연의 손바닥 너머에서 흘러나온 말에, 진선미는 숨을 삼켰다. 이인연은 몸을 일으켜 진선미에게로 다가와, 진선미의 한쪽 손을 꽉 잡고는 현관문을 열었다.

"잠깐 밖에 나가 있으렴."

진선미는 이인연에게 떠밀리듯 현관문 밖으로 나갔다. 문이 닫히고 고함이 새어나오다 고요해졌다. 간간이 불어오는 후덥지근한 여름 바람이 마당에 선 나뭇가지의 틈새를 흔드는 소리만이 닫힌 현관문과 진선미의 사이를 채웠다. 진선미의 눈에, 한쪽 신발만 신은 자신의 발이 보였다.

강한 사람만이 원하는 것을 얻는다.

강한 사람이 약한 사람을 잡아먹는 건 당연한 일이다.

'……제일 약한 건 나잖아.'

등이 땀으로 눅눅해지고, 진선미는 현관문 손잡이를 돌렸다. 문은 저항 없이 열렸다. 집 안은 고요했다. 진선미는 발끝으로 가만가만, 열한 살 생일날처럼 걸어 2층으로 향했다. 지난 6년간 한 번도 선 적 없던 방문 앞에 섰다. 말을 걸지 마. 그 방엔 들어가지 마. 진동수의 경고는 지금도 유효했다. 그러나 진선미는 손잡이를 돌렸다.

끈적끈적한 손을 가진, 더없이 상냥한 귀신. 귀신을 사람으로 되돌리고 싶었다.

스무 살이 되자마자 집을 나왔다. 이인연을 집 밖으로 데리고 나오기 위해서는 인질인 진선미가 먼저 그 집을 나와야만 했다. 진선미는 경호학과에 입학했다. 여자 한 명을 업고 담장을 훌쩍 넘어 도망칠 수 있는 것을 목표로 몸을 단련했다. 아르바이트를 했고, 원룸을 얻었다. 언제든 진동수가 찾아오지 않을까 하는 불안에 깊이 잠들지 못하는 20대 초반을 보냈다. 동시에, 언제든 진동수가 나타나기를 바랐다. 더는 진동수 앞에서 어린 진선미로 되돌아가지 않음을 증명하고 싶었다. 그러면 이인연을 데리고 나오면서, 당당하게 진동수를 향해 쏘아붙일 수 있을 터였다.

당신은 강한 게 아니라 악한 거라고.

그러나 진동수는 집을 나간 딸을 찾지 않았다. 진선미는 스물여섯 살이 되었고 경호 업체에 취직했다. 취업을 하고 한 달이 지났을 때 야간 출동 명령이 떨어졌다. 출동 주소를 확인하고, 진선미는 아랫입술을 깨물었다. 진동수의 집이었다.

취직할 곳을 정할 때부터 기다리던 순간이었다. 진동수가 이용하는 경호 업체를 취업 희망 1순위로 삼은 것도 그 때문이었다. 진동수의 집에 설치된 경보는 밖에서 안으로 침입자가 들어올 때만이 아니라, 안에서 밖으로 나갈 때에도 비밀번호를 입력하지 않으면 울리게 되어 있었다. 그리고 이인연은 그 비밀번호를 몰랐다. 그러니 경보를 울린 건, 어쩌면 이인연일 수도 있었다. 가장 먼저 현장에 도착해야지 싶어 서둘렀다. 이인연은 혼자서 집 밖으로 나온 적이 없으니 당황하고 있을지도 모른다. 길을 헤매고 있을 때 진동수와 마주치기라도 하면 큰일이다. 진동수가 이인연을 다시 집 안으로 끌고 들어가기 전에, 이인연을 발견해야만 했다. 희망과 불안이 뒤섞여 운전대를 쥔 손바닥에 자꾸만 땀이 났다.

집은 불타고 있었다.

이미 모든 것을 집어삼킨 화마가 너울거렸다. 소방관의 다급한 외침조차 잡아먹을 기세였다. "서둘러. 안에 사람은 더 없나?" "집주인은 병원에서 돌아오는 중이고, 안에는 부인 한 명뿐이었답니다." "부인이라면, 2층에서 발견된 사망자?" 검은 재에 뒤섞여 흩어지는 말이 진선미를 덮쳤다. 너울거리는 열기의 끝, 진선미는 미소를 띠고 선 진동수를 봤다.

강한 것이 아니다. 악한 것이다.

옛날부터 악인을 혼내는 것은 귀신의 역할이었다. 그러니 내가 귀신이 되어야만 한다. 진선미는 주먹을 꽉 움켜쥐었다. 손바닥은 끈적끈적했다.

*

머리에 가득 말려 있던 로드가 절반 넘게 사라졌다. 원장은 손이 빠르다. 미용실에 트로트가 한 소절 웅장하게 울려 퍼졌고, 진선미에게 귤을 준 여자가 휴대폰을 꺼냈다.

"왜? 그게 오늘이야? 알았어. 빨리 갈게."

통화를 마친 여자는 끙 허리를 한 손으로 짚으며 자리에서 일어났다. 모여 앉아 있던 사람들의 고개가 일제히 여자의 움직임을 따라 위로 향했다.

"뭐야? 뭐가 그렇게 바빠?"

"이거야. 이거."

자리에서 일어난 여자는 두 팔을 머리 위로 뻗어 깃발 휘두르는 시늉을 해 보였다.

"우리 손녀 다니는 유치원 근처에 아동 청소년 쉼터인가 뭔가가 들어온다지 뭐야. 그게 말이 돼? 그런 곳에서 지내는 애들, 다 가출해서 애들 돈 빼앗고 그러다 갈 데 없으니 잠자러 오는 거잖아. 보호자들이 모여서 반대 시위 하기로 했어."

"늙어서 기력도 좋다. 얼마 전에 다른 시위도 나가지 않았어? 아들 아프게 한 부부 재판 날에 갔었다며."

로드가 또 하나 풀려 나갔다. 진선미는 거울에 비친 자신의 모습을 봤다. 어깨까지 내려왔던 머리카락은 옹골차게 말려 있었다. 끈질긴 생명력을 가진 잡초 같은, 이인연이 하고 싶어 하던 헤어스타일이다.

"갔지. 불쌍하잖아. 그 어린것이 무슨 죄야. 그 부부는 아주 엄벌을 받아야 해."

"주변 사람들도 어쩌면 그렇게 무심한지. 누나가 몇 번인가 신고도 했다며. 그런데도 그거 하나를 못 잡아내? 애 한 명 기르려면 온 동네가 힘을 합쳐야 한다는 말도 있잖아."

"그래서 나도 시위하러 갔잖아. 그 누나란 애도 어리잖아. 걔가 자기 동생 손잡고 있는 사진 봤어? 눈물 나더라."

"봤지. 둘이 어쩌나 예쁘던지. 평생 그 손 꼭 잡고 가라, 그렇게 응원하게 되더라."

재촉하듯이 다시 한번 트로트가 울려 퍼졌고 대화는 뚝 끊겼다. 미용실 문에 달린 종이 부산스럽게 울리고 수다는 주제를 바꾸어 다시 시작되었다.

사진이라면 진선미도 봤다. 사건 근황 보고서 안에 들어 있었다. 진선미도 그 사진을 보며 두 아이가 함께 있을 수 있기를 바랐다. 그러나 그것은 쉬운 일이 아니다. 아동 쉼터에 빈자리가 없으면 두 아이는 가정 위탁을 찾아야 한다. 어쩌면 각각 다른 집에 맡겨질 수도 있다. 서은진은 J 그룹에서인가 진행 중인 사설 보호 쉼터가 완공되면 두 아이가 함께 지낼 수 있을 거라고 했지만, 보호 쉼터 입주 예정인 부지 주변 주민들이 반대 시위를 벌이는 탓에 완공 날짜가 자꾸 늦어진다고 한탄을 했다. "사람들은 아이가 당한 학대에는 참 관심이 많아. 그 애가 살아서 어디서 어떻게 살게 될지는 관심이 없어. 가정 폭력은 대표적인 암수 범죄야. 이번 케이스처럼 극단적인 경우가 아니면, 많은 경우 아이는 부모의 폭력을 견디며 청소년이 돼. 그중 일부는 폭력을 피해 탈가정을 선택하지. 아동 청소년 쉼터를 짓지 못하게 하면 그 애들은 어디로 가야 하지? 살아남은 아이는 어찌 되든 상관없다는 건가." 진선미의 머리카락을 말고 있던 마지막 로드가 풀렸다. 진선미는 쓰고 있던 가운에 손을 문질렀다. 그래도 손은 끈적거렸다.

끈적거린다. 불타는 집 앞에서 아무것도 하지 못했던 그날부터 손은 계속 끈적거렸다. 이 끈적거림이 남은 손으로는 다른 누구의 손도 잡을 수 없다.

그러나 왜일까.

눈이 마주친 순간부터 그 아이의 손을 잡고 싶었다.

*

1년 전, 한 건의 경호 의뢰가 접수되었다. 경호 대상은 16세 여자아이였다. 이름은 하이하. 공항에서 아이를 픽업해 목적지까지 동행할 것. 공항에 도착할 때까지만 해도 별반 특이할 것 없는 의뢰라 여겼다. 비공개 스케줄을 나간 연예인이나 미성년 자녀의 경호는 이전에도 종종 들어오던 의뢰였다. 그런 사람들은 대부분 눈에 띄지 않도록 부드러운 분위기의 경호원을 선호했기에 진선미를 지정해 오기도 했다. 진선미는 하이하의 사진을 확인하고 이름과 연락처가 적힌 패널을 들고 공항으로 향했다. 패널을 들고 기다리던 진선미는 배낭 하나를 메고 털레털레 걸어 나오는 여자아이를 봤다.

"나를 데리러 온 사람인가요?"

하이하가 진선미 앞에 섰다. 탁하게 푸른 눈이 한참이나 진선미를 바라보았다.

"언니. 이름이 뭐예요?"

"경호 대상과는 사적인 정보를 교환하지 않는 게 원칙입니다."

하이하는 어깨를 으쓱거리고는 앞장서 걸었다. 진선미는 그 뒤를 따랐다. 아무 일 없이 공항을 나와 기다리던 차에 탔다. 차 안에서도 하이하는 진선미를 빤히 바라보았다. 보고 있다는 걸 숨기려는 시늉도 하지 않았다. 앞만 보고 앉아 있던 진선미는 결국 하이하를 향해 고개를 돌렸다.

"무슨 용건인가요?"

"내가 아는 사람하고 비슷한 냄새가 보여서요."

한국말이 서툴구나 싶었다. 냄새는 보이는 게 아니라 나는 거라고 알려 줘야 할까. 하지만 진선미는 그냥 고개만 끄덕거렸다. 그것으로 그날의 만남은 끝이었다. 며칠 후, 서은진이 연락을 해 올 거라곤 예상하지 못했다.

서은진의 제안은 썩기 직전의 과일 같았다. 계약서에는 달콤한 향기가 뿜어져 나왔지만 베어 물면 탈이 날 것 같은 조항들이 쓰여 있었다. 진선미는 제안을 거절했다. 거부감이 드는 실험이었다. 괜한 일에 휘말려서 귀신의 일을 방해받고 싶지 않았다. 자신을 빤히 바라보던 여자아이는 신경 쓰였지만, 관여할 바는 아니었다.

그러나 계약서의 마지막 장을 본 순간, 사인을 할 수밖에 없었다. 특약 부분이었다. '계약 시 계약인(갑)에 대해 염소 클럽의 후원자인 J 그룹(을)은 요구 사항 세 가지를 수용하도록 한다. 요구 사항의 범위에 대해서는 별도의 계약서로 세부 조절이 가능하다'라는 조항은 진선미에게 입을 벌리라 외쳤다. 입을 벌리고 베어 물어. 이 썩은 과일을. 배탈이 나겠지만 그 정도는 참을 수 있을 거야. 귀신이 될 수 있다면, 참을 수 있을 터였다. 계획은 애초에 세운 터였다. 밤마다 머릿속으로 어떤 복수를 할지 상상했다. 그러나 상상을 현실로 만들기 위해서는 권력과 돈이 필요했다. 진동수에게 다가갈 권력, 필요한 물건과 정보를 사기 위한 돈이. 염소 클럽의 계약은 그 모든 것을 해결해 줄 터였다.

*

끈적거리는 것은 질색이다. 이인연이 남기고 간 끈적거림만으로 이미 두 손이 벅차다. 마주 앉아 식사를 할 때마다 부딪히는 손등의 온도와, 오가는 말 속에 툭툭 숨어 있다가 갑자기 솟아오르는 친밀함의 감정, 상대를 향한 궁금증은 모두 깊은 골짜기 아래 밀어 넣었다.

'그런데 왜.'

그 애를 보면 방에 갇혀서 과제를 다 하기 위해 울던 내가 떠오를까. 그 푸른 눈으로 응시할 때마다 인간으로 남고 싶어지는 걸까. 썩은 과일을 썩지 않은 척, 맛있다는 듯 계속 베어 물고 싶어지는 걸까.

진선미는 빈주먹을 꽉 움켜쥐었다.

6.
이희태 수사 기록,
두 번째

이희태는 팔짱을 낀 채 책상 위에 놓인 서류와 모니터에 떠워진 홈페이지 화면을 번갈아 바라보았다. 서류는 얼마 전 발생한 손수조 사건에 관한 것이다. 이미 기소 처분으로 넘어가 최종 공판을 앞둔 사건이다. 국민적 공분이 큰 만큼 재판은 빠르게 진행되었다. 사실상 사건 종결이다. 그러나 이희태는 사건에 마침표를 찍을 수가 없었다.

"뭘 그렇게 봐?"

최진철이 책상 위에 커피를 내려놓았다.

"찝찝하잖아. 강지영이 말한 '선생님' 말이야. 사실상 공범이야. 누구인지 밝혀내어서 같이 처넣어야 하는데. 강지영은 그 후로 입을 딱 다물고만 있으니."

"손기책은 계속 그 '선생님'이 학대를 지시했다고 주장하더군. 다니던 곳은 알파 연구소라고 진술했다며. 그런데 알파 연구소에서 아무것도 안 나왔잖아."

"탈탈 털지도 못했어. 거기 대표, 분명히 바지 사장이야. 분명히 딴 놈이 뒤에 있어. 예를 들면 단순 후원자인 줄 알았던 박석일 정도의 거물 말이지."

"어이구. 큰일 날 소리를 막 하네. 이건 또 왜 보고 있어. 이 흉흉한 홈페이지."

"……염소가 마음에 걸려. 강지영도 그 카드를 가지고 있었어. 목이 졸린 염소. 우리나라에서 염소가 썩 사랑받는 동물은 아니잖아? 이게 사건마다 놓인 카드에도 그려져 있고, 홈페이지에도 그려져 있고. 무슨 염소 애호가 동호회도 아니고 이상하다고."

이희태는 미간을 찌푸렸다. 최진철은 이희태의 등 뒤로 가 모니터를 봤다. 진지한 이희태의 표정과는 다르게, 최진철은 심드렁했다.

"이상하기는 뭐. 자녀 살해 후 자살 사건하고 손수조 사건은 연관성이 없잖아. 부모가 제정신이 아니란 공통점 빼면. 게다가 그 카드에 알파 연구소나 이 홈페이지 주소가 쓰여 있는 것도 아니고. 아! 그래. 그런 건 가능하겠네."

최진철은 커피를 후루룩 마시고는 딱 소리가 나게 허공에 손가락을 튕겼다.

"서은진이 이 염소 클럽인가 뭔가의 고문이라며. 거기

서 마더 포이즈너를 보호하고 있다고 했지? 사실은 마더 포이즈너가 흑막인 거야. 마더 포이즈너가 박석일을 꼬셔서 알파 연구소를 세운 거지. 그 연구소를 찾아오는 부모와 아이들을 세뇌해서 자녀 살해 후 자살로 몰아가. 학습 프로그램이라고 속이면 세뇌하기 쉬웠겠지. 손수조 역시 그렇게 될 예정이었는데, 손수아가 그걸 막은 거고. 동시에 마더 포이즈너는 정영욱에게도 접촉해서, 염소 클럽을 만든 거야. 심리적으로 불안정한 사람을 세뇌해서…… 세뇌해서 마약 수급원으로 쓴 거야. 유정호처럼! 그리고 사건 현장마다 카드를 놔둔 거지. 마더 포이즈너가 돌아왔다는 걸 어필하려고. 일종의 시그니처랄까. 야, 유정호가 염소 클럽에 접속한 기록 있는지 알아볼까?”

“농담 한번 살벌하게 한다.”

이희태는 피식 웃으며 모니터를 껐다.

“왜, 스토리 딱딱 들어맞는구면.”

“뭐가 들어맞아. 박석일하고 정영욱이 컬래버를 할 리가 없잖아. 지구 정복이 가능하대도 둘이 손 안 잡을걸. 정영욱이 미치지 않은 이상.”

이희태는 자리에서 일어나며 책상에 놓인 커피를 집어 들었다.

“어디 가게?”

“손수조 만나러. 새로 나온 아이스크림 사다 주기로 약속했거든."

이희태는 사무실을 나섰다.

*

봉지에 가득했던 아이스크림은 눈 깜짝할 사이에 줄어
들었다.

"찬 것 너무 많이 먹으면 배 아프다."

이희채의 말에, 손수조는 무릎에 올려 두었던 봉지를 허
둥지둥 등 뒤로 숨겼다.

"안 빼앗아. 냉장고에 넣어 두고 먹어. 단 거 좋아하는
구나."

"……푸딩도 좋아해요."

손수조가 웅얼거렸다. 이희태가 병문안을 온 지 네 번째.
조금 거리를 좁혀 보려고 일부러 손수아가 학교에 간 시간을
골라 찾아온 터였다.

"근데 누나가 푸딩은 못 먹게 해요. 안 사 줘요."

"너무 단 것만 먹으면 좋지 않아. 회복하는 중이니깐 골
고루 먹어야지."

"아뇨. 누나는요."

손수조는 주변을 두리번거리고는 엉덩이를 들썩여 이희
태와의 거리를 좁혔다.

"누나는 선생님이 와서 날 잡아갈까 봐 무서워해요. 선

생님이 엄마한테 푸딩을 줬거든요. 엄마한테 그랬어요. 선택받을 준비가 되면 푸딩을 먹으라고."

선생님. 손수조의 입에서 나온 호칭에 이희태의 귀가 쫑긋 섰다.

"순조야. 선생님 만난 적 있지?"

"한 달에 한 번은 꼭 만났어요. 선생님이 집에 오기도 하고 나랑 엄마가 교육원에 가기도 하고요. 누나는 선생님 손등에 있는 염소 그림이 싫대요. 무섭다고. 나는 멋있던데."

선생님은 실존한다. 그렇다면 강지영은 대체 왜, 선생님이 누구인지 말하지 않는 것일까. 손기책의 주장대로 선생님이 시킨 대로 한 것이라 우기면 조금은 형을 줄일 수 있다. 가능성은 두 가지다. 선생님의 인적 사항을 전혀 모르거나 혹은 자신이 감형을 받을 가능성을 포기할 정도로 맹목적인 믿음을 지녔거나.

"수조가 다니던 교육원 말이야. 거기서 뭘 가르쳐 줬니?"

손수조는 세 개째 아이스크림의 껍질을 벗겼다.

"거기 가면요. 머리에 자전거 헬멧 같은 걸 써요. 거기서 되게 귀 아픈 소리가 나와요. 계속 듣고 있으면 머리도 아파요. 벗겨 달라고 해도, 엄마도 같은 걸 쓰고 있으니깐 내 말을 못 들어요. 그거 쓰고 있으면요. 머릿속에서 막 글자가 살아서 꿈틀거려요. 엄마를 행복하게 해야 한다, 그런 글자요."

"혹시 교육원 가던 중에 기억에 남는 일은 없어?"

손수조는 고개를 가로저었다.

"갈 때마다 엄마가 차 뒤에 타게 하고, 밖을 못 보게 했어요. 엄마 차는 창문이 까매서 안에서 밖이 안 보여요. 심심해서 슈퍼 키드 노래를 속으로 계속 불러요."

"차에서 내린 뒤는? 건물은 어떤 모양인지 기억나니?"

아이스크림을 입에 문 손수조의 눈에 경계의 빛이 떠올랐다. 이희태는 아차 싶었다. 너무 물어봤다. 이희태는 침대옆 서랍장 위에 놓인 스케치북을 집어 들었다.

"보자. 할머니가 일하는 경찰서는 이렇게 생겼지."

이희태는 스케치북에 슥슥 네모난 건물을 그렸다. 경계심 어린 시선으로 이희태와 스케치북을 번갈아 바라보던 손수조는, 그림이 완성되자 함박웃음을 터뜨렸다.

"할머니 그림 진짜 못 그린다!"

"그래? 수조는 그림 잘 그려? 어디 수조가 지금 있는 병원 그려 볼까?"

손수조는 이희태의 손에서 크레파스를 받아 들고 스케치북에 그림을 그리기 시작했다. 이희태는 휴대폰으로 '슈퍼 키드'를 검색해, 주제가를 크게 틀었다. 그림을 그리는 손수조의 어깨가 흥으로 들썩거렸다.

"나는 병원에 있는 건 싫거든요. 근데 계속 여기 있으면 좋겠단 생각도 들어요."

"왜?"

손수조는 대답 없이 한참이나 손만 움직이다가 크레파스를 침대 위에 내려놓았다. 그러곤 스케치북을 들어 얼굴을 파묻듯 가렸다.

"누나가."

손수조의 어깨가 크게 위로 치솟았다가 가라앉았다.

"병원에 있으면, 누나가 아빠랑 엄마를 죽이지 않을 테니깐요."

슈퍼, 슈퍼 키드. 애니메이션 주제가가 병실 안에 경쾌하게 울려 퍼졌다. 손수조의 숨소리도, 말도 조금씩 가빠졌다. 이희태는 손수조의 어깨를 살며시 다독거렸다.

"선생님이 그랬어요. 선택받은 아이가 되면요. 나중에 아빠랑 엄마를 낳을 수 있대요. 아빠랑 엄마를 내 손으로 죽이면요. 나중에 내가 결혼해서 아빠가 되면, 아빠와 엄마가 내 아이로 태어난대요. 선택받은 아이의 아이이니깐, 걔들은 진짜 특별한 아이가 된대요. 엄마는 특별해지고 싶다고 했어요. 사람들한테 관심받는 게 좋다고요. 다 커서, 어른이 되어서 특별해지는 건 엄청 힘든 일이래요. 그래서 나한테 꼭 자기를 특별한 아이로 낳아 달라고 했어요."

이희태의 손이 멈칫, 멈췄다. 어딘가에서 들은 이야기다. 마더 포이즈너다. 무심히 흘려 보았던 방송의 내레이션이 기억났다. 특별한 아이. 엄마는 다시 태어나고 싶어 했어요. 내레이션이 손수조의 떨리는 목소리에 겹쳐졌다.

"누나는요. 자기는 선택받은 아이가 아니니깐 아빠와 엄마를 죽여도 두 사람을 낳을 위험은 없다고 했어요. 그치만요. 누나가 나보다 더 똑똑하고 용감해요. 사실은 내가 아니라 누나가 선택받은 아이일 거예요. 그러니깐 누나가 아빠랑 엄마를 죽이면, 누나가 두 사람을 낳을 거고. 그럼 또 나랑 같이 지내야 하잖아요."

손수조는 스케치북에서 얼굴을 떼었다. 손수조의 뺨은 눈물로 얼룩져 있었다.

"……나요. 아빠랑 엄마가 죽는 걸 상상해도 하나도 안 슬퍼요. 동화책 보면 착한 애들은 다 아빠랑 엄마를 좋아하던데, 나는 나쁜 애예요? 나도 경찰한테 잡혀가요?"

이희태는 손수조의 어깨를 끌어안고 등을 다독거렸다.

"나쁜 건 아빠랑 엄마지. 할머니가 나쁜 어른 잡아갔어. 그러니깐 이젠 다 괜찮아질 거야."

거짓말이다. 아마도 거짓말이 될 확률이 높다. 괜찮지 않을 일이 앞으로도 잔뜩 있을 것이다. 그래도 이희태는 그 말밖에는 할 수가 없었다. 한참을 울고 난 뒤, 손수조는 슬그머니 이희태의 품에서 벗어났다. 얼굴을 양손으로 마구 문지르고는, 언제 울었냐는 듯이 침대 위에 뒹구는 크레파스를 집어 들었다.

"연구소에요. 나보다 나이 많은 형들이 많아요. 몇 명이 선생님 몰래 나한테 말 걸고 그랬어요. 탑에는 공주님이 있고요. 형은 공주님을 구하려고 거기 있는 거랬어요."

손수조의 스케치북에는 높은 탑과, 탑 창문으로 고개를 내민 여자아이가 그려져 있었다. 손수조는 스케치북을 북 찢어서 이희태에게 내밀었다.

"줄게요."

이희태는 도화지를 받아 들고 병실을 나왔다. 병실 문 앞에 서서 도화지를 들여다보는 이희태의 앞에 누군가 와 섰다.

"이희태 형사님? 설마 여기서 마주칠 줄은 몰랐습니다."

이희태는 자신에게 인사를 건네는 서은진을 노려보았다. 최진철이 했던 허무맹랑한 이야기가 자꾸만 떠올랐다.

'이 세상에 절대로 일어나지 않는 일이란 없지.'

오랫동안 형사 생활을 하면서 깨달은 것은 인간의 다면 성은 상상을 초월한다는 점이다. 연속 소아 성폭행범이 경로 원에 정기 후원을 하고 있다든가, 보이스 피싱 사기범이 유기 견 돌봄을 하고 있다든가, 사이버 성범죄자가 학교와 집에서 는 알아주는 모범생이거나 한다. 어떠한 사건이든 절대적인 선도, 절대적인 적도 없다. 그러니 정영욱과 박석일이 손을 잡는 것도, 절대 일어나지 않을 일로 치부해서는 안 된다.

"마더 포이즈너를 보호하고 있다는 소문이 있던데."

이희태는 돌을 던졌다. 서은진이 돌을 피한다면, 그거야 말로 무언가 숨기고 있다는 증거일 터였다. 서은진은 잠시 턱을 쓰다듬다가, 불쑥 말했다.

"이희태 형사님. 우린 아주 예전에 만난 적이 있어요."

"우리가? 뭐, 어딘가에서 한두 번 스치기야 했겠지."

"아뇨, 그런 게 아니라, 아주 예전에 만났습니다. 굳이 기억해 낼 필요는 없어요. 나도 그걸 썩 바라진 않아요. 하나만 묻지요. 콩 심은 데 콩 나고, 팥 심은 데 팥 난다는 말 어떻게 생각합니까?"

뜬금없는 질문에, 이희태는 눈을 끔뻑거렸다.

"별로 안 좋아하는데."

"다행입니다. 변하지 않아서."

서은진은 빙긋 웃고는 몸을 돌려 때마침 도착한 엘리베이터 안으로 걸어 들어갔다. 물 흐르는 듯한 움직임이었다. 엘리베이터 문이 닫히고 서은진이 사라진 뒤에야, 이희태는 퍼뜩 정신을 차렸다.

"잠깐만. 아니, 뭐 자기 혼자 선문답을 하다가 튀어?"

이희태는 다급히 계단을 뛰어 내려갔다. 엘리베이터가 1층에 도착한 것이, 이희태가 뛰어내려 온 것보다 조금 더 빨랐다. 알레그리시모로 계단 통로에 울려 퍼지는 이희태의 발소리를 멈춘 것은 비명이었다. 서은진의 낮은 비명에 주춤했던 발소리는 더욱 다급해졌다. 1층, 마지막 계단 끝에서 이희태가 본 것은 배를 부여잡고 쓰러진 서은진과, 그 앞에 서서 히죽 웃고 있는 남자였다.

"해냈어. 선생님의 염소를 빼앗은 악당을 물리쳤어!"

깊게 고민할 틈은 없었다. 이희태는 본능적으로 남자를 향해 몸을 날렸다.

7.
제 머릿속을 함부로 읽는 형에게
복수하고 싶습니다

부탁입니다. 형에게 복수할 수 있게 해 주십시오. 그러지 않으면 형을 죽일지도 모릅니다.

메마른 풀잎 바스락거리는 소리가 2년 전 밤을 떠올리게 했다. 형의 등에 끓는 물을 들이붓고 도망쳤던 밤. 일곱 번째 수능을 망친 날이었다. 전영민은 고통에 찬 비명을 지르는 형을 뒤로하고 컨테이너를 뛰쳐나와 갈대 숲을 가로질렀다.

'생각을 하지 않는 방법은 없을까. 그러면, 형도 어쩔 수 없을 텐데.'

전영민은 상념에 젖어 오솔길을 걸었다. 컨테이너가 모여 있는 산 아래까지의 길은 좁고 어둡다. 갈대가 빽빽하게 자라난 2차선 도로 옆 오솔길을 걷는 전영민의 걸음은 느렸다.

한 시간 전, 아르바이트를 그만뒀다. 근무 기간은 이틀. 신기록이다. 이번에는 반드시 성공하리라 마음먹고 행한 가출이었다. 선생님이 당장 내야 할 고시원 월세도 빌려주었다. 아르바이트만 유지한다면 이번에야말로 그 컨테이너를 벗어날 수 있을 터였다.

하지만 실패했다. 아르바이트 첫날에 모바일 상품권 결제가 자꾸만 오류가 났다. 전영민이 40분째 휴대폰만 받아들고 결제를 완료하지 못하자 손님은 욕을 퍼부었다. 그런 손님이 두세 명 다녀가니, 상품권 쓰는 손님은 오지 말라고 빌게 되었다. 그러나 전영민의 바람과는 다르게 이틀 내내 모바일 상품권 사용 손님이 몰려들었다. 형이 또 머릿속을 읽은 것이다. 이번이 처음이 아니다. 이전에도, 또 이전에도 그랬다. 형은 전영민이 아르바이트를 시작하면 곧장 행동을 개시했다. 전영민의 머릿속을 읽어, 가장 껄끄러워하는 일을 벌이는 것이다.

'……언제까지 이렇게 지내야 할까.'

형이 처음으로 머릿속을 읽은 건, 전영민이 여섯 살 때였다. 경찰이 와서 아버지가 살해당했다고 말했고, 형은 무표정하게 고개를 끄덕거렸다. 전영민은 형의 옆에 서서는 형의 손톱을 바라보았다. 형의 손톱 아래 낀 때가 붉은 피처럼 보였다. 경찰이 떠나고 형은 전영민을 내려다보았다. "내가 그랬다고 생각하는구나." 형의 발이 마른 낙엽을 짓밟았다. "영민아. 넌 아버지가 죽은 게 슬프니?" 전영민은 고개를 가로저었다. 아버지는 형과 전영민을 때리는 술주정뱅이였다. 생활을 책임지는 건 형이었다. 전영민과 열다섯 살 차이가 나는 형은 그때 이미 어른이었다. 형은 전영민의 어깨를 지그시 짓눌렀다. "형은 네 생각을 다 읽을 수 있어. 그러니까 앞으론 형이 시키는 대로 해야 돼." 전영민은 형의 품 안에 갇힌 채 고개를 끄덕거렸다. 그러지 않으면 금방이라도 붉은 손톱이 목 안으로 파고들 것만 같았다.

그때부터 전영민은 형이 시키는 대로 살았다. 형이 짜 놓은 시간표대로 하루에 열네 시간을 공부했다. 밤에 공부를 하다가 졸기라도 하면 형은 귀신처럼 알아차리고 몽둥이를 들고 방으로 들어왔다. 처음에는 생각을 읽는다는 형의 말을 믿지 않던 전영민도 점차 그 말을 믿게 되었다. 형은 전영민이 의사가 되고 싶어 한다고, 그러니 의대에 가야 한다고 했다. 첫 수능은 망했다. 재수를 했다. 또 망했다. 여섯 번이나 수능을 봤지만 원하는 대학에 갈 성적은 나오지 않았다. 수능을 한 번씩 더 치를 때마다 형은 전영민이 잠자는 시간을 한 시간씩 줄였다. 공부를 하다가 졸면 몽둥이로 등을 내리쳤다. 그것 역시 전영민이 원하는 것이라 했다.

원하는 걸 아는 것과 그걸 할 수 있는 건 다른 문제란다. 선생님의 말이 귓가에 윙윙 울렸다. 2년 전, 형의 비명을 듣고 달려온 사람들이 경찰을 불렀다. 전영민은 기소되었고, 치료 감호소 판정을 받았다. 전영민이 조현병 환자이며 치료가 필요하다고 피해자인 형이 강력하게 주장한 결과였다.

치료 감호소에서의 생활은 싫지 않았다. 공부를 하지 않아도 되었고 푹 잘 수 있었다. 무엇보다 선생님을 만났다. 치료 감호소를 나가면 공부를 그만두고 할 수 있는 일을 찾아서 하리라. 그렇게 마음먹었다. 그러나 형은 전영민이 미국 로스쿨 유학을 가고 싶어 한다고 했다. 결국 또 공부다. 싫다고 했다. 처음 해 본 반항이었다. 컨테이너를 나와 아르바이트 자리를 구했다. 그때부터 지금까지 같은 일의 반복이다. 가출을 하고, 실패하고, 매번 컨테이너로 돌아간다.

'……그 홈페이지. 그곳에 의뢰하면 정말로 형에게 복수해 줄까?'

복수. 그 단어를 떠올렸을 때 갈대 숲속에서 검은 무언가 튀어나왔다. 전영민은 흠칫 놀라 자신의 발치를 내려다보았다. 검은 고양이였다. 자세히 보니 다리를 약간 절고 있었다. 전영민은 고등학교 때 읽었던 소설을 떠올렸다. 에드거 앨런 포의 「검은 고양이」. 전영민은 소설 속 고양이, 플루토가 되고 싶었다. 주인공이 플루토를 벽에 파묻은 건 플루토가 남자의 예상대로 움직이지 않아서였다.

"나도 고양이가 되면 형의 예상에서 벗어날 수 있을까?"

고양이는 플루토처럼 검은색이었다. 전영민은 고양이를 안아 올렸다. 형은 동물을 끔찍하게 싫어한다. 그러니 그건,

평소라면 절대 하지 않을 행동이었다. 고양이는 전영민의 손바닥에 찰싹 얼굴을 가져다 대며 품 안으로 파고들었다.

처음이었다. 누군가가 자신을 의지한 것은.

컨테이너에 도착하자, 형은 김치찌개를 끓여 놓고 기다리고 있었다. 흡사 전영민이 올 것을 알고 있었다는 듯한 태도였다. 전영민이 신발을 벗고 방 안으로 들어가려는데, 품에서 고양이가 불쑥 고개를 내밀었다. 형이 고함을 질렀다.

"웬 고양이야! 당장 버리고 와! 검은 고양이라니, 재수 없게!"

전영민은 다시 신발을 꿰어 신었다. 고양이를 발견한 곳으로 되돌아가는 내내 심장이 두근거렸다. 형은 전영민이 고양이를 데려올 것은 예측하지 못했다.

'고양이라서? 고양이와 함께 있으면 형이 독심술을 쓰지 못하는 게 아닐까?'

전영민은 갈대 숲 사이에 고양이를 내려놓았다. 고양이는 전영민의 손길이 사라지자마자 울기 시작했다. 떨어지지 않는 발걸음을 간신히 옮겼다. 유리구슬처럼 파란 고양이의 눈동자가 돌아가는 걸음마다 부서지듯 밟혔다. 고양이를 기르고 싶었다. 강한 열망만큼 형이 미웠다.

＊

염소 클럽의 택배는 매일 아침 엘리베이터에 실려 배달

된다. 진선미는 복도에 놓인 상자 중 자신의 이름이 쓰인 것을 집어 들었다. '화기 엄금. 취급주의' 스티커가 곱게 붙어 있는 상자의 무게감이 묵직하게 손을 채웠다.

'좋은 세상이야. 인터넷에서 뭐든지 살 수 있다니깐.'

진선미는 상자를 들고 잠시 고민하다가 왼쪽 복도로 걸음을 옮겼다. 원하던 것을 손에 넣었으니, 축배를 들어야 할 터였다. 살롱에 들어서던 진선미는 멈칫 걸음을 멈췄다. 하이하가 살롱 한가운데 놓인 기다란 테이블 한쪽 의자에 혼자 앉아, 무언가를 읽고 있었다.

"웬일로 여기서 책을 읽어? 온실 놔두고."

진선미는 들고 있던 상자를 협탁 위에 올려 두고 테이블을 힐끔 봤다. 그러곤 찬장을 열어 위스키 잔과 우유를 꺼냈다.

"그냥용. 기분 전환."

"학교는?"

진선미는 우유를 들고 테이블로 갔다. 하이하는 읽던 책을 들어 보였다.

"여기 가려고 현장 학습 확인서 냈어요. 가는 길에 변호사님 병문안도 가려고 했는데 오지 말래요. 사람 왔다 갔다 하면 누웠다 일어났다가 귀찮다고."

"수술 잘됐어도 앉아 있긴 힘들 거야."

하이하의 손에 들린 건 도록이었다. 표지에 쓰인 '진진아'

라는 글씨가 진선미의 눈에 들어왔다. 진선미는 하이하의 손에서 도록을 가져왔다.

"그림에 관심이 있었니?"

"그 사람이 그린 그림이 좋더라고요."

진선미는 도록을 넘겼다. 첫 장에 진진아의 프로필과 사진이 실려 있었다. 중세 시대에나 입었을 것 같은 하얗고 하늘하늘한 드레스를 입고 한쪽으로 길게 땋아 내린 헤어스타일을 한 진진아의 입가에는 그린 듯한 미소가 떠 있었다. 익숙한 웃음이다. 거실에 장식되어 있던, 액자에 끼어져 있던 사진 속 여자의 웃음이다. 카메라가 돌아가면 자동으로 출력되던, 그 웃음.

"그거 한정판이라 간신히 구했어요. 도록 안에 있는 표가 있어야 참가할 수 있는 갤러리 프리뷰전이래요."

진선미는 도록에 첨부된 표의 주최란에 쓰인 '알파 연구소' 글자를 손가락으로 훑었다.

"이거 몇 명까지 참석 가능하니? 나도 가고 싶네."

"두 명이요. 언니 같이 가면 난 좋죠."

진선미는 도록을 하이하에게 돌려주고, 우유를 들어 하이하의 앞에 놓인 시리얼 그릇에 부었다. 우유 싫은데. 하이하가 입술을 뾰족하게 내밀었다.

"아침부터 마른 것만 먹으면 기운이 생기니. 우유라도 같이 먹어야지."

"······언니는 가끔 좀."

하이하가 진선미를 물끄러미 바라보았다.

"가끔 뭐?"

"아니에요. 그럼 1시쯤에 호텔 앞에서 만나요."

진선미는 협탁에 놓아둔 상자와 위스키 잔을 챙겨 들고 살롱을 나왔다. 알파 연구소에 접촉할 기회가 이렇게 생길 줄은 몰랐다. 염소 머리가 지키는 복도를 지나, 온실 안으로 들어선 진선미는 무언가 이상함을 느꼈다. 무언가 달라졌다. 언제나 인공적인 질서를 유지하고 있는 온실 안의 무언가. 그것은 처음으로 음악이 온실 안을 점령했을 때만큼이나 이질적인 변화였다. 잠시간 온실 안을 한 바퀴 둘러보던 진선미의 눈에 띈 것은 천장에 달린 테라리움이었다. 테라리움 안에 가득했던 꽃이 몽땅 사라져 있었다. 진선미는 텅 빈 테라리움에서 시선을 거두고, 자신의 방으로 들어갔다.

"좋은 세상이지. 응."

투명한 잔에 금색의 액체가 채워졌다. 진선미는 잔을 한 손으로 흔들며 상자를 열었다. 상자 안에는 개조된 리볼버가 들어 있었다.

*

눈물로 물감을 만들어 칠한 듯한 그림이었다.

하이하는 갤러리에 걸린 그림 앞에 서서 한참을 움직이

지 않았다. 그림에서 냄새가 보였다. 슬픔과 비슷한, 그러나 조금 더 깊고 아득한 곳에서 퍼 올린 감정의 냄새다. 삐걱거리던 나무 바닥 사이와 눅눅한 시리얼과 도저히 내려갈 수 없던 계단의 칸칸에서 느껴지던 냄새다.

후각이 고장 난 이후부터다. 사물에 남겨진 강렬한 감정의 냄새를 볼 수 있게 되었다. 가끔은 먼지 덩어리처럼 보이기도 하고, 때로는 피부에 흡수되듯이 느껴진다. 공감각 능력일 수도 있고, 유령 냄새를 맡는 것뿐일 수도 있다. 어느 쪽이든 썩 마음에 들지 않아서, 감정의 주인이 힌트를 흘린 것이라 여기기로 했다. 탐정에게 내 사건을 알아봐 달라고 일방적으로 남긴 힌트다. 탐정이 그 힌트를 알아차렸다 한들, 사건을 맡고 맡지 않고는 탐정의 자유다. 그렇게 생각하면 길거리 곳곳에 남은 비극의 냄새를 여상히 지나칠 수 있다.

하지만 이 냄새는 너무나 강렬하다.

하이하는 한 발 물러서 그림에서 등을 돌려 섰다. 경매가 열리기 전, 프리뷰 전시가 열리는 곳은 갤러리 2층이다. 1층에서는 인터뷰와 경매 준비가 한창이다. 하이하는 난간에 팔을 걸치고 1층을 내려다보았다. 기자들에게 둘러싸인 진동수와, 진동수의 맞은편 벽에 팔짱을 끼고 선 진선미가 보였다. 진동수는 진선미가 서 있는 쪽으로 몇 번인가 고개를 돌렸지만 진선미를 알아보는 것 같진 않았다. 그럼에도 진선미는 진동수에게서 눈을 떼지 않았다.

'여기까지여야 해. 이 이상 관여해서는 안 돼.'

진선미가 왜 알파 연구소에 접촉하려 하는지는 짐작이 갔다. 진선미는 '죽이려고 하는 자'니깐. 그렇기에 진선미가 이곳에 올 수 있도록, 일부러 진선미와 동선이 겹칠 만한 곳에서 도록을 읽는 척했다. 그러나 진선미가 진동수를 바라보며 뿜어내는 냄새를 본 순간, 하이하는 후회했다. 진선미가 평소에 뿜어내는 냄새는, 그의 것과 너무나 비슷했다. 붉은 머리카락을 흔들며 웃던 그. 하이하가 알을 깨고 나올 수 있게 해 준 사람. 그 냄새가 추악한 색으로 물드는 걸 보는 것은 유쾌한 일이 아니었다. 하이하는 목걸이의 펜던트를 만지작거렸다.

"저기요. 언니."

옆에서 누군가 하이하의 옷자락을 잡아당겼다. 하이하는 고개를 돌려 옆을 봤다. 베이비돌 스타일의 하얀 원피스를 입고 동그란 안경을 쓴 얼굴. 도록에 실려 있던 사진의 주인공, 진진아가 서 있었다.

"이 그림 보고 있었죠? 어때요?"

진진아는 몸을 돌려 뒤에 걸린 그림을 가리켰다. 하이하가 눈을 떼지 못하던 그림이다. 파랗게 칠해진 사각 틀 안에서 너울거리는 하얀 선이 사람의 형체처럼 보였다.

"네 일부를 섞어 넣은 냄새가 나."

하이하의 옷자락을 움켜쥔 진진아의 손에 힘이 들어

갔다.

"사람들이 내게 그래요. 천재라고. 하지만 난 천재가 아니에요. 사람들이 천재를 원했기에, 천재가 된 것뿐이죠. 언니. 부탁이 있어요."

"부탁?"

둔탁하고도 다급한 발소리가 울렸다. 경호원들이 계단을 뛰어 올라오고 있었다.

"저 그림을 사세요. 사서 부수어 버려요. 그럼 알게 될 거예요."

진진아를 향해 온 경호원은 진진아의 손을 붙들고 1층으로 데려갔다. 하이하는 계단을 내려가는 진진아의 뒷모습에서 눈을 떼지 못했다. 계획에 없던 일이다. 이곳에 온 목적은 단순했다. 술래잡기에서 자신의 위치와, 진선미가 진동수를 마주했을 때의 반응을 확인하고 싶었다. 세 번째 봄을 맞이하기 위해서는 준비해야만 한다.

하지만 진진아의 부탁을 외면하기엔 그림에 떠도는 절망의 냄새가 너무나 깊고도 아득했다.

"죽여 버릴 거야! 날 속였어!"

새된 고함이 갤러리 안에 울려 퍼졌다. 진진아를 향했던 하이하의 시선이 소리가 나는 쪽으로 옮겨갔다. 소란이 일어난 곳은 갤러리 입구였다. 한 남자가 칼을 휘두르고 있었다. 진선미가 그 남자를 제압했고, 경호원들이 한 사람을 보호하듯 막아섰다.

"날 속였어. 너 때문에 우리 가족은 엉망이 됐어!"

남자는 또다시 소리쳤다. 갤러리 밖으로 끌려 나가는 내
내, 남자는 소리를 지르며 발버둥 쳤다. 경호원에게 둘러싸
여 있던 사람이 진선미에게 다가갔다. 챙이 넓은 검은 모자
를 쓴 여자의 뒷모습에, 하이하는 이끌리듯 계단을 걸어 내
려왔다. 여자는 진선미에게 뭔가를 건네고 뒤돌아섰다. 모자
의 챙을 올리는 여자의 손은 검은 벨벳 장갑으로 감싸여 있
었다. 그러나 하이하는 알았다. 모자의 챙에 가려진 여자의
눈이 무슨 색인지, 장갑 속에 무엇이 감추어져 있는지. 하이
하는 계단 마지막 칸에서 아주 천천히 발을 떼었다. 목에 끈
을 새겨 넣던 자다. 주인이라 말했던 자와 끈을 끊고 달아나
기를 선택한 자가 한 공간에 있는 것은 우연일 수 없다. 한
칸, 또 한 칸 계단마다 숨이 찼다. 주변의 산소가 부족한 것
만 같이 어지러웠다. 그래도 멈추지 않았다. 멈추어서는 안
되었다. 하이하는 여자와 마주 서야만 했다. 모자 아래, 여자
의 입술이 달싹거렸다. 하이하는 여자의 입술 움직임을 읽었
다. 허니. 단 두 음절의 단어가 신호탄이었다. 하이하는 뛰쳐
나갔다. 뛰는 줄도 모르고 뛰었다.

멈춰. 뛰지 마. 도망가지 마. 그러나 몸에 각인된 기억이
이성으로 억눌러지지 않음을 증명이라도 하듯 발은 멈추어
지지 않았다. 하이하는 갤러리의 정원 한쪽에 놓인 벤치에

걸터앉았다. 숨을 고르며, 떨리는 손으로 뒷목을 감싸 안았다. 그곳에 새겨진 것은 저주였다.

"괜찮을 줄 알았어."

목을 움켜쥔 하이하의 손끝에 힘이 들어갔다. 새겨진 점을 잡아 뜯기라도 할 듯 바짝 곤두선 손톱 끝이 피부를 긁어내렸다. 붉은 생채기가 목덜미에 죽 그어졌다.

"말 한마디에 허니로 돌아가 버리면 어쩌자는 거야……."

갈라진 말 틈에서 절망이 피처럼 흘러내렸다. 검붉게 말라붙은 피처럼 절망이 온몸을 굳힐 것만 같았다.

"하이하. 무슨 일이야?"

손에 힘이 빠졌다. 목덜미에 진선미의 체온이 와 닿았다. 어렵게 내쉬던 숨이 한숨처럼 터져 나왔다. 하이하는 진선미의 냄새를 맡았다. 옥수수밭에 내리쬐는 햇살의 색이다. 태양처럼 붉던 머리카락. 경매 시작을 알리는 음악 소리가 갤러리 안에서 새어나왔다. 허니는 하이하로 돌아왔다.

"경매 시작하나 봐요. 가요. 언니."

하이하는 흡사 깊은 잠에서 깨어난 듯 몸을 일으켰다. 아무 일도 없었다는 듯 갤러리로 향하는 하이하의 손톱 끝에는 피가 배어들어 있었다.

*

전영민은 헬멧을 뒤집어썼다. 일주일에 한 번, 선생님이 개발하는 새로운 프로그램의 테스터로 참가하고 돈을 받는 다. 형이 반대하지 않는 유일한 아르바이트다. 산속에 있는 연구소를 방문할 때마다 전영민은 연구소 기숙사에 사는 사람들이 부러웠다. 기숙사에 살면 형에게서 벗어날 수 있을 터였다.

"선생님. 이 프로그램은 뭘 위한 연구예요?"

선생님은 가만히 전영민의 얼굴을 들여다봤다.

"갑자기 그게 왜 궁금하니?"

"그냥요. 여기에 어린애들 데리고 오는 사람들도 많으니깐 궁금해서요."

"자기 아이들이 똑똑해지기를 바라는 사람들이란다. 정확히는 그렇게 믿고 있는 사람들이지. 사실은 말이야. 그 사람들이 진짜 원하는 건 자기가 자신의 아이가 되는 거야. 머리 좋고 예쁘고 어릴 적부터 모든 걸 제공해 주는 부모도 있는 완벽한 삶. 그런 어린 시절을 보내면 지금의 자신이 가진 것보다 더 나은 직업을 가지고, 더 잘 살 수 있었을 거라 믿는 거지. 하지만 다시 태어날 수 없으니깐, 아이를 통해 꿈을 이루려고 하는 거란다."

형은 내 머릿속을 읽을 수 있으니, 반쯤은 나로 다시 태어난 것과 마찬가지 아닐까. 전영민은 그렇게 생각했다. 그게 썩 좋기만 할 것 같진 않았지만 굳이 입 밖으로 내진 않았다. 애초에 말하고 싶던 건 그게 아니었다.

"이 연구는 그런 부모의 꿈을 이루어 주기 위한 거야. 하지만 진짜 궁금한 건 그게 아니지? 무슨 일이 일었는지 털어놔 보렴."

역시 선생님이다. 전영민은 선생님에게 고양이에 대한 것을 털어놓았다.

"좋은 해결 방안이 있어."

"뭔데요?"

선생님의 얼굴이 바짝 가까워졌다. 고양이의 것과 닮은 선생님의 푸른 눈이 전영민의 뺨을 부드럽게 훑었다. 작은 속삭임이 전영민의 귓가에 커다랗게 울렸다.

"형을 죽이면 된단다."

형을 죽이면 된다. 그것은 신의 계시처럼 들렸다. 집에 돌아오는 내내 가슴이 두근거렸다. 가슴의 고동이 멈춘 건 갈대숲에 접어들어서였다. 고양이 울음소리가 들리지 않았다. 며칠간 고양이의 배웅에 익숙해져 있던 터라 그 고요함이 불길했다. 전영민은 갈대 숲 사이를 헤집었다. 도로 쪽 갈대 사이에 고양이가 쓰러져 있었다.

전영민은 고양이를 안고 미친 듯 병원으로 뛰어갔다. 자전거나 무언가에 치인 것 같다고, 다리 한쪽 뼈가 완전히 으스러졌다고 했다. 원래도 뼈가 어긋나 있었던지라 충격을 버티지 못했단 거였다. 수술비는 80만 원이었다. 전영민이 가져 본 적 없는 큰돈이었다. 고양이를 안고 터덜터덜 병원을 나설 수밖에 없었다.

"그 흉물을 왜 또 데리고 와! 당장 갖다 버려!"

형은 고양이를 보자마자 호통을 쳤다. 전영민은 고양이
가 눈을 뜰 때까지만 데리고 있겠다고 무릎을 꿇고 빌었다.
빌면서 계속 생각했다. 형만 죽으면, 형을 죽이면 모든 게 해
결될 텐데. 고양이를 방으로 데려와 한쪽에 뉘이면서도 그
생각이 머릿속에서 떨어지지 않았다. 충동이 점점 심해져서,
금방이라도 행동으로 옮겨질 것만 같았다.

'왜 이러지. 도대체 왜…….'

전영민은 주먹을 불끈 쥐었다.

2년 전 재판을 받을 때 검사가 물었다. 형을 죽이고 싶었
냐고. 전영민은 자신이 한 일을 인정했으나, 그 질문에는 단
호하게 아니라고 답했다. 정말로 아니었다. 아무리 자신을 때
려도, 잠을 자지 못하게 해도 형은 전영민의 유일한 가족이
었다. 어릴 적에 아버지가 주먹을 휘두를 때마다 어린 전영민
을 안고 도망가던 형이다. 형은 전영민을 사랑한다. 그 사실
을 의심한 적은 한 번도 없었다.

그런데 왜일까.

왜 선생님의 말을 들은 이후 형을 죽이고 싶다는 충동이
계속 치밀어 오르는 걸까.

그 충동을 가라앉히기 전에 전영민은 무엇이든 해야 했
다. 전영민은 인터넷에 접속했다. "복수를 해 주는 홈페이지

가 있다더구나. 한번 들어가 보렴." 선생님이 알려 준 주소를 주소 창에 치니 염소 해골이 메인에 걸린 홈페이지가 화면에 떴다.

큰 기대는 없다. 그저 누구에게든 이 충동을 털어놓고 싶을 뿐이다. 그렇다고 오픈된 커뮤니티 게시판에 글을 쓸 수는 없다. 댓글이 달릴 것이 두려웠다. 상호 소통이 아닌 일 방적인 대나무 숲이 되어 줄 곳. 그곳으로 염소 클럽 웹사이트의 '복수 의뢰' 페이지만 한 곳이 없었다. 전영민은 배너를 클릭하고, 떠오른 페이지에 글을 적어 나갔다.

*

진선미는 손가락 사이로 명함을 한 바퀴, 빙글빙글 돌렸다. 갤러리에서 괴한이 난입한 것은 생각지 못한 행운이었다. 반사적으로 몸을 날려 구한 상대가 진진아의 선생님, 일명 설리번이었던 건 더욱 그랬다. "혹시 나중에 경호를 부탁할 수 있을까요. 곧 중요한 행사가 있거든요." 여자가 그렇게 말하며 건넨 명함은 초대장이나 마찬가지였다. 이걸로 준비는 마무리되었다. 날짜. 장소. 방법. 도구. 모든 것이 어설프게 들어맞는다.

'어설프지. 원래 모든 일은 어설픈 법이야.'

진선미는 명함을 들여다보았다. 명함에는 이름도, 직함도, 주소도 쓰여 있지 않다. 오직 연락을 할 수 있는 번호만

이 적혀 있었다. 그래도 상관없었다. 중요한 건 이 명함이 있으면 미술관 개관식에 참석할 수 있단 거였다. 진선미는 명함을 주머니에 넣고 방을 나섰다. 개관식의 경호를 담당하는 총 책임자와 미팅이 예정되어 있었다.

'설리번. 그 여자를 보고 하이하가 뛰쳐나간 거였지. 분명히.'

마음에 걸리는 것은 오히려 그날 본 하이하의 행동이다. 처음 보는 모습이었다. 목덜미에 그어지던 붉은 손자국이 눈앞에 어른거렸다. 신경 쓰지 마. 신경 써서는 안 돼. 진선미는 마음을 다잡았다. 중요한 건 디데이다. 디데이가 지나면 어차피 염소 클럽도, 이 이상한 연극도 끝이 날 터였다. 그러나 끝날 때까지는 충실해야 한다. 어설픈 계획의 빈 곳을 메워 주는 건 룰에 근거한 약속이다. 온 몸을 짓누르는 불확실성을 견뎌 내기 위해서라도 디데이가 오기 전까지 염소 클럽은 존재해야 한다. 하이하가 신경 쓰이는 이유는 오직 그뿐이라고 되뇌며 온실 문을 열었다.

등에 길고 흰 리본을 단 소녀가 달린다. 금방이라도 하늘로 날아오를 듯 갈대 숲을 헤집고 달린다. 온실의 한쪽 벽 전체에 갈색 빛이 너울거린다. 빔 프로젝터를 통해 출력된 영상은 온실 벽에 걸린 식물들을 투과해 가상과 현실이 뒤섞인 화면을 만들어 내고 있었다. 달리는 소녀는 검은 피부를 입었다가 초록 이파리가 뒤섞인 무늬를 덧입기도 했다. 온실을 뒤덮은 영상은 처음으로 온실을 채웠던 음악만큼이나 낯설었다. 진선미는 색을 휘감고 달리는 소녀를 보다가, 하이하에게 다가갔다.

"무슨 영화야?"

"〈아이 앰 낫 어 위치〉요. 저 끈을 끊으면 염소가 되는 저주에 걸린 마녀의 이야기예요. 무슨 상 받은 영화라고 했는데, 그건 기억이 안 나요."

"재미있니?"

"그냥저냥. 이 영화를 알려 준 사람도 그다지 재미있어하진 않았던 것 같아요. 보다가 자더라고요. 그런데도 자기가 좋아하는 영화라고 당당히 말하곤 했어요. 이유가 뭐였는지 알아요? 주인공 이름이 자기랑 똑같아서. 웃기죠?"

혹시 너에게 스매싱 펌킨스의 노래를 알려 준 사람이니. 진선미는 그렇게 물으려다 그만두었다. 경매가 있던 날 이후 커다란 덩어리가 목 한가운데 걸려 도무지 계곡 아래로 굴러 떨어지지를 않는다.

영상 속 소녀가 넘어졌다. 누군가가 뒤에서 소녀의 리본을 잡아당긴 듯, 뒤로 나자빠졌고, 소녀를 휘감은 영상 속 끈은 자리에서 일어난 하이하의 몸에 엉키듯 겹쳐졌다. 벽에 매달린 호야헤시켈리아나의 긴 심지가 하늘을 보고 누운 소녀의 코끝에서 흔들렸다.

"이젠 슬슬 만나러 가 볼까 싶어요."

"누구를?"

"어린아이인 척 잠들어 버린 어른이요."

"이번 의뢰 말하는 거구나. 전영민, 조현증인지 아닌지 애매해. 어느 쪽이든, 본인이 적극적으로 형과 분리될 의지가 없으면 힘들 거야."

"계속 잠들어 있기를 바라면, 잠드는 왕자님으로 놔둬야죠."

영상 속 소녀가 바닥에 누운 채 질질 끌려간다. 화면에는 나오지 않는, 끈의 끝을 쥔 누군가가 계속해서 끈을 당기고 있는 것일까.

"저 리본 끊어지면 정말로 염소가 되니?"

한 번도 본 적 없는 영화인데 커다랗게 뜬 소녀의 눈이 이상하게 낯익었다.

"어떨 것 같아요? 언니 생각에는?"

"내 생각에는……"

소녀의 등에 달린 길고 하얀 리본. 리본을 끊으면 마녀에서 염소가 된다. 그러나 끈에 묶인 채, 하늘을 날 수조차 없는 마녀가 어디 있단 말인가. 소녀가 정말로 마녀인지 아닌지는 중요하지 않다. 끈을 쥔 자. 그가 소녀를 마녀로 둠으로써 얻는 것이 무엇인가 하는 게 문제다.

"염소로 변해서, 끈을 쥔 놈을 들이박는 게 좋겠어."

영상 가득, 흰 리본이 흩날렸다. 누군가 붙잡은 끈의 끝,

혹은 누군가 잘라 낸 끈의 끝이다.

＊

전영민은 가쁜 숨을 내쉬었다. 매니저가 또다시 전영민의 주변을 어슬렁거렸다. 고작 30분 전에 불 조절을 잘하라고 혼이 났다. 광고지를 제대로 붙이라고, 앞치마를 제대로 입으라고, 목소리를 크게 내라고 끊임없이 혼이 나고 또 났다. 불편하다. 첫눈에 매니저가 불편했다. 이번에도 형이 머릿속을 읽은 게 분명하다. 형이 매니저에게 시킨 것이다. 계속 지적을 하라고. 이대로라면 다섯 번째 가출도 실패로 끝날 것이다.

'안 돼. 이번엔 정말 버텨야 해.'

숙식 제공이란 문구에 덜컥 지원한 아르바이트였다. 시급 1만 원. 하루 여섯 시간 근무. 지급은 일급. 한 달만 일해도 고양이 수술비를 낼 수 있다. 일단 10만 원 선급을 걸면 수술을 해 주겠다는 병원 측의 약속도 받아 놓았다. 동물 병원을 나올 때에 케이지 안에서 물끄러미 자신을 응시하던 고양이의 파란 눈을 떠올리며, 전영민은 뛰쳐나가고 싶은 충동을 꾹 억눌렀다. 누군가 시식대 앞에 섰고, 전영민은 허둥지둥 시식용 고기를 불판에 올리다가 고기 몇 점을 바닥에 떨어뜨렸다. 매니저의 잔소리가 날아왔다.

"조심 좀 해! 아까부터 대체 제대로 하는 게 뭐야?"

억눌렀던 충동이 폭파했다. 전영민은 앞치마를 벗어 바닥에 던지고 가게를 뛰쳐나왔다. 비상구 문을 열고 계단을 뛰어올랐다. 계단을 다 오르면, 지하에 위치한 슈퍼마켓을 벗어나 1층에 도착하면 이번에도 실패다. 멈춰야 한다. 그러나 발이 제멋대로 움직였다. 고개를 숙인 채 발만 보며 뛰다가 계단 중간에서 멈췄다. 차오른 숨을 가다듬다가 고개를 들어 위를 바라본 순간, 전영민은 흠칫 놀랐다. 계단 끝, 염소 가면을 쓴 누군가가 서 있었다. 단정하게 차려입은 교복 때문에 가면이 더욱 기괴해 보였다. 전영민은 한 칸, 계단 아래로 뒷걸음질을 쳤다. 계단 끝에 선 누군가가 가면을 벗었다. 가면 아래 드러난 얼굴은 앳된 소녀였다.

"전 복수를 도와주러 온 염소 귀신이랍니다."

전영민은 느리게 눈을 깜빡거렸다. 염소. 그 홈페이지이다. 염소 클럽. 전영민은 자신을 '염소 귀신'이라 소개한 소녀를 살펴보았다. 작다. 별다른 힘도 없어 보인다.

'어린애잖아. 얘가 복수를 도와준다고?'

실망과 안도가 동시에 몰려왔다. 그 홈페이지는 원래 가정 상담 페이지다. 거기에 복수니 뭐니, 비밀 서약까지 받는 히든 링크가 있는 게 아무래도 이상했다. 10대 아이들이 홈페이지를 해킹해서 장난을 친 게 분명했다. 전영민은 계단을 올라, 소녀의 옆을 지나 건물 출입문 밖으로 나갔다. 슈퍼마켓을 등지고 우두커니 섰다. 갈 곳은 없다. 가야 할 곳도 없다. 초겨울의 추운 공기가 훅 밀려왔다.

"어디 가요? 고양이 많이 다쳤다면서요."

등 뒤에서 소녀가 말했다.

"이미 잘렸을 거예요."

"돌아가서 사과하면 봐 줄 거예요. 당장 사람 다시 구하려면 골치 아플 테니깐."

"소용없어요. 읽었죠? 내가 쓴 글. 형이 또 내 머릿속을 읽었어요. 매니저에게 나를 쫓아내라고 시킨 게 분명해요. 그게 아니면 내가 그 정도 일을 못할 리 없어요."

소녀의 손이 덥석, 전영민의 팔을 잡았다.

"물어보기 전에는 모르는 거예요. 자, 같이 가요."

가 봤자 소용없을 텐데. 웅얼거림은 전영민의 입 안에서 맴돌았다. 전영민은 소녀에게 이끌려 멈췄다 걷기를 반복하며 다시 계단을 내려갔다. 손을 뿌리치려면 얼마든지 그럴 수 있었지만, 결국 그러지 못했다. 소녀의 눈 때문이었다. 고양이와 같은 눈이다. 그 파랑을 보자, 앞치마를 던진 것이 후회되었다.

"형이 뭘 시켰다고? 보호자 허가 말하는 거예요? 자리 무단이탈했다가 돌아왔으면 일단 사과를 해야지, 젊은 사람이 왜 이리 책임감이 없어?"

결국 전영민은 시식대로 돌아와, 매니저 앞에 섰다. 전영민의 형을 아냐는 소녀의 질문에, 매니저는 영문을 모르겠다

제 머릿속을 함부로 읽는 형에게 복수하고 싶습니다

는 듯 인상을 썼다.

"혹시 미성년자야? 보건증 줘 봐요. 우리 미성년자는 채용 안 하는 게 원칙이라."

"아닙니다. 스물여덟 살입니다."

전영민은 황급히 대답했다. 보건증은 던지고 나온 앞치마 주머니에 있다.

"미성년자도 아닌데 보호자 허가가 왜 필요해?"

"허가가 아니라, 저를 그만두게 하려고 지시를……. 아닙니다. 저, 아까는 죄송합니다."

전영민은 허리를 깊이 숙였다.

"됐어. 나도 아까 말이 좀 심하기도 했고. 빨리 다시 일 시작해. 시식 알바 처음 하면 원래 쉽지가 않아. 그래도 한 한 달 하면 익숙해지니깐, 잘 견뎌 보고."

매니저는 시식대 안쪽에 구겨져 있던 앞치마를 꺼내 전영민에게 내밀었다. 전영민은 앞치마를 받아 목에 걸고 시식대 안쪽으로 들어가 섰다. 전영민은 시식용 고기를 불판에 올렸다. 기름이 떨어지는 소리와 함께 구수한 냄새 섞인 연기가 피어올랐다. 전영민은 질끈 눈을 감았다가 떴다. 차마 매니저에게 형이 내 머릿속을 읽는 것을 아냐고 물어볼 수 없었다. 그런 허황된 이야기를 믿어 줄 사람이 있을 리가 없다. 전영민 자기 자신조차, 믿지 않는다.

처음에는 형이 무서워서 믿는 척을 했다. 그러다 점차 익숙해졌다. 시키는 대로만 한다는 건, 실패의 책임도 온전히 형에게 떠넘길 수 있음을 뜻했다. 수능 시험을 한 번 망치고, 또 한 번 망치고, 사회 경험 한 번 없이 나이를 먹어 가자 사회생활을 할 자신감이 점점 옅어졌다. 그래서 더더욱 믿는 척을 했다. 믿는 척을 하다 보니 정말 그런 것도 같았다.

전영민은 고기를 구웠다. 굽고 또 구웠다. 괴로움이 한계선까지 차올라 형의 등에 뜨거운 물을 부었던 그날을 떠올렸다. 절반은 잠을 자지 못해서 마취된 듯한 감각에 저지른 일이었다. 등의 피부가 벗겨져 몸부림치는 형을 보며, 멍하니 그렇게 생각했다. 형은 이것도 내가 진짜 원해서 했다고 말할까, 아니면 사실 머릿속을 읽는 재주 따윈 없다고 고백할까.

형이 고백한다면 그걸로 이 길고 긴 거짓말을 끝내자 마음먹었다. 그러나 형은 고백하지 않았다. 형은 전영민이 조현병 환자라 주장했고, 그 주장이 받아들여져 치료 감호소에 갔다. 모든 게 형의 뜻대로였다. 전영민이, 자기는 아무리 조현병이 아니라 말해도 소용없었다. 치료 감호소로 이송되는 차 안에서 전영민은 웃었다.

이 거짓말은 이젠 진실이 되었다. 형이 죽기 전까지 계속될 터였다.

'형을 죽이지 않으면……'

형을 죽이면. 눈앞에 떠다니던 주파수와 여자의 목소리가 뒤섞였다. 전영민은 눈을 부릅뜨고 손에 든 고기를 잘랐다. 불판에 떨어진 고기 덩어리에 형의 얼굴이 겹쳐졌다. 고기를 자르는 것보다 어렵지 않을 거다. 가위를 쥔 손에 힘이 들어갔다.

이쑤시개가 쿡, 고기를 찍었다.

"입 벌려요. 자, 아."

이쑤시개가 불쑥 입 안으로 밀려 들어왔다. 전영민은 얼결에 혀 위에 닿은 고기를 씹었다. 기름진 지방 맛이 입 안을 채우자, 일렁이던 주파수가 희미하게 옅어졌다. 소녀가 앞에 서서 시식용 고기를 또 한 점, 찍어 올리며 말했다.

"5시까지죠, 알바? 지금 5시 2분이에요. 알바 끝."

매니저가 다가와 전영민에게 봉투를 내밀었다.

"동생이 참 착하네. 오빠 알바도 도와주고. 들었어. 할머니가 아프시다며? 노인네 아프면 맘이 싱숭생숭하지. 나도 알아. 만 원 더 넣었으니깐 죽이라도 사서 가."

전영민은 봉투를 받아 들었다. 앞치마를 벗고, 슈퍼마켓을 나왔다. 주머니 안에 든 봉투에서 손을 뗄 수 없었다. 차가운 공기가 기분 좋게 느껴졌다. 때가 탄 운동화 옆에 하얀 스니커즈가 나란히 섰다. 전영민은 머뭇거리다, 소녀를 향해 물었다.

"귀신님은 다 알았죠?"

"뭘요?"

"내가 쓴 글이요. 어디까지나 거짓말이고, 어디까지가 진짜인지."

"글쎄요. 중요한 건 그게 아니죠. 형한테 어떻게 복수하고 싶어요?"

전영민은 고양이를 떠올렸다. 볕이 잘 드는 창가에 모빌을 설치해 주고 싶다. 나비와 물고기와 구름 모양 조각이 달려서 건드리면 종소리가 나는 그런 것. 어쩌면 고양이 사진을 찍어 보낼 누군가가 생길지도 모른다. 체온을 나눠 주리란 기대까진 하지 않는다. 그저 잠깐씩, 고양이 사진을 주고받을 수 있으면 좋겠다. 고양이와 함께하게 될 그 평온한 상상 속의 날들을 버리고 싶진 않다.

"복수는 필요 없고, 영원히 형을 만나지 않았으면 좋겠어요."

"좋네요. 그거."

소녀가 전영민에게 명함을 내밀었다.

"의뢰를 받아들일게요. 내일 아르바이트 끝나고 여기서 봐요."

명함에는 염소 한 마리가 춤을 추고 있었다.

*

그럭저럭 괜찮은 날이다. 호텔로 돌아오기 전까지는 그랬다. 전영민에게서 원하던 대답을 이끌어 낸 것이 만족스러웠다. 무엇보다 전영민의 의뢰를 해결하는 동안, 패배의 잔영에서 벗어날 수 있었다.

'패배가 아냐. 오히려 잘됐어. 준비를 할 수 있게 되었으니깐.'

준비할 것은 오직 하나다. 정면으로 마주했을 때 도망치지 않게 해 줄 존재다. 그게 누구인지도 이미 안다. 그러나 판단이 서질 않는다. 끌어들여도 좋은 것인가. 겨울의 차가운 공기는 옥수수밭을 헤매며 울던 날을 닮았다. 하이하는 그 기억을 애써 몰아내며 호텔 앞에 도착했다. 호텔 정문 옆에 한 남자가 앉아 있었다. 모자를 푹 눌러쓴 남자는 하이하를 보자마자 벌떡 일어났다.

"찾았다. 이봐, 거기 학생!"

남자는 호텔로 들어가던 하이하의 손목을 낚아챘다. 버틸 새도 없이, 휘청거린 몸이 남자 쪽으로 끌려갔다. 하이하는 짧게 비명을 질렀고 호텔 가드가 달려와 남자를 하이하에게서 떼어 냈다.

"잠깐만 내 말 좀 들어줘. 동생이 사람을 죽이려고 해. 제발 내 말 좀 들어 줘!"

가드에게 팔이 잡힌 남자의 외침이, 길거리에 쩌렁쩌렁울렸다. 하이하는 몸부림치는 남자를 봤다. 그럭저럭 괜찮지않은 날이 되어 버렸다.

*

남자의 이름은 전재일. 전영민의 형이었다. 전재일은 뜨거운 차를 단숨에 들이켰다.

"나도 동생 뒷바라지만 하는 게 좋을 리가 없잖아. 돈이나 많으면 몰라. 트럭 한 대 간신히 가진 걸로 벌어먹는 인생이야. 그나마 지금 일하는 파견 업체에서 컨테이너 박스 한 칸이라도 내줘서 여관은 전전하지 않게 되었지. 그래. 나도 욕심을 낸 건 맞아. 동생이 공부를 썩 잘하니깐, 걔라도 성공하기를 바랐지. 그렇다고 내 욕심에만 엄하게 한 건 아니야. 동생이 어릴 적부터 망상이 좀 심했어. 학교에 불려 간 게 몇 번인지 몰라. 형이 머릿속에서 떠든다고 소동을 부렸거든. 혹시 사람 해칠까 봐 더 엄하게 대했지."

하이하는 자기 앞에 놓인 찻잔을 들었다. 한 손으로 찻잔을 받치고 천천히 입술로 가져갔다. 느릿한 하이하의 움직임에, 속사포처럼 이어지던 전재일의 말소리가 끊겼다.

"어릴 때부터 망상 증세를 보였는데 병원은 데려가지 않으셨어요?"

구부정하게 숙여져 있던 전재일의 등이 조금 더 앞으로 기울어졌다.

"내가 못 배워 가지고, 병원을 가면 기록이 남는 줄 알았어. 나중에 애가 대학에 가거나 할 때 문제가 되지 않을까 걱정이 되었어."

제 머릿속을 함부로 읽는 형에게 복수하고 싶습니다   203

흥분으로 들썩이던 전재일의 음성이 일순 가라앉았다.

"동생이, 자기는 의사가 될 수 있다고 믿은 것도 망상이었을까? 7수를 했어. 수능을 망칠 때마다 내 탓을 했지. 내가 자기 머릿속을 읽어서, 수능 볼 때 제일 신경 쓰이는 게 뭔지 알아내어서는 같은 교실에서 시험 보는 학생들에게 그걸 시킨다는 거야. 그게 말이 돼? 내가 진짜 초능력이 있다고 쳐도, 어떤 수험생이 그딴 부탁을 들어주겠어. 시험 망친 게 속상해서 그러려니 했어. 내 등에 팔팔 끓는 물을 부었을 때도, 일이 안 풀리니 오죽 답답하겠나 싶어서 용서했어. 그나마 덜 험하다는 치료 감호소로 보내려고 무던히 애도 썼지. 이젠 나도 저게 내 동생인지 아들인지 모르겠어."

하이하는 전재일의 눈 안, 혼탁한 회색으로 변한 동공을 봤다. 시선이 마주치자, 전재일은 짓무른 눈가를 일그러뜨리며 웃었다.

"전영민이 치료 감호소에 수감된 뒤 1년쯤은 면회 신청이 한 건도 없더군요. 1년이 지난 후에 갑자기 면회를 간 이유는 뭐예요?"

"아, 그거야…… 나도 인간인데 괘씸하잖아. 마음 추스르는 데 시간이 필요했지."

"면회에 동행했던 사람은 누구인가요?"

"바로 그거야!"

가라앉았던 음성이 다시 튀어 올랐다.

"동생이 치료 감호소에 입원했을 때 한 여자가 내게 접근을 했어. 치료 감호소에 수감 중인 환자를 연구하는 학자라고 하더군. 동생을 만나게 해 주면 돈도 주고, 동생의 심리 상담도 해 준다기에 마다할 이유가 없었지. 지금 생각하면 수상한 점이 한둘이 아니야. 명함에 이름도 쓰여 있지 않았거든. 하지만 꽤 유명한 사람이 그 여자의 후원자라고 같이 왔단 말이지. 왜, 예전에 성형 프로그램에 나왔던 의사인데, 국회 의원 선거도 나왔던 사람이야. 이름이 뭐더라. 어쨌든 그런 사람이 같이 있으니깐 의심을 안 했지. 그런데 그 선생만 만나면 동생이 난폭해지는 거야. 선생하고 같이 만나면 괜찮은데 나를 혼자 만나면 소리를 지르고……. 뭔가 잘못됐구나 싶어서 치료 감호소를 나온 후로는 만나지 못하게 했지. 그런데 동생이, 그 선생을 계속 만나고 있었어."

전재일의 동생, 전영민은 얼마 전 네 번째 가출을 했다. 전영민의 망상은 출소 후에도 나아지지 않았다. 오히려 심해져서 형이 자신을 학대했다는 이야기를 지어내 떠들고 다녔다. 그 때문에 전재일의 평판은 땅에 떨어졌다. 인력 사무소에 갔더니 "동생 의사 만들겠다고 들들 볶았다며?"라는 말을 들었다며, 전재일은 다시 한번 한숨을 쉬었다. 도저히 이대로는 안 되겠다 싶었던 전재일은, 동생이 아르바이트를 하는 편의점을 수소문해 찾아갔다. 동생과 속을 털어놓고 대화를 해 보자 싶었다. 독립을 원한다면 기꺼이 도와줄 테니, 이제라도 제대로 된 치료를 받아 보자고 설득할 생각이었다.

하루살이가 들러붙은 편의점 유리벽 너머로 전재일은 전영민과 '선생님'이 마주 보고 서 있는 것을 봤다. 조심스럽게 편의점 문을 열고 안으로 들어갔다. 편의점 문에 달린 종이 작게 울렸지만 전영민은 듣지 못한 듯 대화에 여념이 없었다.

"그 망할 선생이란 작자가 내 동생에게 뭐라고 했는지 알아? 돈을 줄 테니 사람을 한 명 죽여 달라고 하는 거야! 가슴이 벌렁거리더라고. 선생이 편의점을 나가자마자 뛰쳐나가서 동생의 멱살을 붙잡고 추궁을 했어."

처음에는 말하지 않고 버티던 전영민은 거듭되는 추궁에 결국 입을 열었다.

"며칠 후에 매우 중요한 행사가 열린대. 그 후원자인 의사 선생에게 매우 중요한 행사라더군. 거기서 누군가 의사 선생을 살해하려 한다는 거야. 그러니 행사장에 있다가, 그 살인범을 발견하면 미리 죽이라는 거지. 어떻게든 불기소 의견 나오게 해 주고, 보상으로 3억에 집 한 채를 준다고 했대. 거기에 매달 생활비도 지급해 주고. 동생은 그걸 하겠다는 거야. 그놈은 미쳤어. 동생이, 얼마 전에 검은 고양이를 주웠거든. 그 고양이한테 단단히 홀린 것 같아. 사람 죽이겠단 말을 할 놈은 아니었단 말이지."

전재일은 동생을 간신히 집에 끌고 돌아왔다. 그러나 며칠 후 동생은 또다시 가출을 했다. 전재일은 동생이 살인자가 될까 봐 도저히 가만히 있을 수가 없었다.

"저를 찾아오신 이유는요? 여기는 경찰서가 아니에요."

"동생의 소지품을 다 뒤졌더니 이 명함이 나왔어."

하이하는 전재일이 내민 명함을 받아 들었다. 명함 위쪽에 작고 붉은 글씨가 휘갈겨 쓰여 있었다. "죽일 수 있을까?" 붉은 글씨 아래에는 검은 명조체로 '진선미'란 이름 석 자가 또렷하게 적혀 있었다.

"그 명함에 적힌 회사 전화번호로 전화를 걸었어. 진선미란 사람 지갑을 주웠는데 어떻게 돌려주어야 하냐, 주소 좀 가르쳐 줄 수 있냐고. 그러니깐 여기, 이 호텔을 알려 주더라고. 잠깐 어슬렁거리면서 보다가 진선미가 누구인지 알았고, 학생하고 같이 다니는 것도 알았어. 이것도 동생 서랍에서 나온 건데, 행사 초대장이야. 여기서 일을 저지를 것 같아. 경찰서에 찾아가도 증거고 뭐고 없으니 진지하게 들어 줄 것 같지도 않고. 마음이 급해서 학생을 붙잡은 거야. 학생이 꼭 이 행사장에 가서 동생을 말려 줘."

"특이하네요."

하이하는 살펴보던 명함을 탁자에 내려놓았다.

"응?"

"이런 경우, 보통은 타깃인 진선미가 그곳에 가지 못하게 해 달라고 하지 않나요?"

전재일은 아랫입술을 핥고는 그건…… 이라고 우물우물 말을 삼켰다. 하이하는 입꼬리를 올려 미소를 지어 보려 했다. 마지막 날, 푸딩을 앞에 놓고 마주 앉았던 마마의 웃음처럼. 그러나 웃을 수 없었다.

탁자에 놓인 미술관 개관식의 초대장이, 하이하에게는 도전장처럼 보였다.

8.
Today

그림이 배달되어 온 것은 늦은 저녁이었다. 오후부터 창문 밖에서 간헐적으로 터지던 벼락은 폭우를 불러왔다. 하이하는 온실 한가운데 놓인 커다란 액자에 묻은 빗방울을 닦았다. 그림에서 나는 냄새는 비와 잘 어울렸다. 원래 그것이 비의 냄새인 것만 같았다.

푸른 눈물에 잠긴 것만 같은 누군가의 기도.

'왜 내게 이 그림을 사라고 한 걸까.'

이제 와서 쓸데없는 변수를 만들 수는 없다. 곧 디데이다. 술래는 이젠 등 뒤에 다가왔다. 술래의 자리를 빼앗지 않으면 목이 졸릴 것이다. 그날까지 혼자서도 하이하로 버틸 방법을 찾아야만 한다. 진선미를 끌어들인다는 선택지를 쉬이 집을 수 없는 건, 잃어버린 슬픔을 알기 때문이다. 이번에도 잃어버린다면 견딜 수 없을 것이다.

어린아이는 반항을 해야 하는 거야.

입 안에 녹아드는 핫케이크 같던 웃음소리를 기억한다. 그가 가르쳐 준 수많은 노래와 영화를 보는 즐거움과 다양한 식감을 기억한다. 내딛지 못했던 한 걸음을 기억하고, 옥수수밭에 가득했던 비릿한 쇠 냄새를 기억한다.

"반항을 해야지. 어린아이답게."

하이하는 혼잣말을 중얼거리며 그림을 들여다봤다. 가라앉은 눈물의 냄새는 그곳의 기억을 이끌어 냈다. 자주색 옷을 얻기 위해 써낸 에세이에는 차마 하지 못한 이야기. 아마 앞으로도 누구에게도 하지 않을 이야기. 말해도 전부를 인정받지 못할 이야기.

자신을 특별한 존재라고 착각하는 미치광이 어른들의 실험체가 된 아이의 이야기다.

*

옛날 한 소녀가 있었어. 호기심 많은 소녀는 트루데 부인을 만나고 싶었어. 소녀의 부모는 허락하지 않았지. 부인은 보통 사람이 아니고, 그 집에서는 이상한 일이 일어난다는 소문이 자자했거든. 트루데 부인은 너무 특별해서 마을의 누구와도 어울리지 못했어.

소녀는 부모님의 말을 어기고 트루데 부인을 만나러 갔

어. 부인의 집에 가는 동안 소녀가 무엇을 보았는지 아니? 시커먼 남자와 새파란 여자, 그리고 시뻘건 불이 붙은 염소를 봤지. 그것들은 끈에 묶여 울부짖고 있었어. 소녀는 겁에 질려서 트루데 부인의 집 안으로 뛰어 들어갔어. 트루데 부인은 소녀가 부모님이 말을 어긴 나쁜 아이란 걸 한눈에 알아봤지.

"통제를 모르는 아이는 마녀가 되지. 마녀는 어디에서든 환영받지 못해. 걱정하지 마라. 내게 너의 빛을 나누어 주면, 너를 모두에게 사랑받는 선택받은 아이로 만들어 주마."

트루데는 소녀를 나무토막으로 만들어 불안에 던져 넣었어. 나무가 활활 탔지. 부인은 불을 쬐면서 중얼거렸어.

"그것참 밝기도 하다."

소녀는 곧 완전히 타 버렸지. 트루데는 타고 남은 재를 긁어모아서는 천에 잘 쌌어. 재의 일부는 집 앞 정원에 심고, 일부는 반죽에 섞어 빵을 만들었지. 트루데는 잘 구워진 커다란 빵 덩어리를 품에 안고 소녀의 집을 찾아갔어. 소녀의 부모는 트루데에게 소녀가 어디 있는지 아냐고 물었어. 트루데는 빵을 건넸지.

"그걸 먹으면 소녀보다 훨씬 뛰어나고 말 잘 듣는 아이를 낳게 될 거예요. 소녀를 돌려 드릴까요, 빵을 드릴까요?"

소녀의 부모는 망설이지 않고 빵을 골랐어. 트루데는 콧노래를 부르며 왔던 길을 되돌아왔지. 정원에 묻은 재에서는 염소의 뿔이 돋아나 있었어. 트루데는 뿔을 잡고 염소를 땅에서 뽑아냈어. 달아나려는 염소의 목에 끈을 묶었지. 소녀는 더 이상 마녀가 아니야. 트루데의 착하고 순한 심부름꾼이지. 끈은 중요해. 끈을 자르면 염소는 트루데가 아닌, 마녀의 심부름꾼이 되어 버린단다.

허니. 마마는 트루데야. 마마의 손등에 있는 이 그림을 보렴. 염소의 목을 조른 끈이 보이니? 끈의 끝이 어디로 이어져 있지? 그래. 손 밖으로. 마마는 이 끈을 당길 수 있단다. 허니가 마마를 떠나려고 하면, 마마는 끈을 당길 거야. 허니의 목에 새겨진 이 작은 점들을 떠올려. 마마가 새긴 점들이, 끈과 연결되어 있다는 걸 기억해.

*

아무것도 없는 곳이었다. 집은 옥수수밭 한가운데 있었고 가장 가까운 마을까지는 8킬로미터 떨어져 있었다. 키 높은 옥수수 때문에 앞과 뒤의 분간이 힘들어 방향성을 잃고 헤맬 것만 같은, 미로 같은 밭이었다. 모바일 홈은 바퀴 여섯 개에 무게를 의지한 6평 남짓한 1층과, 그 절반을 뚝 잘라 낸 크기로 위에 얹어져 있는 2층짜리였다. 2층은 무릎을 꿇고 상반신을 먼저 들이밀어야 안으로 들어갈 수 있을 만큼 천장이 낮았고, 벽에는 쇠창살이 달린 작은 창문이 하나 나 있었다.

기억의 시작점은 옥수수다. 쓰러지던 거대한 옥수수.

어릴 적, 하이하는 집 밖에 펼쳐진 옥수수밭은 바다라 믿었다. 집에 딱 한 권 있던 동화책에 바다가 그렇게 묘사되어 있었다. 끝이 보이지 않게 넓고 오직 한 가지 색만 가득 차 있다고. 무엇보다 밖이 바다가 아니라면 왜 집 밖으로 나가선 안 되는지 알 수가 없었다. 마마는 늘 말했다. 계단 아래로 내려가선 안 돼, 라고.

"왜 집 밖에 나가면 안 돼요?"

그날 밤, 처음으로 바늘이 하이하의 목뒤를 찔렀다. 마마는 잉크가 묻은 바늘을 하이하의 목덜미에 찔러 넣으며 타일렀다.

"의문을 가지지 마. 그럼 고통도 없을 거야."

찔린 곳이 너무 아파서 밤새 열이 났다. 그래서 옥수수밭은 바다가 되어야만 했다.

의문을 가지지 않는 날들이 이어졌다. 기상 시각은 오전 6시. 마마와 마주 앉아 책을 낭송하는 것으로 하루가 시작되었다. 손바닥 크기의 작은 책은 종이를 실로 꿰어 만든 것으로, 마마가 쓴 것이었다. 마마는 그것을 '연구의 결정체'라 자부했다.

"이건 정말 멋진 연구야. 허니. 마마를 사랑하지? 마마도 허니를 사랑해. 사랑하는 사람이, 사랑하는 사람을 뛰어난 인간으로 만들어서, 그 유전자를 물려받은 더욱 뛰어난 인간으로 태어나는 거야. 마마가 허니만큼 어릴 때 말이지. 낙원에 있었어. 거기서 우주의 법칙을 배웠지. 그 이야기를 해 줄게. 예전에 은하계 독재자가 인간들을 화산에 떨어뜨렸어. 그때 인간의 몸을 떠나 우주를 헤매던 영혼은 지구로 모여들었지. 아기가 태어나면 그 영혼이, 아기의 몸 안으로 들어가게 되어 있어. 사람은 그 우주의 영혼이 빠져나가면 죽는 거야. 그 어른들은 마마만큼 영리하진 못했어. 그래서 딱 거기까지밖에 알아내지 못했지. 그 바보 같은 어른들이, 이 거대한 미국이란 나라를 주무르고 있단다. 국회 의원, 영화배우, 백만장자가 되어 있지."

마마는 언제나 그 부분에서 화를 냈다. 마마는 너무 똑똑해서 낙원에서 쫓겨났다. 어른들이 마마의 영리함을 질투했기 때문이다. 그래서 마마는 혼자 우주의 법칙을 연구했다.

"생각해 봐. 허니. 내 몸 안에 들어온 우주의 영혼은 내가 죽으면 어떻게 될까? 우주의 영혼은 죽지 않아. 내 몸 밖으로 튕겨져 나와서, 다시 들어갈 아기를 찾아 세상을 헤매게 되지. 그 영혼은 다시 정처 없이 떠돌고 싶지 않고, 되도록 익숙한 몸을 원하게 되어 있어. 이전에 자신이 깃들었던 몸과 유전자가 최대한 비슷한 아기를 찾게 되는 거지."

"마마와 나처럼."

"맞아! 역시 허니. 마마의 연구를 제대로 이해하는 건 허니뿐이라니깐. 여기부터 중요해. 우주의 영혼이 빠져나가면 사람은 죽어. 그렇다는 건, 우주의 영혼이 곧 그 사람 자체라는 거 아닐까? 그 사람이 살면서 경험하는 모든 것을, 품고 있는 존재인 거 아닐까? 마마는 이 사실을 깨달았을 때 벼락이라도 맞은 듯이 온몸이 떨렸어. 한 명의 우주의 영혼이 안정적으로 점점 나은 환경의 아기에게 깃드는 일을 거듭하면 말이야. 나중에는 신에 가까운 존재가 될 수 있는 거지. 환생을 통해 인간은 진화해 왔던 거라고! 이건 종교계와 과학계의 평행선을 하나로 통일하는 위대한 연구라니깐."

언제나 창백한 마마의 뺨이 발그스름하게 달아오르는 건 그때뿐이었다. 하이하는 마마의 붉은 뺨을 보는 게 좋아서, 열심히 맞장구를 쳤다.

"허니. 말해 보렴. 마마의 연구를 완성하기 위해 허니는 뭘 해야 하지?"

"아기를 낳아야 해요. 마마 몸에 있는 우주의 영혼이 깃들 아기."

"그래. 멋지지? 하지만 유전자가 비슷한 것만으로는 안 돼. 영혼을 끌어당길 더욱 강렬한 것이 필요하지. 그게 뭐라고?"

"……원죄."

"그 원죄를 위해 허니는 뭘 해야 해?"

"……마마를 죽여야 해요."

"그래. 허니가 이 집을 떠날 때가 되면, 마마를 죽이는 거야. 알았지?"

유려한 필기체로 쓰인 글자를 억지로 집어삼키며 하이하는 자랐다. 하이하는 마마를 위해 뛰어난 사람이 되어야만 했다. 집에서 미국 대학 입학 자격시험(SAT)과 대학 과목 선이수(AP·Advanced Placement) 시험을 위한 공부를 했다. 텍사스테크대 교육구(TTUISD) 온라인 프로그램도 동시에 이수해야 해서, 공부만으로 하루 일과표가 가득 찼다. 마마는 아이비리그 대학 중 어느 곳에선가 입학 허가를 받으면, 하이하가 집을 떠나게 될 거라고 했다. 마마가 죽고 난 후의 일은 닥터 맥스가 알아서 해 줄 테니 걱정하지 않아도 된다며 웃었다.

하이하는 닥터 맥스가 싫었다. 닥터 맥스가 집에 찾아오면 마마는 한꺼번에 많은 약을 먹고 집을 나갔다가 사나흘 후에야 돌아왔다. 그 며칠간의 밤은 하이하에게는 암흑이었다. 마마는 집을 나갈 때면 꼭 전기를 다 잠그고 나갔다. 퓨즈 박스의 덮개는 마마가 가진 키가 있어야 열 수 있었기에, 하이하는 작은 석유램프에 의존해 밤을 보내야 했다. 흔들리는 램프의 불빛 안에서 불 꺼진 방을 보고 있노라면 까만 어둠이 내려앉은 옥수수밭에서 무언가가 솟아오를 것만 같았다. 옷장 안에서 나와 아이를 끌고 가는 부기 맨 따위가 아니라 바다를 하늘로 바꾸어 버릴 정도의 무시무시한 존재가.

일주일에 두 번은 테스트를 치렀다. 시험을 잘 못 보면 이상한 철모자를 쓰고 앉아 있어야 했다. 그 모자를 쓰면 머리가 깨질 듯이 아팠다. 마마는 그걸 '강화 모자'라고 불렀다. 그걸 쓰면 마마가 하는 말을 아주 잘 따르게 된다고 했다. 이런 거 쓰지 않아도, 나는 마마의 말을 잘 듣잖아요. 하이하는 그렇게 말하고 싶은 걸 꾹 참았다. 혹시라도 말대꾸를 했다가 또 바늘에 찔리고 싶지는 않았다.

시험을 잘 보면 상으로 한 시간을 쉴 수 있었다. 그 한 시간을 하이하는 현관문을 활짝 열고 지면과 연결된 세 칸짜리 계단 맨 위에 걸터앉아 보냈다. 옥수수밭을 지나온 바람을 온몸에 맞으며 정보를 조립했다. 인터넷을 쓸 수 있는 시간은 수업을 들을 때로 제한되어 있었고, 그때마다 마마가 등 뒤에서 감시했다. 그럼에도 영상과 채팅을 완전히 제어할 순 없었다. 하이하는 짧은 정보들을 그러모아, 옥수수밭 너머의 삶을 끊임없이 상상했다.

한 달에 한 번은 특별한 상을 받았다. 푸딩이었다. 마마는 찬장에서 꺼낸 약병에서 스포이트로 두어 방울, 약을 뽑아 올려 푸딩에 떨어뜨렸다. 투명한 액체는 역겹도록 써서, 푸딩의 단맛으로도 완전히 감추어지지 않았다.

"푸딩은 완벽한 음식이야. 그러니깐 마마와 잠시 이별할 때도, 푸딩을 먹자."

그래도 하이하는 푸딩을 먹는 게 좋았다. 아침엔 시리얼,

점심은 생선 수프와 호밀빵, 저녁은 삶은 감자와 통조림 캔. 매일 같은 것을 먹어야 하는 중에 푸딩의 단맛은 폭발적인 쾌감을 선사했다. 약간의 쓴맛을 견디더라도 입 안에 넣고 싶어지는 유혹적인 맛이었다.

하이하가 열두 살이 되던 여름날, 닥터 맥스가 집에 찾아왔다. 닥터 맥스는 문을 열어 준 하이하를 위에서 아래로 훑어보았다. 하이하를 식탁 위에 방치된 불어 터진 시리얼처럼 본척만척하던 닥터 맥스였는데, 그날은 달랐다. 기분 나쁜 시선을 피하려고, 하이하는 문손잡이를 놓고 옆으로 비켜섰다.

"제법 많이 컸군. 분명 핏덩어리였는데."

닥터 맥스가 하이하의 어깨를 움켜잡고 몸을 숙였다. 입에서 썩은 청어 냄새가 났다.

"특히 이 파란 눈이 엄마를 닮았네. 꼬마야. 아빠가 누군지 알아? 어느 나라 사람인지?"

하이하는 고개를 가로저었다. 머리로는 알았다. 마마가 자신을 낳았다는 건, 누군가 마마를 임신시킨 남자가 있단 뜻이다. 그러나 그건 하이하가 태어나기 이전, 까마득한 선사 시대 일인 듯 느껴졌다.

"너희 엄마가 말이다. 외모가 한국계 혼혈로는 안 보이는데 자꾸 한국계라고 하니깐 좀 곤란해. 동양계와 히스패닉계를 좋아하는 손님은 엄연히 층이 다르단 말이다. 손님은 돈을 내는 만큼 딱 맞는 물건을 원하지."

"손님이 후원자예요? 엄마의 연구를 지원해 주는 사람이요."

닥터 맥스는 너털웃음을 터뜨렸다.

"연구? 후원자? 그래. 이리 와 봐라. 내가 너도 후원해 줄게."

닥터 맥스의 손이 하이하의 티셔츠 안으로 쑥 들어왔다. 하이하는 팔뚝을 물어뜯었고, 닥터 맥스는 비명을 지르며 하이하를 떼어 냈다. 바닥에 패대기쳐진 하이하는 퉤, 입 안에 들어온 살덩어리를 뱉어 냈다.

"오냐오냐했더니 개가 사람을 물어? 다시는 여기 안 와!"

닥터 맥스가 사라지고, 하이하가 몸을 추슬러 일어나기도 전에 마마가 뛰어들어 왔다. 마마는 시뻘건 얼굴로 하이하의 멱살을 잡아 일으켜 세웠다. 너 때문에 다 어그러졌어. 소리치는 마마는 마마가 아닌 것만 같았다. 괴물이다. 마마는 부기 맨이 됐다. 어지럼증이 몰려왔다. 마마가 찬장에서 약병을 꺼내 하이하의 입속에 들이부었다. 쓴맛이 날것 그대로 몸 안에 쏟아졌다. 먹고 싶지 않았다. 하지만 몸부림 칠수도, 목 아래로 넘어가는 약을 뱉을 수도 없었다. 그랬다가는 마마가 부기 맨인 채, 원래대로 돌아오지 않을 것만 같았다. 결국 약 한 병을 거의 다 삼켰다.

의식이 말라붙은 바다 속으로 까무룩 떨어졌다.

한 번의 쇼크와 사흘간의 구토를 겪고서야 너덜너덜해진 몸을 일으켜 앉을 수 있다. 수프 그릇 뒤로 마마가 몸을 숙여 들어왔다. 까만 정수리와 둥근 어깨를 보며 하이하는 숨을 참았다. 마마가 문을 빠져나와 고개를 든 후에야 숨을 내뱉었다. 분명히 마마였다. 마마로 돌아왔다.

"아, 해. 허니. 이젠 괜찮니?"

마마가 수프가 담긴 숟가락을 하이하의 코앞에 내밀었다. 주황색. 아마도 당근 수프다. 마마가 가끔 만드는 당근 수프에서는 오래 쓴 수건을 뭉근하게 삶은 냄새가 났다. 통 좋아할 수 없는 냄새다. 그러나 하이하는 잠자코 입을 벌렸다.

"맛있지?"

당근 수프에서는 아무 맛도 나지 않았다. 하이하는 고개를 끄덕거리고 수프 한 그릇을 다 비웠다. 다음 날도, 그다음 날도 당근 수프를 먹었다. 2주가 지나자 간헐적으로 찾아오던 경련이 완전히 사라졌다. 다시 일상의 반복이 시작되었다. 낭독을 하고, 공부를 하고, 푸딩을 먹었다. 푸딩에서도 아무 맛이 나지 않았다. 대신에 마마의 주변에 뭉글한 악취가 보였다. 이상한 색을 가진, 먼지 덩어리 같은 냄새. 그건 분명 냄새였지만, 코를 통해서가 아닌 온몸의 피부와 감각을 통해 스며들었다. 그제야 하이하는 무언가 이상하다는 걸 깨닫고 온갖 것을 킁킁거리며 돌아다녔다. 빵도, 우유도, 종이도, 잉크도, 비린 생선에서도 어떤 냄새도 맡을 수가 없었다. 혀 위에 후추 한 스푼을 올려 봤다. 짜릿한 통증이 느껴졌다.

'망가진 건 혀가 아니라, 코였구나.'

그런데 저 먼지 덩어리 같은 건 무엇일까. 하이하는 계단에 앉아 멍하니 바람을 느꼈다.

옥수수밭을 건너온 바람에서 후덥지근한 여름 공기가 사라지고 묵직한 겨울의 추위가 배어들었다. 하이하는 계단에 앉은 채 한 번, 또 한 번, 세 번의 봄을 맞이했다. 그동안 닥터 맥스는 아무 일도 없었다는 듯 집에 드나들었다. 마마는 더 자주, 더 오래 집을 비웠고 거실에는 다양한 병들이 쌓여 갔다. '강화 모자'는 세 번 업그레이드가 되었는데, 두 번째 업그레이드 때에는 메뚜기 눈알같이 앞으로 불룩 튀어나온 안경이 추가되었다. 그 안경을 쓰면 눈앞에 지렁이처럼 꿈틀거리는 선이 마구 돌아다녔다. 그 선을 쫓고 있노라면 지렁이가 눈 안쪽으로 파고들었다. 마마를 죽여. 지렁이가 눈꺼풀 안쪽에 글자를 만들어 냈다. 마마를 죽여. 모였다가 흩어지고, 다시 글자를 만들어 내는 지렁이들. 마마는 그 지렁이는 약속을 위한 거라고 했다. 하이하가 마마를 낳기 위한 조건을 완수할 거라는 약속. 하이하는 그 지렁이가 싫었다. 지렁이가 만드는 글자가 싫었다. 글자가 눈꺼풀 안으로 파고들수록, 아침마다 낭독하는 문장이 무엇을 의미하는지 또렷이 이해하게 되었다. 열 살 하이하와 열두 살 하이하는 분명 같은 사람이었지만, 열두 살 하이하와 열네 살 하이하는 전혀 다른 사람이었다.

'마마를 죽이면, 나는 어떻게 되는 거지?'

이른 봄날, 하이하는 계단에 앉아 멍하니 옥수수밭을 봤다. 마마가 집을 비운 지 이틀째 되는 날이었다. "이번에는 한 달쯤 지나야 돌아올 거야." 마마는 연구비를 아주 많이 줄 것 같은 사람을 만나고 온다고 들떠서 집을 나섰다. 하이하는 그 사람이 마마에게 후원금을 아주 조금만 주기를 빌었다. '강화 모자'의 네 번째 업그레이드는 이루어지지 않았으면 했다.

이 집을 나가고 싶다. 저 가짜 바다를 헤엄쳐서 육지로.

갈망은 매일 커졌지만, 주문에라도 걸린 듯 계단을 내려갈 수가 없었다. 계단을 내려가면 마마가 끈을 당길 것만 같았다. 그럼 목 졸린 염소가 될 것이다. 힘없이 축 늘어진, 죽은 염소. 어릴 적부터 들어 온 이야기는 저주가 되어 하이하를 옭아매었다. 그 저주가 존재하는 간 이 집을 떠날 수 있는 방법은 오직 하나뿐일 터였다.

옥수수밭이 흔들렸다. 갈색의 물결이 썰물처럼 앞으로 빠르게 밀려 들어왔다. 옥수수 대가 힘없이 넘어지는 것을 본 하이하의 턱이 점점 아래로 길게 내려갔다. 커다란 트랙터가 밭 끄트머리에서 집 쪽으로 옥수수 대를 쓰러뜨리며 가까워졌다. 밭 한가운데 기다란 길이 생겼다. 집 앞에서 멈춘 트랙터에서 검정색 장화를 신은 발이 불쑥 튀어나왔다.

"아가. 부모님 계시니? 여기 땅 주인이 밭을 밀기로 했단다."

트랙터에서 내린 건 여자였다. 태양처럼 붉은 머리카락과 얼굴 절반을 뒤덮은 화상 흉터를 가진 여자는 성큼성큼 하이하에게 다가왔다. 잠시간 하이하의 얼굴을 유심히 바라보던 여자가 짝 소리가 나게 박수를 쳤다.

"세상에! 드디어 찾았어! 너 하이하 맞지?"

"하이하요?"

하이하는 그때까지 이름으로 불린 적이 없었다. 어릴 적부터 마마와 단둘이 지냈고, 마마는 하이하를 '허니'라고 불렀다. 단둘인 세상에 이름은 불필요했다. 여자는 목에 걸고 있던 목걸이의 펜던트를 열어, 안에 든 사진을 내보였다. 둥그런 펜던트 안에 든 사진 속에 여자와 나란히 서 웃고 있는 사람은 분명히 마마였다.

"마마와 아는 사이예요?"

"오. 역시! 이곳에 내 나이 또래의 여자가 어린아이와 단둘이 살고 있단 소문을 들었거든! 일부러 찾아온 보람이 있어!"

여자가 환호성을 지르며 하이하를 껴안았다.

"너의 마마는 마이 시스터야. 내가 네 이름을 지어 줬단다!"

하이하는 폭신한 여자의 품에 사로잡힌 채 눈만 깜빡거

렸다. 여자의 품은 포근하고 말랑말랑했다. 그리고 숨이 막혔다. 마마는 한 번도 하이하를 안아 준 적이 없기에, 처음 느껴 보는 답답함이었다. 싫지 않은 답답함에, 하이하는 살며시 눈을 감았다.

*

여자의 이름은 슐라였다. 텍사스에서 왔고, 캐러밴을 타고 미국 전역을 여행 중이라고 했다. 돈이 떨어지면 아르바이트로 생활비를 버는데, 도시에서는 화상 흉터 때문에 일자리를 얻기 힘들다고 투덜거렸다.

"이게 왜 생겼는지는 나도 몰라. 난 갓난아기였을 때 쓰레기통에서 발견되었다더라. 그러니 화상 한두 군데쯤 있어도 이상할 건 없지. 시스터는 내 흉터가 달의 표면 같다고 했어. 제시는 내 머리카락이 태양 같다고 했지. 그러니 난 달과 해를 모두 지니고 있는 셈이지. 제시가 누군지 아니? 너의 양할머니야. 마마가 말해 준 적 있어? 여기, 이 사람이야."

슐라는 쉴 새 없이 빠르게 말했다. 마마는 연구에 대해 이야기할 때가 아니면 거의 말을 하지 않는 사람이었기에, 하이하는 슐라의 이야기를 듣는 것만으로 머리가 팽팽 돌았다. 그러나 싫지 않은 어지러움이었다. 슐라가 커다랗게 입을 벌리고 웃는 게 좋았고, 주머니에서 꺼내어 보여 주는 사진도 좋았다. 슐라가 보여 준 사진 속 '제시'라는 여자는 검은 머리카락에 새치가 희끗하게 섞여 있었다. 풀이 무성한 정원 한가운데에 서 있는 제시의 옆으로 열 살 전후인 듯한 여자 아이 세 명이 서 있었다. 하이하는 여자아이 중 마마를 쉽게 찾아냈다. 검은 머리카락에 파란 눈을 가진 아이는 한 명뿐 이었으니깐. 마마는 제시의 허리를 꽉 껴안고 다른 두 아이 를 향해 눈을 부릅뜨고 있었다.

"양할머니."

"그래. 제시가 우리를 입양했지. 제시의 친딸까지 셋이 함께 자랐어. 슐라라는 이름을 지어 준 것도 제시야. 시설에 서 부르던 이름은 그때 버렸지."

"시설."

"부모 없는 애들을 거두어서 길러 주는 곳이야. 내가 자 란 시설은 환경이 썩 괜찮았어. 시스터는 어느 시설에 있었 는지 모르겠지만, 사이비 종교가 운영하는 곳이었던 듯해. 제시가 무서워했거든. 그들이 시스터를 빼앗으러 올지도 모 른다고. 그래서 시스터가 집을 나갔을 때 충격을 많이 받았 지. 제시는 시스터가 집을 나간 게 아니라, 납치당했다고 믿 었어."

하이하는 앵무새처럼 슐라의 말을 따라 했다. 마마나 닥 터 맥스 이외의 사람과 대화를 나누는 건 처음이었다. 게다 가 하이하는 지난 10여 년간, 입을 다무는 법만을 익힌 터였 다. 질문을 던질 때마다 목덜미에 고통이 새겨졌기에, 질문하지 않기 위해 몸 안에 깊은 골짜기를 만들어 그 아래로 질문을 던져 버렸다.

"아가야. 혹시 이상한 사람들이 몰려와서 기도하고 그러지 않아?"

"아뇨."

"잘됐다. 그 망할 종교에서는 빠져나온 모양이네. 시스터가 사라져서 얼마나 슬펐다고. 내가 캐러밴 여행을 시작한 것도 어디선가 시스터를 만날 거란 믿음 때문이었단다. 그래서 늘 이 펜던트를 걸고 다녔지. 내 나이 또래 여자에 대해 좀 특이한 소문이 있으면 무조건 달려갔어. 헛수고가 아니었지. 이렇게 널 만났으니깐. 시스터와 어릴 때와 판박이라 단박에 알아봤지 뭐니. 마마는 어디 갔니? 언제 와? 난 이번 달까지는 여기 있을 거니깐 실컷 만날 수 있겠네."

"마마는 한 달쯤 돌아오지 않을 거예요."

처음으로 슐라의 말을 따라 하지 않고 건넨 말에, 슐라가 눈을 커다랗게 떴다. 하이하는 무언가 잘못한 건가 싶어 어깨를 움츠렸다.

"오. 그럼 다른 어른은? 파파와 함께 사니?"

"아뇨."

"혼자니?"

"예."

슐라의 주머니 속에서 띠리링, 알람이 울렸다. 휴대폰을 꺼내 확인한 슐라가 계단에서 몸을 일으켰다.

"트랙터 반납해야 돼. 아가, 잠시 있어 보렴."

슐라는 떠났다. 트랙터에 올라타고, 나타났을 때처럼 넓은 길을 만들며 사라졌다. 하이하는 해가 질 때까지 계단에 앉아 있다가 집 안으로 들어갔다. 식빵을 가지고 방에 들어가, 이불을 돌돌 말고 창가에 앉았다. 이번에도 마마는 퓨즈 박스를 내리고 집을 떠났다. 하이하는 창 아래로 슐라가 만든 길을 계속 바라보았다. 길이 생겼다. 저 길을 따라가면 떠날 수 있을 거다.

'……계단만 내려갈 수만 있다면.'

하이하는 창틀에 쾅 머리를 박았다. 엔진 소리가 났다. 창틀에 머리를 박고 있다가 고개를 들었다. 어디선가 엔진 소리가 났다. 잘못 들은 줄 알았다. 원래도 아무도 찾아오지 않는 곳이다. 해가 진 후에는 더욱 그렇다. 하이하가 기억하는 밤은 곧 침묵과 동일어였다. 그 어둠 속에서 샛노란 빛이 나타나는 상상은 해 본 적이 없었다.

그런데 그 일이 일어났다. 하이하는 캠핑카가 집 아래 멈춰 서는 것을, 차에서 슐라가 내리는 것을 봤다. 커다란 상자를 품에 안은 슐라는 캠핑카의 전조등에서 뿜어져 나온 불빛을 가로질러 현관문 앞에 섰다.

"아가. 문 열어 줘. 내 양손이 바쁘단다."

하이하는 빠르게 방을 나가 계단을 뛰어 내려갔다. 그렇게 숨 가쁘게 뛰어 본 것도 처음이었다. 문을 열자, 슐라가 집 안으로 들어와 상자를 바닥에 내려놓았다.

"다시 올지 몰랐어요."

하이하는 입속에서 말을 삼키듯 웅얼거렸다.

"잠시 있으라고 했잖니."

"그게 그런 뜻이에요?"

질문을 했다. 하이하는 반사적으로 한 손으로 자신의 입을 틀어막았다. 슐라가 하이하의 머리를 쓰다듬었다.

"넌 공놀이가 서툴구나."

"공놀이."

"대화는 공놀이거든. 서로 정한 룰대로 주고받는 거야. 상대가 받기 좋은 공을 던져 주면, 나도 좋은 공을 던져 주고 싶어지잖아. 괜찮아. 하다 보면 익숙해져."

"여기엔 공이 없어요."

"걱정 마라. 많은 걸 가져왔거든."

슐라는 거실 바닥에 털퍼덕 주저앉아, 상자에 든 것들을 꺼냈다. 슐라의 손이 가장 먼저 집어 든 것은 초록색 공이었다. 슐라가 하이하에게 공을 던졌다. 하이하는 양손으로 공을 움켜쥐었다.

"영사기도 있고 DVD도 있어. 노트북과 CD 플레이어도 가져왔지. 미트 소스가 특별히 맛있는 레토르트 스파게티와 핫케이크 가루, 메이플 시럽도 있단다. 보드 게임과 체스 판도 있지. 체스 둬 봤니? 그런데 집이 왜 이리 어두워. 퓨즈 박스 어디에 있니?"

"싱크대 옆에요. 하지만 잠겨 있어요."

"그건 아무 문제가 안 돼."

슐라는 기다란 실핀 하나로 너무나 쉽게 퓨즈 박스의 덮개를 열었다. 슐라의 손가락이 스위치를 올렸고 집 안은 단숨에 밝아졌다.

"잠긴 건 열라고 있는 거지."

슐라는 CD 플레이어의 전원을 꽂았다. 플레이어 안에 든 CD가 작은 마찰음을 내며 회전했다. 바닥과 허공을 빠르게 오고 가며 진동을 일으키는 소리의 덩어리가 흘러나왔다.

"내가 좋아하는 밴드야. 네 이름, 이하라고 지은 게 나야. 이 밴드 기타리스트 중 한 명의 이름이 이하거든. 시스터가 임신을 했다고, 아이 이름은 뭐가 좋겠냐고 물었을 때 농담인 줄 알고 이하로 하라고 했어. 제시가 한국계거든. 그거 아니? 한국은 라스트 네임이 퍼스트 네임 앞에 온단다. 제시의 성이 '하'니깐 한국식으로 하면 하이하가 되는 거지. 앞으로 읽어도 뒤로 읽어도 똑같은 이름은 왠지 특별하잖아. 설마 정말로 임신했을 줄 알았으면 좀 더 신중하게 짓긴 했을 텐데! 어쨌든 그때 우린 어렸거든. 열여섯 살이 애를 낳기에 좋은 나이는 아니란다. 그때 걔 멱살을 잡고 아이 아빠가 누구인지 물어봤어야 해. 그럼 시스터가 집을 나간 후에 찾기가 좀 더 쉬웠을 거야. 그럼 우리도 좀 더 빨리 만났겠지. 너는 제시의 집에서, 그 넓은 마당을 뛰어다니며 자랐을 거야. 아가야. 그런데 혹시 지금은 다르게 불리니? 태명만 이하였던 거 아냐? 이름이 뭐니?"

하이하는 슐라의 말에 답하지 못했다. 답을 알지 못해서만은 아니었다. 플레이어에서 나오는 소리가 하이하의 신경을 온통 빼앗았다. 그것은 닥터 맥스가 가끔 흥얼거리던 불협화음과는 완전히 달랐다. 소리에 녹아든 가사의 음절 한마디마디가 특별한 힘으로 가득 차 있었다. 하이하는 처음으로 '음악'이란 단어를 이해했다. 그저 단어로만 인식되었던 무언가의 실체가 눈앞에 나타난 기쁨에 가슴이 뛰었다. 고동을 견디지 못한 감정이, 심장 속에서 말이 되어 튀어나왔다.

"어쩌지? 행복해."

입을 손바닥으로 덮었다. 해서는 안 될 말을 한 것만 같았다. The indescribable moments of your life tonight. The impossible is possible tonight, tonight. 노래 가사가 하이하의 손가락 틈을 비집고 녹아내렸다.

"좋네. 우리 음악 취향이 맞네! 시간은 많아. 내가 끝내주는 음악을 잔뜩 들려줄게."

슐라는 하이하의 등을 껴안으며 깔깔 웃었다.

"시간이 많다고요?"

"응. 오늘 이 시간부터 나도 여기서 지낼 거거든."

"이 집에서요? 왜요?"

"어린애 혼자 밤에 잠들게 할 순 없어."

슐라의 목소리는 부드럽고도 단호했다. 마마가 돌아오면 화낼 텐데. 마마의 허락 없이 사람을 집에 들인 걸 알면, 분명 화낼 텐데. 안 된다고 해야 한다고 생각했다. 그러나 하이하는 고개를 끄덕거렸다. 오늘 밤은 놀라운 순간이고, 불가능한 것이 가능해지리라는 가사가 머릿속에 설탕처럼 녹아내린 탓이었다.

    *

한 달은 30일이고 720시간이며 4만 3200분이다. 15년은 180개월이고 5400일이며 12만 9600시간이고 777만 6000분이다. 단순한 계산으로는 도저히 비교할 수 없게 층의 두께가 차이 난다. 그러나 한 달의 층이 쌓아 올린 경험의 밀도가 15년보다 높을 수도 있다.

슐라와 함께 보낸 한 달이 그랬다.

슐라가 찾아온 다음 날 아침, 하이하는 언제나처럼 시리얼을 우유에 말고 낭송을 했다. 거실 소파에서 자고 있던 슐라가 벌떡 몸을 일으켰다.

"아가. 지금 뭐라고 했니?"

"낭송을 하는 거예요. 이건 매일 해야 해요."

슐라는 식탁으로 다가와 하이하의 앞에 놓인 책을 집어

들었다. 한 장씩 신중하게 책장을 넘기는 슐라의 미간에 깊은 주름이 잡혔다. 슐라는 책을 거칠게 덮었다.

"나와 지내는 동안은 이 두 가지는 금지야."

"두 가지."

"이 책을 읽는 것. 그리고 끔찍한 시리얼로 아침을 먹는 것. 여긴 망할 뉴욕이 아니고, 나와 너는 바쁘게 뛰어나갈 필요가 없지. 무엇보다 너는 영양가 있는 걸 먹어야 해. 내 계산이 맞는다면 넌 열다섯 살일 텐데, 열두 살로밖에 보이지 않아. 네 성장 판이 언제까지고 활짝 열려 있진 않을 거야. 그러니 나와 함께 팬케이크를 굽자꾸나. 자, 자리에서 일어나렴."

슐라는 책을 찬장 안쪽 깊숙이 밀어 넣었다. 그러곤 식탁 위에 커다란 그릇을 올려놓고 핫케이크 반죽을 붓고는 주걱으로 휘저었다. 힘없이 하늘하늘 흩날리던 가루가 점차 형체를 갖추며 끈적끈적한 점성을 갖추어 갔다.

"도와줄래? 휘젓다가 프라이팬에 부으면 돼."

"해 본 적 없어요."

하이하는 눈앞에 놓인 근사한 하얀 덩어리를 망치고 싶지 않았다.

"해 보면 되지!"

슐라는 하이하의 손을 잡아, 주걱을 쥐여 주었다. 하이하의 손등에 슐라의 손등이 겹쳐졌다. 두 사람은 함께 주걱을 저었다. 주걱 아래 묵직한 반죽의 촉감이 생생하게 느껴졌다. 반죽은 달구어진 프라이팬에서 녹은 버터와 어우러져 갈색 핫케이크가 되었다. 하이하에게는 그 모든 것이 마법인 듯만 했다. 머리로는 안다. 저것은 단순한 화학적 성질의 변화다. 핫케이크가 뭔지도 알고 반죽의 촉감이 일반적으로 어떠하다는 것도 안다. 그러나 아는 것과, 그것을 직접 보는 것과, 신체를 통해 느끼는 것은 완전히 다른 차원의 감각이었다. 하이하는 핫케이크를 작게 잘라 입에 넣었다. 아무 맛도 느낄 수 없었다. 그러나 말했다.

"맛있어요."

슐라는 핫케이크를 더 크게 잘라 하이하의 접시에 놓았다.

"맛있는 일이 아주 많이 남았어."

한 달. 그 한 달은 느리고도 선명하게 지나갔다. 슐라와 하는 모든 것이 하이하에게는 처음 해 보는 경험이었다. 마주 보고 앉아 체스를 두고 과자를 먹었다. 처음 게임에 졌을 때 하이하는 물었다. "벌은 뭔가요"라고. 슐라는 벌을 받은 적이 있냐고 되물었다. 하이하는 모자와 푸딩과 약에 대해 말했다. 슐라는 눈이 동그래져서 그럼 음식의 맛을 느낄 수는 있냐고 물었다.

"상상 속에서요. 시리얼은 굳이 상상하고 싶지 않지만 핫케이크는 상상하고 싶어요. 그리고 맛을 못 느껴도, 핫케이크는 식감이 정말 좋아요."

슐라는 다음 날부터 말랑하고, 바삭하고, 쫀득쫀득한 것들을 만들어 주었다. 눈으로도 맛을 느낄 수 있다면서 접시에 예쁘게 담아 주었다. 그것들을 먹으면서 음악을 듣고 영화를 봤다. 슐라가 가져온 DVD 중에 하이하는 〈마틸다〉가 가장 재미있었다. 슐라가 〈마틸다〉는 뮤지컬로도 있는데 미국에도 공연을 하러 온 적이 있다고 알려 줬다.

"다음에 또 공연이 열리면 같이 보러 가자. 뉴욕에 가는 거야! 어때?"

"내년이면 여기 없을 거예요. 대학에 갈 거거든요."

"그래? 마마도 같이 가니? 아니면 기숙사?"

"마마의 육체는 여기에 묻을 거예요. 마마가 그렇게 하라고 했어요. 닥터가 장례 절차를 도와준대요. 혼은 나를 따라오겠죠. 그래야 나의 아기로 태어날 수 있을 테니깐."

〈마틸다〉가 노트북 모니터 안에서 도서관을 향해 걷는 동안, 슐라는 찬장에서 책을 꺼내 와 집중해서 읽었다. 악당인 '트런치불 교장'이 여자아이의 머리카락을 붙잡아 담장 너머로 던졌고, 슐라는 악문 이 사이로 욕을 내뱉었다. 빌어먹을. 하이하는 그 욕이 누구를 향한 것인지 모르는 척했다.

가장 재미있게 본 영화는 〈마틸다〉였지만, 가장 좋아하게 된 것은 〈아이 앰 낫 어 위치〉였다. 슐라는 그 영화의 주인공이 자신과 이름이 같아서 좋다고 했다. 하이하는 슐라의 어깨에 기대어 앉아, 모니터 속 슐라를 봤다. 슐라를 뛰지 못하게 만드는 길고 긴 흰 리본을 봤다. 슐라가 끈에 끌려갈 때마다 목덜미가 따끔거렸다.

"슐라는 끈에 묶인 마녀로 남을 건가요, 아니면 염소가 될 건가요?"

"끈에 묶인 존재는 슬퍼. 아가야."

"마녀로 있으면 특별해질 수 있잖아요?"

"저거 봐. 슐라를 구경거리 취급 하잖아. 게다가 슐라는 자기 힘으로 범인을 알아내지도 못해. 저런 건 마녀가 아냐. 슐라가 진짜 마녀일 수도 있지. 세상 모든 여자는 조금씩은 다 마녀의 힘을 가지고 있거든. 하지만 묶인 마녀는 마녀일 수 없어. 그건 전혀 특별하지 않아. 그럴 바에는 염소가 되어서 황야를 떠도는 게 낫지. 염소 귀신이 되더라도 그러는 편이 낫고말고."

슐라는 영화를 보고 난 후면, 계단 아래에서 춤을 추면서 하이하에게 손짓을 했다.

"내려와. 아가야. 같이 추자."

"난 계단을 내려가면 안 돼요. 마마가 정한 규칙이에요."

"어린아이는 반항해야 하는 법이야. 어렵지 않아. 거기서 뛰어내리면 내가 받아 주마."

슐라가 두 팔을 활짝 펼쳤다. 하이하는 계단 첫 칸에 발을 올렸다가 떼기만 반복했다.

마마가 돌아오기로 예정되어 있던, 한 달이 채워져 가던 어느 날 슐라는 화분 하나를 안고 집에 왔다. 화분에는 땅을 향해 고개를 숙인, 보라색 꽃망울이 핀 꽃나무가 심어져 있었다.

"이건 디기탈리스야. 이걸 네 방에 두거나 어딘가에 심었으면 좋겠구나. 예전에 제시네 집 근처에 이 꽃나무가 많았어. 하지만 시스터 때문에 모두 베어 없앴지. 그러니깐, 아가야. 네가 이 집을 떠나고 싶어지면……"

슐라는 문득 말을 멈추고 보라색 꽃망울을 바라보며 씁쓸한 미소를 지었다.

"아니다. 나도 참, 어린애한테 무슨 말을 하는 건지. 이건 내가 옥수수밭에 심어 두마. 꽃이 아주 예뻐. 아가야. 꽃이 피면 따서 책갈피를 만들자. 시스터와는 함께 할 수 없는 일일 테니깐, 내가 같이 해 주마."

"마마와는 못 해요? 왜요?"

"시스터는 이 꽃의 꽃가루를 조금이라도 들이마시면 엄청 괴로워하거든."

그날 하이하는 아주 천천히 저녁밥을 먹었다.

"먹는 게 재미가 없니, 아가? 매운 칠리소스 피자를 한번 구워야겠다. 매운맛은 통증이라 냄새를 못 맡아도 맛이 느껴진다더라. 혹시 충격 요법으로 후각이 돌아올지도 모르잖아."

"아니에요. 그런 게 아니라."

하이하는 리조또 안에 든 콩을 포크로 하나씩 집어 입에 넣었다. 한 달 사이에 하이하는 공을 던질 수 있게 되었다.

"동물은요. 시간 감각이 다 다르거든요. 파리는 불빛의 깜빡거림을 240회까지 구분해요. 하지만 인간은 60회까지밖엔 구분하지 못하죠. 그래서 파리를 잡기가 어려운 거예요. 시간은 동일해도 프레임의 속도가 다르니깐요. 사람의 뇌는요. 기록할 게 많아지면요. 많은 양의 정보를 한꺼번에 수용하기 어려우니깐, 사건이 천천히 일어난다고 해석한대요. 프레임이 빨라지니깐, 역으로 세상은 느려지는 거죠. 시간의 확장이 일어나는 거예요."

"으음. 아가야. 난 고등학교 때 심심치 않게 낙제점을 받았어. 좀 더 쉽게 말해 주렴."

"그러니깐 밥을 천천히 먹으면 뇌가 기록을 천천히 아주 잘할 수 있을 거예요. 오늘의 이 식사와, 슐라가 있었던 집안의 공기나 그런 것 모두, 아주 오래 기억하고 싶었어요."

마마가 돌아오면 마법과도 같은 한 달은 끝날 테니깐. 하이하는 남은 한마디를 콩과 함께 삼켰다. 슐라가 포크를 내려놓았다.

"아가. 넌 똑똑해. 솔직히 말해 봐. 그 책에 쓰인 내용을 정말로 믿니?"

달과 태양을 모두 가지고 있는 슐라는 거짓말을 꿰뚫어 볼 것만 같았다. 하이하는 묵묵히 콩만 건져 냈다. 그 침묵이 곧 대답이었다.

"그럼 대체 왜……."

리조또 안의 콩이 하나도 남지 않았다. 깜빡이던 슐라의 눈꺼풀이 파르르 떨렸다.

"오, 아니야. 안 돼. 아가야. 속는 척, 눈 딱 감고 손을 더럽히려는 거구나. 그것 말고는 여기를 벗어날 수 없다고 믿는 거야. 하지만 안 돼. 그건 착각이야. 그랬다가는 너를 옭아맨 끈이 영원히 풀리지 않아."

"나는 마마를 거스를 수 없어요."

"아냐. 할 수 있어."

"못 해요."

"아가. 나를 봐. 넌 할 수 있어. 나와 함께 계단을 내려가면 돼."

슐라가 마녀면 좋을 텐데. 하이하는 바랐다. 어쩌면 슐라는 진짜 마녀일지도 모른다. 슐라가 하는 말은 다 이루어지니깐. 많은 것을 마법처럼 바꾸었으니깐. 슐라가 마녀라면, 그렇다면 더 말은 예언이 되리라.

"그럼 내일 말이에요."

하이하가 말을 끌어 올릴 때였다. 문이 열렸다. 집 안으로 들어온 마마는, 문 앞에 못 박힌 듯이 서서 슐라를 노려보았다. 마마의 온몸에서 칼날 같은 날카로움이 뿜어져 나왔다.

"방에 올라가 있으렴. 아가."

슐라가 자리에서 일어나 하이하의 앞을 방패처럼 막아섰다. 하이하는 슐라의 등 뒤에 숨어 2층 계단을 뛰어 올라갔다. 아래에서 고함이 뒤섞였다. "네가 왜 여기에 있어?" "너야말로 무슨 짓이야. 네가 사라지고 제시가 얼마나 찾으러 다녔는지 알아? 제시는 네가 그 망할 종교 단체에 납치된 줄 알았어. 그들을 상대로 내 아기를 돌려 달라고 투쟁을 했지! 너처럼 머리 좋은 애가, 제 발로 다시 거기로 기어들어 갈 리는 없다고 믿었다고! 그 망할 사이비 종교에서 좀 빠져나와!" "사이비? 감히 내 연구를 그따위 거랑 비교하지 마. 종교처럼 비과학적인 게 아냐." "정신 차려. 넌 지금 네 아기를 학대하고 있어!" "난 이 지긋지긋한 윤회의 흐름을 바꾸려는 것뿐이야. 애초에 좋은 부모에게서 태어나지 못하면, 아무것도 바뀌지 않는다고! 제시도 결국 자기 딸이 제일 소중했어. 내 것이 되어 주지 않았다고!" "시스터. 제발!" "그렇게 부르지 마!" 조용해졌다. 하이하는 이불을 뒤집어쓰고 고요한 밤을 버텼다. 다음 날 아침이 되자마자 발끝으로 살금살금 1층으로 내려간 하이하가 본 건 식탁에 앉아 있는 마마와, 식탁 한가운데 칼이 꽂힌 채 놓인 DVD였다. 마마의 팔에 붉은 반점이 돋아나 있었다.

"마마. 슐라는요?"

"떠났어. 와서 앉아라. 네 머릿속에 든 쓸데없는 것들을 지워 내야지."

마마는 바늘을 집어 들었다.

*

사람들은 물었다. 그날 무슨 일이 있었던 거냐고.

개수대에 걸려 있던 붉은 머리카락과 슐라가 입고 있던 옷 조각. 옷 조각은 붉은 피로 물들어 있었다. 옷 조각을 보자마자 미친 듯이 계단을 뛰어 내려갔다. 옥수수밭을 뛰어다니며 땅을 파헤쳤지만 무엇도 발견하지 못했다. 슐라가 심은 꽃나무 아래에서 주저앉아 울고 있는데, 지독한 쇠 냄새가 느껴졌다. 그제야 마마에게서 보았던 검은 덩어리가 무엇인지 알았다. 강렬한 감정의 냄새다. 그 냄새를 끌어안고 집으로 돌아와, 개수대에 걸린 슐라의 머리카락을 주워 모았다.

그날. 대학 입학 통지서를 받은 날.

눈꺼풀 아래에서 지렁이가 꿈틀거렸다. 마마를 죽여. 지렁이가 이끄는 대로 푸딩을 꺼내, 마마가 식탁 위에 둔 약을 끼얹었다. 마마는 만족스럽다는 듯이 아주 맛있게 푸딩을 먹었다. 이대로 엄마가 죽으면. 약병을 쥔 주먹에 힘이 들어갔다. 두꺼운 유리병도 깨 버릴 듯, 점점 더 세게 병을 움켜쥐었다.

반항해. 마마가 시키는 대로 하면 영원히 끈을 자를 수 없어.

슐라는 훌륭한 마녀였다. 적어도, 마녀가 보낸 사자였을 것이다. 염소 귀신의 주문은 작동했다. 푸딩이 절반으로 줄어들고 마마의 몸이 의자 아래로 축 늘어졌다. 하이하는 전화를 걸어 살려 주세요, 라고 말했다.

사람들은 모른다. 그것이 얼마나 큰 각오를 필요로 하는 일이었는지. 사람들은 모른다. 슐라의 머리카락을 움켜쥐고 잠든 수많은 밤이 어땠는지, 종을 닮은 꽃을 피워 내며 삼킨 소원의 절실함은 누군가의 이해의 범주에 속하는 것이 아니다.

그림에 남은 냄새는, 소원을 삼키던 손바닥에서 나던 눈물 냄새와 똑같다.

'세 번째 봄이 지나도 하이하로 있고 싶어.'

교정 시설에 있는 동안 딱 한 번 마마에게서 편지가 왔다. '술래잡기를 하자. 허니. 세 번째 봄이 지나기 전에 너는 나를 찾아오게 될 거야'라는 짧은 문장만이 적혀 있었다. 그 편지는 시한부 선고였다. 그날부터 무엇을 해도 세 번째 봄을 의식하게 되었다.

세 번째 봄을 지날 수 있을까. 온실을 만들고 테라리움을 설치했다. 마마가 싫어한다는 꽃을 테라리움에 가득 채웠다. 의식처럼 몰리를 만들었고, 진선미와 김해찬에게 먹였다. 몰리를 만들면서, 기적처럼 몰리가 진짜 마녀의 약이 되는 상상을 했다. 몰리를 먹으면 마법이 발동되어서, 마마와 마주쳐도 서로 알아보지 못하게 되는 것이다. 허황된 소원을 담아 허브를 으깨고 진액을 축출했다. 펜던트를 디자인해, 정영욱에게 만들어 달라고 부탁했다. 정영욱은 하이하의 부탁을 무엇이든 들어주었다. 펜던트를 만들어 주었고 꽃가루 입자를 특수 처리 하는 연구 팀을 구성해 주었다. 하이하가 보내온 머리카락이 누구의 것인지도 묻지 않았다.

그날이 찾아오고 마마와 마주 선다. 여기서부터 상상은 두 갈래로 치닫는다. 상상의 한 갈래에서는 늘 혼자다. 마마는 너무 쉽게 다시 목을 조르고 손끝은 움직이지 않는다. 또 다른 한 갈래에서는 혼자가 아니다. 슐라와 비슷한 냄새를 가진 누군가가 함께 있다. 상상은 언제나 거기서 멈춘다. 이성은 속삭인다. 혼자여야 해. 다른 사람을 끌어들여서는 안 돼. 그도 슐라처럼 되면 어떻게 할 거야? 그러나 혼자 마마의 앞에 서면 금세 허니로 돌아가게 될 것임을 알기에 상상의 끝은 언제나 처참하다.

하이하는 목에 건 목걸이에 달린 펜던트를 움켜쥐었다. 펜던트를 움켜쥔 채 기도라도 하듯이 눈을 감았다. 펜던트는 차갑지만, 그 안에 들어 있는 부적은 존재만으로 온기를 상상하게 해 주었다. 하이하는 다시 눈을 뜨고 그림을 봤다. 냄새가 아주 약간, 다른 부분이 있었다. 정말로 희미해서 자칫

놓쳐 버릴 뻔한 냄새다. 하이하는 액자의 앞뒤를 오고가며 냄새를 살폈다.

액자의 뒤, 작은 홈이 있었다.

"이거구나. 그림을 사라고 한 이유."

망설임 없이 액자의 틀을 뜯어냈다. 홈의 안쪽, 작게 접힌 메모가 숨겨져 있었다. 태풍과 함께 도착한 의뢰였다.

9.
이희태 수사 기록,
세 번째

원장은 지극히 사무적인 태도로 이희태를 맞이했다.

"확인하셨겠지만 본 연구소에 김태훈이 방문한 기록은 없습니다. 얼마 전에 유정호 때도 말씀드렸지만 이곳에서 직간접으로 후원하는 청년이 100명이 넘습니다. 자격을 보고 선발을 할 뿐, 그들이 이곳에서 학습을 하는 게 아닙니다. 좋은 의도로 한 일이, 자꾸 이런 불명예스러운 방문으로 이어지면 저희도 곤란합니다. 저희가 후원하는 학생들 모두를 관리할 수도 없지 않습니까."

김태훈. 서은진을 찌르고 체포된 남자다. 스무 살. 거주지 불명. 소속 없음. 마지막으로 공식 문서에 남은 기록은 고등학교 중퇴였다. '가정 폭력의 징후 있음.' 학생 기록부에는 그렇게 적혀 있었다. 김태훈의 아버지는 형사에게 "그놈 언젠

가 그럴 줄 알았어"라고 말하며 시큰둥하게 무엇도 협조할
게 없다고 딱 잘라 말했다.

　김태훈은 왜 서은진을 습격했는지, 계획적인 것인지 우
발적인 것인지, 변명조차 하지 않았다. 가끔씩 선생님이, 하
고 중얼거리는 게 전부였다. 이희태의 눈에 들어온 건 김태
훈의 후원 목록이었다. 알파 연구소. 유정호도 후원을 받았
던 곳이다. 이희태는 주저하지 않고 연구소로 향했다. 그러나
이번에도 수확은 없었다.

　'선생님의 염소를 훔쳐 갔다고 했어. 무슨 뜻일까.'

　'선생님'은 대체 누구고 염소는 무엇인가. 목이 졸린 염소
그림이 그려진 카드를 흩뿌리고 다니는 자. 누구도 실체를
말하지 않으나 그들의 등에 그림자처럼 매달려 있는 존재. 적
어도 눈앞에서 변명을 늘어놓는 이 남자는 아닐 것이다. 이
희태는 알파 연구소를 나와 사무실로 돌아갔다.

　"어디 다녀왔어? 김태훈 국과수 마약 감정 의뢰한 거 회
신 왔어."

　이희태는 최진철이 건네는 서류를 받아 들었다. 기준 범
위 음성. 한숨이 새어 나왔다.

　"설마 검출 안 되는 신종 마약인가. 이놈이고 저놈이고
왜 다 말을 안 해."

　"그럴 수도 있지. 신종 마약이 400여 종에 이르는데 검출
가능한 건 30여 종뿐이니. 검사 기법이 신종 마약 개발 속도

를 못 따라가. 와중에 예산은 쥐꼬리고."

최진철은 잠시 뜸을 들이고는 말을 이었다.

"적당히 하고 손 떼. 건드린 사람이 서은진이라, 강수대로 넘어갈 확률이 높아. 선배가 수갑 채워서 신경이야 쓰이겠지만. 유정호 사건도 아직 해결 못 했잖아."

"안 그래도 지금 간다, 가."

"어딜?"

"유정호 접견."

다시 사무실을 나서는 이희태의 걸음이 무거웠다. 서은진과 마지막으로 나눈 대화가 거머리처럼 종아리에 찰싹 달라붙어 있는 듯했다.

'어디서 날 만났다는 걸까.'

서은진에게 그 말을 듣고 나서 학교 졸업 앨범까지 샅샅이 살폈다. 하지만 어디에도 서은진의 흔적은 없었다. 애초에 같이 학교를 다녔다 가정하기엔 나이 차이가 맞지 않았다.

'빼앗긴 염소라고 했지.'

서은진이 선생님에게 염소라 칭해지는 무언가를 빼앗았다. 서은진의 인적 사항 중 직접적으로 염소로 유추되는 건 '염소 클럽'뿐이다. 그곳에서 정말로 마더 포이즈너를 보호하고 있다면, 마더 포이즈너를 염소로 가정해 볼 수도 있다. 하나씩 이어지던 연결 고리는 그곳에서 끊긴다. 마더 포이즈너를 보호하는 것이 염소를 빼앗은 게 된다면 '선생님'은 대체 마더 포이즈너와 어떤 관계가 되는 것인가. '마더 포이즈너 사건'에는 밝혀지지 않은 무언가가 더 있는 것이 아닐까.

'……예를 들면, 마더 포이즈너에게 살인을 지시한 배후가 있었다든가. 만약 그 배후가 마더 포이즈너를 따라서 한국에 온 거라면?'

부모에게 아이를, 아이에게 부모를 죽이라고 사주한 누군가가 있다면 목적은 대체 무엇일까. 이희태는 자녀 살해 후 자살 사건의 현장에 남아 있던 흔적들을 곰곰이 되짚었다. 무언가 발견되지 않은 고리가 있다. 그 고리를 발견하면 금방이라도 찰칵 소리를 내며 연결될 것 같아 조바심이 났다.

그러나 접견실에 들어선 순간, 달려든 유정호의 새된 목소리에 마더 포이즈너에 대한 생각은 머릿속에서 씻겨 내려가 버렸다.

"형사님. 김태훈이요. 진짜 서은진을 습격했어요? 그럼 김태훈은 어떻게 돼요? 그거 김태훈 탓 아니에요. 제가 다 이야기할게요. 그러니깐 도와주세요."

이희태는 숨을 헐떡거리며 말을 쏟아 내는 유정호의 어깨를 두드렸다.

"진정해. 심호흡 한 번 하고 천천히 말해 봐."

유정호는 크게 숨을 내쉬고 다시 말을 이어 나갔다.

"푸딩 탑에 공주님이 있어요."

동화의 첫 구절 같은 시작이었으나, 유정호의 고백은 아름답지도 희망이 넘쳐흐르지도 않았다. 이희태는 유정호의 이야기를 듣는 내내 숨을 제대로 쉴 수 없었다. 유정호의 고백은 그간 발견되지 않았던 고리였다.

"선생님은 미술관 개관식 때 염소가 찾아올 거라고 했어요. 그 아이가 선생님의 후계자가 될 거라고요. 그래서 공주님도 그날에 걸어 보기로 한 거예요. 선생님도 진동수도 다 그곳에 갈 거니깐, 연구소가 비잖아요. 바깥에 상황을 알리고 도움을 요청했어요. J 그룹이 후원하는 곳이면 연구소에 맞설 수 있겠다는 생각에⋯⋯ 공주님이 예전부터 신경 썼어요. 거기에 진선미가 있다는 걸 알고 있었거든요."

유정호는 횡설수설하면서도 꿋꿋이 말을 이어 나갔다. 그러는 내내 유정호는 이희태를 올곧게 마주 본 채였다. 누구의 시선도 피하지 않을 거라고 말하던 그때의 눈빛이었다.

"왜 체포되자마자 말하지 않았어?"

"⋯⋯마약 수집책 노릇 한 거는 사실이니깐 감경해 보겠다고 없는 이야기 꾸며냈다고 할 것 같았어요. 일부러 잡혔다는 것도 믿어 주지 않을 거고. 근데 말하면, 연구소에 연락은 갈 거잖아요. 그러면 공주님 계획이 어그러지니깐 디데이까지만 버티자 싶었어요. 하지만 김태훈이 서은진을 습격했다는 건, 두 번째 작전이 동시에 진행된다는 뜻이에요. 공주님이 위험해요."

"왜 믿어 주지 않을 거라고 단정 짓고 그래."

"계속 그랬거든요. 형사님. 저요. 진짜 별별 아르바이트를 다 했거든요? 그런데 사람들이 제 말을 정말 안 믿더라고요. 포스기 정산 어긋났다고 제가 돈을 훔쳤다는 거예요. 아니라고 했죠. 믿어 주지 않더라고요. 제가 일하던 고깃집 사장이 그러더라고요. 집에 문제 있는 애들은 티가 난다고. 풍기는 냄새가 다르다고. 저런 애들 말 믿어 주는 사람 아무도 없다고."

무엇이 소년을 변하게 했는가.

혹은 변한 척을 하게 만들었는가.

이희태는 눈가를 엄지로 꾹 눌렀다.

10.

The First Pancake
Is Always Spoiled

잠에서 깨어난 건 냄새 때문이었다. 온실과 붙어 있는 탓에, 평소에도 진선미와 김해찬의 방에는 은은한 풀 냄새가 떠돌곤 했다. 하지만 방문 틈으로 새어 들어온 냄새는 난폭하고 지독했다. 김해찬은 손사래를 치며 냄새가 나는 곳을 찾아 복도까지 걸어 나왔다. 진선미도 의아한 듯 주변을 두리번거리며 섰다.

　"뭐냐. 이 연기. 혹시 불난 거야?"

　"그럼 화재경보기가 작동을 했겠지."

　두 사람은 냄새의 근원지를 찾아 복도 문을 열었다. 플라워 홀을 지나 반대편 복도로 향할수록 냄새는 지독해졌다. 살롱의 문을 연 두 사람이 본 것은 인덕션 앞에 서서 흰가루를 흩뿌리는 하이하의 모습이었다. 연기는 인덕션에서 뿜어져 나오고 있었다.

"……뭐 하니, 쟤?"

"의식? 몰리 만드는 거 아냐?"

"몰리는 온실에서 만들잖아. 하이하! 불 꺼!"

보다 못한 진선미가 뛰어 들어가 인덕션을 껐다. 인덕션
옆에는 핫케이크 가루와 반죽 그릇이 놓여 있었다. 반죽 그
릇에 부어진 가루가 진선미가 몸을 움직일 때마다 하얗게 피
어올랐다. 뺨에 잔눈 같은 가루가 뽀얗게 내려앉았다.

"핫케이크? 먹고 싶으면 식당에 주문을 하지. 만들려면
설명서를 좀 읽고 만들든가. 봉지 뒤에 쓰여 있잖아."

김해찬은 핫케이크 봉지를 집어 들었다.

"우유 또는 물에다가 계란 먼저 섞으라잖아."

"반죽 그릇에 가루 먼저 부으라고 해서 부은 건데."

하이하와 김해찬은 나란히 서서, 핫케이크 봉지 뒤에 적
힌 '핫케이크 만드는 법'을 진지하게 읽어 내려갔다. 일단 달
걀을 깨자. 아니다. 우유 먼저 붓자. 우유보다는 물로 하는
게 좀 더 쉽지 않을까. 두 사람이 핫케이크 설명서로 논쟁을
벌이는 동안 진선미는 환기를 시키고, 인덕션 주변을 닦아
낸 뒤 반죽 그릇에 우유를 붓고 달걀을 섞었다. 한 손에 체
를, 다른 한 손에는 그릇을 든 진선미를 향해 하이하와 김해
찬은 박수를 쳤다.

"인기 없는 연말 시상식에 동원된 방청객 같네. 둘 다 한

번도 만들어 본 적 없어? 핫케이크? 아니면 부침개라도."

"없어. 밀가루에 기름 조합은 수영 선수한텐 독약이지."

"전 있어요. 근데 반죽부터 해 본 적은 없어요."

노란 달걀 물과 흰 가루. 완전히 다른 물질이었던 존재는 그릇 안에서 하나가 되어 갔다.

"이거 가루 뭉친 거 풀릴 때까지 저어. 버터 잘라야 돼."

진선미가 하이하에게 국자를 건넸다. 하이하는 한 국자 가득 반죽을 떴다. 김해찬이 국자에 담긴 반죽을 손가락 끝으로 꾹 찔렀다.

"왜 갑자기 핫케이크야?"

핫플레이트에 버터를 바르며 꺼낸 진선미의 말은 신호였다. 이제는 본격적으로 핫케이크를 구울 테니 슬슬 이야기를 해 보자는 신호. 하이하는 반죽을 휘저었다. 소용돌이치는 반죽 안으로 이야기가 섞여 들어갔다. 전영민을 만나고 온 것부터 전재일에게 팔이 잡혔던 것까지. 반죽은 아무리 휘저어도 어딘가 뭉친 듯했고, 하이하는 타깃이 진선미라는 사실을 반죽 속에 뭉개어 버렸다.

"둘 중 한 명은 거짓말을 하고 있다는 거네."

진선미는 그릇에서 반죽을 한 국자 떠내어서 핫플레이트에 부었다.

"전영민을 호텔에 묵게 하는 건 일단 보류해야 하지 않아? 전재일의 말이 사실이라면 전영민이 무슨 의도로 의뢰를 한 건지 의도가 불분명해."

"하지만 전재일이 거짓말을 한 거면? 전재일이 전영민이 염소 클럽에 의뢰를 쓰는 걸 보고, 동생이 외부와 접촉하려 한다고 여겨서 감시한 걸 수도 있어. 하이하가 오기를 기다린 게 아니라, 하이하와 전영민이 만난 걸 보고 하이하를 쫓아온 거지."

반죽은 핫플레이트 위에서 금세 납작하게 퍼졌다.

"어느 쪽이 거짓말이든 전영민과 전재일은 서로 분리될 필요가 있어요. 전영민은 호텔에 묵게 하는 건 진행하죠. 그리고 전재일이 알려 준 미술관 개관식에 참석해서, 전영민이 그곳에 나타나는지 보도록 해요."

"미술관 개관식은 내가 갈게. 나 경호 일로 거기 갈 예정이야. 그러니깐 하이하와 김해찬은 거기에 갈 필요 없어."

하이하의 말이 끝나기가 무섭게 진선미가 나섰다. 하이하는 고개를 가로저었다.

"아뇨. 제가 갈게요. 언니는 일에 집중하세요."

"내가 간다니깐. 살펴보는 것뿐이라며."

"어느 쪽이 진실인지 판단하려면 직접 봐야 해요."

진선미는 핫케이크가 가장자리부터 색을 바꾸는 것을 내려다보았다. 하이하가 이렇게 단호하게 나올 줄은 몰랐다. 디데이를 앞두고 전영민의 의뢰가 접수될 줄도, 그 의뢰가 미술관 개관식과 연결될 줄도 몰랐다. 당황하지는 않았다. 어차피 계획은 어설프다. 어설픈 계획을 실행 가능하게 만들어 주는 것은 오직 하나다.

그곳에서는 진선미가 아닌 귀신으로 존재할 것.

'……그러니 하이하가 오는 것만은 막고 싶어.'

하이하가 온다고 해도, 진동수에게 총을 겨누는 순간에 같은 공간에 있진 않을 것이다. 어쩌면 하이하는 자신이 무슨 일을 벌이든, 착실하게 전영민을 관찰할지도 모른다. 서로의 사생활에는 관여하지 않는 것이 염소 클럽의 룰이다. 그러나 혹시라도 그곳에서 하이하와 눈이 마주치기라도 하면 계속 귀신으로 있을 수 있을까. 자신이 없다. 처음 만났을 때부터 하이하의 눈에는 약했다. 전혀 닮지 않았는데도 하이하의 눈을 보면 이인연이 떠올랐다. 하고 싶은 말을 삼키다 눈동자에 이야기를 품게 된 이들은 진선미를 약하게 만든다.

그러니, 이렇게까지 해서라도 하이하는 그곳에 오지 않았으면 했다.

"의뢰가 겹치면 어떻게 할래?"

진선미는 신중하게 입을 열었다.

"지금도 겹친 거 아냐?"

"아니지. 전재일은 의뢰를 한 게 아냐. 의뢰를 한 건 전영민. 전재일은 관계자. 내가 묻는 건 새로운 의뢰인이 나타났는데, 그 의뢰의 완수를 위한 조건이 전영민의 케이스 해결을 위한 조건과 겹칠 경우에 어느 쪽을 우선시하게 되는가

하는 거야."

진선미는 뒤집개로 다 구워진 핫케이크를 핫플레이트에서 꺼내 접시에 놓고, 하이하에게 국자를 건넸다. 하이하는 국자를 퍼 핫플레이트에 부었다. 한쪽이 찌그러진 원이 만들어졌다.

"그런 경우에는 해결이 확실한 쪽을 우선시하게 되겠죠."

"그럼 한 가지 더 확인하자. 염소 클럽 계약 당시에 특약, 다들 기억하지? 내 계약서 특별 조항 중 하나는 이거야. 해당 멤버는 활동 중 한 차례. 무조건적으로 우선순위에 둘 사건을 선정할 수 있다."

톡. 달구어진 핫케이크 반죽의 공기 방울이 터졌다.

"그러니깐 하이하. 너는 미술관 개관식에 오면 안 돼. 지금부터 내가 의뢰를 할 거거든."

진선미는 바짝 마른 입 안을 혓바닥으로 훑었다.

"의뢰인은 진선미. 의뢰 내용은 아버지에게 복수하는 동안, 염소 클럽의 다른 멤버는 그곳에 오지 말 것."

"······육체적인 손상은 입히지 않는 게 원칙이에요."

"알아. 의뢰를 잘 되짚어 봐. 난 염소 클럽에 육체적인 손상을 입힐 복수 방법을 의뢰한 게 아냐. 그리고 내 케이스가 진행되는 동안, 나는 멤버가 아닌 당사자지. 그러니 염소 클럽이 손상을 입히는 게 아냐. 문제없지? 전영민의 의뢰보다 이 의뢰를 우선에 둘 것. 내 특별 조항을 이번에 적용하겠어."

막힘없이 말을 이어가던 진선미는 퍼뜩 깨달았다. 복수라 했을 뿐인데 육체적인 손상을 이야기한 하이하의 대답이 무엇을 의미하는지.

'알고 있었구나. 이 아이.'

툭. 툭. 핫케이크는 이번에도 부풀어 오르지 않고 그저 새까맣게 타들어 갔다.

＊

전영민은 약속 장소에 나타나지 않았다.

"형이 성격이 보통이 아니시던데. 일 끝날 즈음에 갑자기 찾아와서 누구 마음대로 일을 벌이냐고 화를 내면서 전영민 씨를 끌고 갔어. 일이 바빠서 연락도 못 해 봤네."

매니저의 표정은 어떤 일이 있었는지를 잘 알려 주었다. 하이하는 슈퍼마켓을 나와, 김해찬의 바이크 뒤에 올라탔다.

"예상대로예요. 오빠 쪽은?"

"네 말이 맞아. 전재일, 백내장으로 시력이 많이 나빠져서 일을 못 하는 상황이야. 수술비는 30만 원 정도인데 삽입해야 하는 렌즈가 비싸더군. 평균적으로 한쪽에 300만 원. 전재일은 모아 둔 돈이 없지만, 그 정도 수술비는 돈도 아니라고 주변에 큰소리를 치고 다닌 모양이야."

"그럼 여기, 이 주소로 가죠."

"바로 여기로? 전영민이 지낸다는 매니저먼트 건물은 가보지 않아도 돼?"

"챙겨 갈 것도 없었을걸요. 고양이는 병원에 있다고 했고. 서두르죠. 어쩌면 이미 늦었을지도 몰라요."

바이크는 유연하게 도로의 흐름에 섞여 들었다. 방음벽을 따라 이어지던 2차선 도로가 4차선으로 넓어지면서 희뿌연 안개에 잠긴 고층 건물들이 모습을 드러냈다.

"야. 진짜 그대로 둘 거야?"

맞부딪쳐 오는 바람 소리가 목소리에 뒤섞였다.

"뭐라고요?"

"진선미, 그대로 둘 거냐고!"

트럭 한 대가 굉음을 내며 옆 차선을 지나갔다. 김해찬의 목소리는 완전히 파묻혔다. 소리를 뚫고 나가듯, 다리를 건넌 바이크는 한강을 따라 이어지는 대로로 접어들었다. 하이하는 입을 다물고 이어지는 풍경을 봤다. 같은 듯 다른 빛으로 이어지는 윤슬은 모든 것이 평온하다는 착각을 선사해 주었다.

"바다인 줄 알았는데."

"응? 와, 밀리네. 노들로 여긴 왜 만날 이래."

바이크의 속도와 소음이 동시에 잦아들었다. 그제야 헬멧 안으로 서로의 목소리가 새어 들어왔다.

"한국에 왔을 때, 한강 보고 바다인 줄 알았다고요."

바이크는 다시 속도를 올렸고, 곧 소음이 모든 것을 뒤덮었다. 대로를 빠져나와 로터리를 돌았다. 철물점과 점집, 능이백숙 전문점이 늘어선 길 옆 도로를 지나 수풀과 가드레일이 어우러진 산속 길로 들어섰다. 구불구불한 길을 10여 분쯤 달리자 산 아래, 컨테이너가 줄지어 있는 너른 공터가 나타났다. 바이크의 머리가 방향을 틀었다. 엉성하게 줄이 그어진 주차장 한쪽에 바이크를 세우고 헬멧을 벗는데, 남자 두 명이 담소를 나누며 걸어왔다.

"전 씨가 아까 또 동생 개처럼 끌고 가던데. 괜찮을까?"

"내버려 둬. 하루 이틀도 아니고. 사지 멀쩡한데 그 나이 먹고 형한테 얻어맞고 있는 거 보면 개도 한심하다니깐."

남자 둘은 바이크 옆에 주차된 트럭의 차 문을 열었다. 하이하는 남자들에게 다가가 전영민의 집이 어디냐고 물었다. 남자들은 한 방향을 가리켰고, 하이하와 김해찬은 그들이 알려 준 쪽으로 향했다. 옆구리를 붙이고 선 컨테이너들은 붙여넣기라도 한 듯 비슷했다. 세로 줄무늬가 그려진 듯한 철제 벽면에 검은 선탠지가 붙은 창문이 하나씩 나 있었다. 칸칸 모두 안에서 어떤 소리도 새어 나오지 않았다.

"이래 가지고 어디가 전영민 집인지 어떻게 알지? 하나씩 문 다 열어 봐야 하는 거 아냐?"

"그럴 필요 없어요."

하이하는 컨테이너 한 곳 앞에 멈췄다.

"여기? 어떻게 알아?"

"냄새가 느껴져요."

하이하는 주저 없이 컨테이너의 문고리를 잡고 당겼다. 문은 저항 없이 열렸다. 하이하의 어깨 위로, 열린 문 안을 넘겨본 김해찬의 표정이 일그러졌다. 전영민이 너저분한 방 한가운데에 우두커니 서 있었고, 바닥에는 전재일이 입가에 허연 거품을 물고 쓰러져 있었다. 열린 문틈으로 방 안에 꽉 차 있던 시큼한 식초 냄새가 새어 나왔다. 김해찬은 전재일의 널브러진 몸뚱이를 유심히 바라봤다. 등이 미미하게 위아래로 움직이고 있었다. 죽지는 않았다. 하이하가 고개를 들어 김해찬과 눈을 마주쳤다.

"불러요, 구급차."

벙긋벙긋 입모양으로 말하는 하이하에게, 김해찬도 입모양으로 답했다.

어쩌려고.

하이하는 어깨를 으쓱거려 보이고는 방 안으로 들어갔다. 김해찬이 붙잡을 새도 없었다. 탁. 문이 가벼운 소리를 내며 닫혔다. 문이 열린 후에도 꼼짝하지 않고 바닥을 보고 있던 전영민이 하이하를 향해 고개를 돌렸다.

"⋯⋯형을 죽이지 않으면 안 돼."

전재일의 등이 아까보다 훨씬 크게 움직였다. 전영민은 느릿한 몸짓으로 전재일의 등을 꽉 지르밟았다. 전재일의 온

몸이 경련을 일으키듯 부르르 떨렸다. 전영민의 한 손에는 가위가 들려 있었다.

"안 돼요."

하이하는 한 걸음, 전영민에게 더 가까이 다가갔다. 전영민의 입가가 험악하게 일그러졌다.

"오지 마!"

전영민은 가위를 양손으로 움켜잡고 하이하 쪽으로 향했다. 전영민의 눈가가 빨갛게 헐어 있었다. 심하게 문지른 듯 손톱자국도 나 있었다.

"어쩔 수 없어. 어쩔 수 없다고! 사라지지를 않아. 이게, 눈 안을 돌아다니는 글씨가! 형이 오지만 않았어도 모든 게 잘되었을 거야. 형이, 형이……."

잦아든 외침은 숫제 울음이 되었다. 전영민은 초점 풀린 눈동자로 하이하의 어깨 너머 보이지 않는 누군가를 보며, 거친 한 걸음을 내디뎠다.

"미션을 완수해야 해. 그렇죠, 선생님?"

"미션 같은 건 무의미해요."

"그렇지 않아! 미션, 미션을 완수해야 해!"

전영민은 가위를 움켜쥔 채 하이하를 향해 돌진했다. 하이하는 몸을 옆으로 돌려 피했다. 전영민은 자신의 속도를 이기지 못하고 문을 부수고 밖으로 굴러떨어졌다.

"아씨. 깜짝이야."

컨테이너에 바짝 얼굴을 붙이고서 안의 동태를 살피던 김해찬이 질겁하며 한 발 떨어져 섰다. 전영민은 흙바닥에 공벌레처럼 몸을 웅크리고 중얼거렸다.

"……미션을 완수해야 어른이 될 수 있어. 형에게서 벗어날 수 있다고. 형을 죽일 수밖에 없어. 죽여야만 해."

"그건 아니에요. 전제가 틀렸어요."

하이하는 웅크린 전영민의 앞에 다가와 쪼그려 앉았다. 전영민은 팔다리를 허우적거리다 고개를 숙인 채 하이하를 향해 불쑥 팔을 뻗었다. 가윗날이 하이하의 턱을 향해 날아들었다. 하이하는 양손으로 덥석 가윗날을 붙잡았다.

"고양이를 구하려고 했잖아요. 책임지려고 했잖아요."

"……그게 뭐?"

전영민은 고개를 땅에 박은 채 웅얼거렸다.

"자기보다 약한 존재를 지키려는 사람은 이미 어른이에요."

전영민은 그 말에 고개를 들었다. 가위를 붙잡고 있던 팔이 스르륵 땅으로 떨어졌다. 멀리서 사이렌이 들렸다. 전영민의 눈동자에 초점이 돌아왔다. 전영민은 꿈지럭, 몸을 일으켜 앉아 뒷주머니에서 구깃구깃한 봉투를 꺼냈다.

"고양이…… 계속 병원에 놔두면 안락사당한대요. 이거 일당 받은 건데요. 일단 찾아와 줄 수 있을까요? 염치없지만."

"그래요."

하이하는 순순히 봉투를 받았다. 바닥에 주저앉은 전영민은 눈을 끔뻑거렸다.

"……귀신님. 왜 내 부탁을 들어주죠?"

하이하는 웃었다. 이번에는 성공적으로 입가를 끌어올릴 수 있었다.

"나도 염소니깐요."

＊

소동은 짧았고 사람들의 관심은 순간이었다. 경찰이 도착하자 컨테이너 창 너머로 잠시 밖을 기웃거리던 사람들은 곧 다시 네모난 박스 안으로 사라졌다. 고요함은 하이하와 김해찬을 향한 재촉이었다. 빨리 이곳에서 사라지라는, 더는 소동을 일으키지 말라는 재촉이다. 그 무언의 신호를 두 사람은 순순히 받아들였다.

"자기보다 약한 존재를 지키려는 게 어른이라, 진짜 그렇게 생각해?"

김해찬은 하이하에게 헬멧을 건넸다.

"상황에 맞는 말을 해 준 것뿐이에요."

"뭐야. 그럼 네가 생각하는 어른은 뭔데?"

하이하는 헬멧을 받아 머리에 썼다.

"나야 모르죠. 난 아직 어른이 되어 본 적이 없잖아요."

"아. 그렇군. 내 쪽이 어른이지."

중얼거리던 김해찬은 하이하가 쓴 헬멧 한쪽에 붉은 핏자국이 묻은 것을 봤다.

"너 어디 다쳤어?"

김해찬의 말에, 하이하는 손바닥을 펴 보였다. 손바닥 안에 길고 얇은 생채기가 나 있었다.

"아까 가위 잡을 때 베였나 봐요."

김해찬은 끌끌 혀를 차며 품 안에서 손수건을 꺼냈다. 하이하의 손을 붙잡고 지혈을 하는 김해찬의 손놀림이 능숙했다.

"애가 겁이 없어. 뭘 그렇게 무식하게 덤비니."

하이하는 몸을 숙인 김해찬의 정수리를, 김해찬의 주변을 떠도는 냄새를 봤다. 김해찬을 클럽의 멤버로 추천한 건 정영욱이었다. 회장은 김해찬을 '자신과 같은 선택'을 사람이라 소개했었다. 김해찬을 처음 만났을 때는 하이하도 그렇게 생각했다. 김해찬의 냄새는 정영욱의 것과 무척 닮아 있었다. 그건 지는 노을을 등지고 걸어갈 때의 길고 긴 그림자 같은 냄새였다.

그러나 이제는 안다. 김해찬과 정영욱은 다르다. 김해찬의 냄새는 변화하고 흐른다. 고여 있지 않다. 정영욱은 후회하는 자신이 싫다고 했다. 김해찬은 아마도, 후회하지 않을 것이다.

"내가 나로 있으려면, 어떻게 해야 할까요?"

하이하는 혼잣말처럼 중얼거렸다.

"뭐야. 나한테 물어보는 거야? 평소에 똑똑한 척은 혼자다 하더니, 웬일이래?"

"오빠가 나보다 어른이라면서요."

"그런 선문답 질색이야. 뭘 하든 내가 나지, 그럼 뭐니?"

"그런 적 없어요? 지금의 나는 뭐든 할 수 있는데, 누군가의 앞에만 서면 아무것도 못 하던 때로 돌아가는 거예요."

손수건을 매던 김해찬의 손이 일순 멈췄다. 혼자 웅크리고 지새웠던 밤의 기억이 하이하의 말 틈에서 흘러나왔다. 김해찬은 아직도 수영을 하지 못한다.

"그럴 때는…… 그런 나로 돌아가지 않을 방법을 찾아야지."

"방법은 알아요. 하지만 그 방법이, 다른 사람을 끌어들이는 거면 어떻게 해요?"

손수건의 매듭이 완벽하게 묶였다. 김해찬은 몸을 펴며 하이하의 등을 찰싹 때렸다.

"일단 끌어들여야지. 그래야 싸울 수 있잖아."

하이하는 손수건을 만지작거렸다.

'그래. 이건 싸움이야. 술래잡기 같은 귀여운 놀이가 아니야.'

선택하지 않는다면, 싸울 수조차 없을 것이다.

"타. 돌아가야지."

김해찬이 바이크에 올라타 시동을 걸었다. 하이하는 김해찬을 향해 손을 뻗었다.

"같이 싸워 줄래요?"

김해찬은 잠시간 하이하가 내민 손을 바라보다가, 그 손을 잡았다.

"뭔지 몰라도 기꺼이."

바이크는 주차장을 벗어나 다시 도로를 달렸다.

11.

이희태 수사 기록,
네 번째

국도 양옆으로 메마른 겨울 풍경이 반복적으로 스쳐 지나갔다. 블루투스 스피커에서 최진철의 흥분한 목소리가 터져 나왔다. 유정호의 고백에 심드렁하게 반응하던 사람이라고는 생각할 수 없을 정도였다.

유정호의 고백은 또 하나의 '알파 연구소'가 있다는 것으로 시작되었다. '선생님'이라 부르는 사람이 실질적인 운영자이며, 진동수와 박석일이 후원자라고 했다. 그곳에서는 불법 프로그램이 운영되는데, 주 대상은 '특별한 환생'을 꿈꾸는 부부와 아이들이라고 했다. 그들은 일주일에 한 번씩 연구소를 찾아와 프로그램에 참여하고 기부금을 낸다고 했다.

그들과 달리, 연구소 기숙사에 머무는 아이들이 있다. '알파 연구소'에서 후원을 받는 아이들이다. 갈 곳 없는 아이들을 후원해 준다는 명목으로 모아서 세뇌 후, 병원을 돌며 마약성 약물을 처방받는 수거책으로 사용한다는 거였다. 유정호과 김태훈 역시 그들 중 한 명이었다.

그리고 또 한 명 '탑의 공주님'이 있다. 프로그램 참여자도 아니고 후원을 받는 아이들도 아닌, 특별한 존재. 유정호는 선생님의 정체가 무엇인지는 알지 못했다. 단지 선생님이 '염소'라 부르는 누군가를 찾는 데 광적으로 집착하고 있음을 알 뿐이었다. "공주님은 좀 더 많은 걸 알아요." 유정호는 그러니, 공주님을 구해 달라고 했다. 선생님은 미술관 개관식 날을 디데이라고 불렀고, 그날을 대비해 플랜 두 가지를 실행하고 있었다. 플랜 2가 실행될 경우 기숙사 아이들 중 몇 명이 리스트에 있는 사람을 없애기로 되어 있는데, 그들을 없애는 이유는 '염소를 빼앗아 간 죄'를 치러야 하기 때문이라고 했다. 플랜 2를 통해 선생님이 '염소'를 되찾아 오면 공주님은 쓸모없는 존재가 되니 처분한다. 그것이 아이들 사이에 미리 내려진 지령이었다.

"설마 했는데, 진짜야. 박석일이 그 건물의 실거래자야. 거래는 자기 비서를 통해서 했지만, 그게 박석일의 수법인 거 모르는 사람이 있어? 어떻게 할 거야? 유정호가 한 말이 진짜면, 이건 보통 사건으로 안 끝나. 정치권에 마약이 얽히게 된다고."

"그러니 서둘러야지. 유정호 말이, 그 건물에 머물면서 마약 수거반 역할을 하는 애들이 있다고 했어. 탑에는 어린 애가 갇혀 있고. 미술관 개관식 날 그 애들이, 어린애를 살해한 뒤에 탑에 불을 지를 계획이라 하더군."

"……설마 그런 일까지 저지를까? 그 애들이 왜? 뭘 목적으로?"

"세뇌 당했대. 장기간 트랜스 의식 상태에서의 세뇌. 향정신성 약물을 사용해 대뇌를 일부분만 활성화한 후 반복적인 메시지나 장면을 주입하는 방식을 사용한 것 같아. 유정호는 약물을 남에게 넘기는 방법으로 세뇌를 피해 왔다고 하더군. 그래도 프로그램이 지속되니깐 버티기 힘들었다고해. 알잖아? 사람 뇌라는 게 얼마나 나약한지. 이 선생이란 작자가 한 일은 딱 리프톤의 지침에 맞아떨어져. 컬트에 사용되는 세뇌 기술 말이야. 산속에 기숙사를 만들어 환경을 통제하고 생각을 지배하도록 이미지를 주입했지."

"리프톤의 지침……. 그거 알지. 음. 알고말고……. 뭐였지? 나이 드니깐 알던 것도 깜빡하고 그런다니깐."

"어이구. 하여간 이런 때에도 허세는. 그거 있잖아. 왜, 예전에 리프톤이란 학자가 컬트적 세뇌는 어떻게 이루어지는가에 대해 연구한 거. 환경 통제하고, 신비적 현상으로 확신을 주고, 선민의식을 가지게 하고, 편견을 강화하고."

"기억났다! 그거 예전에 사이비 종교 집단이 문제되었을 때 언론에서 참고 자료로 내고 그랬지. 그거 지침 중에 구원의 약속 뭐 그런 것도 있었던 것 같은데. 그럼 그 애들한테 그런 약속을 했다는 거야?"

"그 선생이 내건 구원이라는 게 웃기지도 않더군. 더욱 완벽한 존재로 환생할 선생의 '아이들'이 되는 게 선생이 내건 구원의 약속이래."

"……뭐야. 그게. 환생? 지가 무슨 부처야? 미친놈 보존의 법칙이 농담이 아니라니깐."

통화를 마치고, 이희태는 국도를 벗어났다. 포장되지 않은 길로 접어든 차체가 덜컹거렸다. 길은 한참을 구불구불 이어지다가 산 아래에서 완전히 끊겼다. 이희태는 산 아래 차를 세우고, 등산로를 따라 산을 올랐다. 겨울 산의 추위에도 이마에 땀이 송골송골 맺힐 즈음 건물이 눈앞에 나타났다. 건물은 등산로에서 한참이나 벗어난 산 중턱에 동그마니 서 있었다. 이희태는 건물 정문 앞에 서서 안쪽을 살펴보았다. 흰색과 갈색이 어우러진 고풍스러운 건물은 중세 시대 건물을 떠올리게 했다. "거기 애들은 푸딩 탑이라고 불러요." 유정호가 주소를 쓴 쪽지를 내밀며 그렇게 말했을 땐 무슨 소리인가 했는데, 확실히 건물은 푸딩을 닮아 있었다.

저 안에 과연 무엇이 있을까. 이희태는 고개를 뒤로 꺾어 탑의 꼭대기를 바라보았다. 꼭대기에는 둥근 창이 하나나 있었다. 이희태는 정문을 통과해 신중하게 건물로 다가갔다. 계단에는 물이끼가 끼어 있지 않았고, 복도 바닥도 반들

반들했다. 청소를 한 지 얼마 되지 않은 것이 분명한 모양새였다. 그러나 어디에도 인기척은 없었다. 단체로 어디론가 증발이라도 한 듯 건물 안에는 오직 이희태의 발소리만이 울렸다. 1층에 위치한 컴퓨터실과 화장실을 살펴본 후에 복도 가장 끝에 위치한 식당의 문을 열었다. 문을 열자마자 들척지근한 단내와 부패한 단백질 냄새가 동시에 몰려나왔다. 한순간 머리를 아찔하게 만드는 지독한 악취였다. 그 달큰한 냄새를, 이희태는 알았다.

이희태는 식당의 문고리를 잡고 멈춰 선 채 눈앞에 풍겨진 광경을 봤다. 기다란 식탁에 열댓 명의 사람들이 앉아 있었다. 몸이 축 늘어진 채 의자 등받이에 기대어 있거나 식탁에 머리를 박고 쓰러진 채였다. 앞에는 먹다 남은 푸딩 그릇이 놓여 있었다. 이희태는 식탁으로 다가가서 쓰러진 사람의 얼굴 가까이 손바닥을 대 보았다. 숨결이 느껴지지 않았다. 이희태는 휴대폰을 꺼내 단축 번호를 눌렀다.

"지원 부탁할게. 당장. 감식반도 필요해."

이희태는 의자에 앉은 사람들을 살펴보았다. 30대에서 50대로 보이는 남녀의 입가에 허연 거품과 함께 푸딩이 섞인 토사물이 묻어 있었다. 이희태는 그릇에 남은 푸딩 가까이 코를 대고 냄새를 맡았다. 시큼한 식초 냄새가 났다. 익숙한 냄새다. 포스파미돈. 이전에 이 농약을 이용한 독극물 사건이 하도 많았던 탓에, 전설이 되어 버린 약물이다. 지금은 유

통이 금지되었지만 재고가 남아 떠도는 탓에 구하려면 구할
수 있다는 것도 문제다.

'이 안에 든 게 정말 그 약품이면, 아무리 푸딩에 섞어도
맛이 완전히 가려지지 않았을 거야. 그런데도 이걸 반이나
넘게 꾸역꾸역 먹었다고? 게다가 이렇게 모여 앉아서?'

푸딩 병의 뚜껑은 식당 문 옆, 협탁에 한꺼번에 놓여 있
었다.

'푸딩을 열고, 굳이 자리에서 일어나서 뚜껑을 협탁에 놓
고 다시 모여 앉았다고?'

그랬다기보다는 누군가 푸딩 뚜껑을 열어서 식탁에 앉
은 사람들 앞에 놓아주고, 뚜껑을 한곳에 모아 두었다고 보
는 편이 자연스럽다. 이희태는 유정호의 증언을 곱씹었다.
'특별한 환생'을 꿈꾸는 부부와 아이들이 있다던 그 말대로
라면, 죽은 이들은 아이들의 부모일 확률이 높았다.

그렇다면 이들에게 독극물이 든 푸딩을 건넨 사람은 누
구일까. 이희태는 식당을 나와 2층으로 걸음을 옮겼다. 왕.
2층 계단 위쪽에서 개 짖는 소리가 들렸다. 생각에 사로잡혔
던 이희태는 고개를 들어 계단 위를 봤다. 갈색 털을 가진 웰
시코기가 서 있었다.

"여기서 기르는 개인가? 네 주인은 어디 있나?"

이희태는 계단 끝까지 올라가 웰시코기의 머리를 쓰다듬
었다. 웰시코기는 꼬리를 흔들며 이희태의 다리에 얼굴을 비

비고는, 앞장서듯이 복도를 걸어 나갔다. 이희태는 웰시코기의 뒤를 따라 2층 복도로 향했다. 2층은 기숙사로 쓰이는 듯 문마다 이름이 적힌 명패가 걸려 있었다. 방문 손잡이를 하나씩 잡아당기며 살피던 이희태의 눈에 낯익은 이름이 적힌 명패가 들어왔다. 김태훈. 서은진을 습격한 사람의 이름이었다. 이희태는 방문 손잡이를 잡아당겼다. 역시나 문은 잠겨 있었다. 이희태는 주머니 안에서 폴딩 락픽 세트를 꺼내 들었다. 오랜 시간 이희태와 함께해서 반들반들하게 손때가 묻은 도구였다. 이희태는 뾰족한 핀 끝을 손잡이 자물쇠에 밀어 넣고 조금씩 돌리다가, 확 잡아당겼다. 방문 손잡이가 느슨해지면서 문이 열렸다.

"요즘 자물쇠는 참 기개가 없어. 너무 쉽게 열려."

이희태는 방 안으로 들어갔다. 2층 침대와 책상, 옷장이 전부인 방에는 한기가 돌았다. 벽에는 큰 달력이 걸려 있었고 일주일에 세 번꼴로 붉은 동그라미와 '수거일'이라고 쓰여 있었다. 이희태는 책상 쪽으로 다가갔다. 책상 위에는 공책과 메모지, 충전기 등 잡동사니가 널브러져 있었다. 이희태는 메모를 하나씩 집어 들고 살폈다.

선생님의 지령.

선택받고 싶다.

푸딩을 받고 싶다.

실적을 올려야 해.

A 병원 처방전 발급 거부.

다른 병원을 찾아야 함.

B 병원 나비약 처방 가능.

목요일 수거일 추가.

좀 더 큰 실적을 올려야 선생님의 눈에 들 수 있음.

선생님을 좀 더 완벽하게 만들어 줄 아이.

또 다른 마마.

그 아이를 빼앗아 간 자를 처단한다면.

이희태는 책상 위에 놓인 메모의 사진을 찍고, 책을 집어
들었다. 검은 표지의 작은 책이었다. 왕. 복도에 서 있던 웰시

코기가 크게 짖었다. 무시하고 책을 집어 펼쳤다. 책장을 넘겨 내용을 읽은 이희태의 입가가 일그러졌다. 안에 쓰인 터무니없는 내용은, 식당에 죽은 채 앉아 있는 이들에게 푸딩을 건넨 것이 누구인지를 알려 주었다.

"이런 미친."

이희태가 욕설 섞인 혼잣말을 내뱉었을 때였다. 방문을 밀고 들어온 웰시코기가 옷자락을 물고 끌어당겼다.

"어허. 이놈 이거 왜 이럴까."

웰시코기를 향해 몸을 숙이던 이희태의 시선이 일순간 날카로워졌다. 이희태는 손에 들고 있던 책을 재킷 주머니에 쑤셔 넣고 복도로 나갔다. 복도는 여전히 고요했으나 공기의 흐름이 미묘하게 변해 있었다. 웰시코기는 복도를 살피는 이희태의 옆을 지나, 또다시 앞장서듯이 걸어갔다. 그러다 무언가를 듣기라도 한 듯, 귀를 쫑긋 세우고는 복도 한가운데 멈춰 섰다. 망설이는 듯 주춤거리던 웰시코기는 이윽고 한 방향을 향해 뛰어나갔다.

"선택의 여지가 없네. 이건."

이희태는 허리에 꽂아 놓은 경찰봉을 꺼내 펼쳐 들고 웰시코기의 뒤를 쫓았다. 웰시코기는 3층으로 향하는 계단을 뛰어올라, 3층 복도의 방 앞에 섰다. 이희태는 방문을 잡아당겼다. 방문 안에 나타난 것은 방이 아닌, 엘리베이터였다.

'방문 안에 숨겨진 엘리베이터라니. 이건 뭐 숨겨 놓았습

니다 하고 말하는 꼴이지.'

이희태는 엘리베이터에 탔다. 위와 아래를 표시하는 단
두 개의 버튼만이 달려 있었다. 위로 향하는 버튼을 누르자,
엘리베이터는 느릿하게 움직였다. 엘리베이터 문이 열렸고,
이희태는 경찰봉을 꽉 움켜잡고, 몸을 낮추며 엘리베이터에
서 내렸다.

한 소녀가 방 한가운데 놓인 이젤 앞에 앉아 있었다.

"누구예요?"

이희태가 내린 엘리베이터는, 소녀가 앉은 방과 바로 연
결되어 있었다. 소녀는 이희태가 방 안에 한 발을 들이자마
자 뒤돌아보았다. 이젤 위에 설치된 조명이 단 하나뿐인 창
문을 통해 들어오는 희미한 빛과 어우러져 소녀의 주변에 녹
아내렸다. 확인하지 않아도 알 수 있었다. 이 소녀가, 유정호
가 말한 '탑의 공주님'일 터였다.

"여긴 어떻게 왔어요? 아니다. 그런 건 중요하지 않아요."

소녀가 자리에서 일어나 이희태에게로 다가왔다. 소녀의
몸짓은 다급했지만, 빠르지는 않았다. 팔을 앞으로 뻗어 앞
을 휘젓는 모습에, 이희태는 소녀에게로 다가갔다.

"저 좀 여기서 나가게 해 주세요."

소녀는 이희태의 품에 매달렸다.

"내일이면 애들이 여기를 불태울 거예요. 애들을 말려야
해요."

"불태우다니, 그게 무슨 말이니? 일단 여기서 나가자. 나가서 이야기하자."

이희태는 알지 못했다. 등 뒤의 엘리베이터가 느릿하게 다시 아래로 내려간 것을. 이희태는 소녀를 부축해 엘리베이터 앞으로 와 버튼을 눌렀다. 캥. 어디선가 날카로운 울음소리가 났다. 엘리베이터가 열린 순간, 묵직한 무언가가 이희태의 얼굴을 내리쳤다. 풀스윙으로 내리꽂힌 타격에 이희태의 몸이 일순 휘청거렸다. 몸을 바로 세울 새도 없이 짜릿한 전력이 복부 한가운데에 밀려들었다. 이희태는 그대로 바닥에 쓰러졌다. 희미해지는 눈앞에, 바닥에 널브러진 웰시코기가 보였다. 목이 졸린 듯 길게 혀를 빼고 죽은 채였다.

"주인을 배반한 개는 벌을 받아야 해."

"선생님이 말했잖아. 불청객이 올 거라고. 그게 이 아줌마야?"

목소리가 몸 위에서 윙윙 울렸다. 소녀의 울음소리가 그 위에 덮였다.

'아이고. 한심하기도 하지.'

방심한 탓이다. 그 생각을 마지막으로, 이희태는 완전히 의식을 잃었다.

12.
나를 이곳에서
꺼내 주세요

보지 못한 척해.

들리지 않는 척해.

말하지 못하는 척해.

밤마다 엄마가 내 귓가에 속삭였던 주문을 떠올린다. 엄마는 아저씨가 소리를 지를 때면 나를 끌어안고 그렇게 속삭였다. 엄마는 아저씨가 엄마를 때려도, 소리를 질러도, 욕을 해도 참을 거라고 했다. 나를 데리고 여관방을 전전하는 삶을 끝낼 수만 있다면 그 정도는 참을 수 있다고 웃었다. 약한 엄마. 어리석은 엄마. 그러나 나는 안다. 엄마가 자기보다 스무 살도 더 많은 아저씨와 결혼한 건 약하고 어리석기 때문이 아니다. 보살펴 주는 사람 한 명 없이, 성인이 되기도 전에 나라는 짐 덩어리를 껴안게 된 엄마는 늘 필사적이었다. 살아남기 위해. 그 역시 살아남기 위한 선택이었을 뿐이다. 사람은 때로 살기 위해 비굴해진다. 살기 위해 자기 자신을 버린다. 그런 상황에 처해 보지 않은 사람들은 감히 그들에게 손가락질을 한다. 아무것도 모르는 주제에.

나는 안다. 엄마와 함께 있었기에 모를 수가 없다.

엄마의 진짜 어리석은 점은 도망가지 않은 거다. 살기 위해 결혼했으면, 아저씨가 자기를 죽일 것 같으면 도망을 쳤어야지. 엄마는 아저씨와 결혼하고 1년도 지나지 않아 죽었다. 교통사고라고 했다. 나는 아저씨에게 달려들며 거짓말이지, 라고 소리쳤다. 아저씨는 내 머리채를 붙잡고는 시끄럽게 구는 아이는 벌을 받아야 한다고 윽박질렀다. 아저씨가 내 입에 들이민 건 성냥이었다. 엄마의 장례식 날, 나는 성냥을 혀 아래에 물고 있어야 했다. 성냥의 둥그런 머리가 침으로 축축해지고 쓴맛이 목구멍 아래로 넘어갔지만 뱉을 수 없었다. 그걸 뱉으면 너도 죽여 주마. 그 말이 너무나 무서웠다.

폭력은 내게로 옮아왔다. 아저씨는 내가 '선택적 함구증'에 걸렸다면서 홈스쿨링을 신청했다. 어머니를 잃은 충격으로 제대로 말을 할 수 없게 되었습니다, 라고 말하는 아저씨 옆에 앉아 담임을 마주할 때에도 나는 성냥을 물고 있었다. 선생님, 제발 안 된다고 하세요. 마음속으로 외치고 또 외쳤다. 소용없었다. 나는 '정원 외 관리자'가 되었다. 그 얄팍한 서류 몇 장으로 아저씨는 나를 의무 교육 기관에 보내지 않아도 되는 권리를 획득했다.

소리쳤어야 했다. 그때에.

약한 엄마. 어리석은 엄마. 그러나 내가 사랑했던, 나를 사랑했던 엄마. 나는 엄마를 더욱 잘 이해하게 되었다. 엄마가 왜 도망치지 않았는지. 아니다. 도망치지 못했다. 통제는 공포다. 공포는 사람을 움직이지 못하게 만든다. 억지로 부여된 역할은 틀 안에 사람을 욱여넣는다.

게다가 나는 그때 고작 열한 살이었다.

그래도 노력했다. 아저씨가 내 혀 아래 성냥을 밀어 넣으면 손등을 깨물었고, 방문 밖에 설치된 자물쇠를 열어 보려고 손가락이 빨갛게 부어오르도록 문틈에 손을 넣고 휘저었다. 인터넷에 글을 올리면 누군가 도와주지 않을까 싶어 글을 작성하다가 들켜서 얻어맞았다. 경찰에 신고도 했다. 네 번이나 경찰이 집에 왔다. 하지만 누구도 나를 그 집에서 끄집어내 주지 않았다. 아저씨는 그런 사람이었다. 허허 웃는 얼굴로 모두를 죽일 수 있는 사람.

그때만 해도 몰랐다. 아저씨가 더 미칠 수 있을 줄은.

광기의 시작은 그 여자 '선생님'의 등장이었다.

*

오케스트라의 연주가 미술관 정원에 울려 퍼졌다. 정원에서 2층 VIP룸으로 이어지는 나선형 계단 앞에 서 있던 진선미는 무심코 중얼거렸다.

"〈피델지오네〉 2막."

베토벤이 남긴 유일한 오페라. 한 여자가 누명을 쓰고 감옥에 갇힌 남편을 구하기 위해, 남장을 하고 간수의 하인이 된다는 내용이다. 서주가 끝나면 아리아가 시작될 것이다. 이곳은 어찌하여 이렇게 어둡나이까. 이인연이 가끔 듣던 곡이다. 이인연은 꼭 2막만 들었다. 1막부터 들으면 주인공이 감옥에 가두어져 있는 시간이 너무 길어서 싫다고 했다. 진선미는 오페라는 영 취향이 아니었고 마냥 지겨웠지만, 이인연의 방에서 함께 노래를 들었다.

'한 시간쯤 되었던 것 같은데. 2막 전체는.'

연주가 끝나기 전에 계획은 마무리될 것이다. 재킷 안쪽 주머니에 넣어 둔 리볼버는 장전이 된 상태다. 아침 일찍 이곳에 도착했을 때부터 변함없는 무게감은, 리볼버가 그곳에 있음을 실감나게 해 주었다.

장전된 탄은 다섯 발. 쏠 곳은 정해 놓았다. 가장 먼저 쏴야 할 곳은 다리다. 이인연을 집 밖에 나가지 못하게 했던 것처럼, 그도 운신이 자유롭지 못한 삶을 경험해 봐야 한다. 움직일 수 없게 만든 다음은 손가락이다. 특별한 쿠키를 줄게, 라며 성냥개비를 집어 들던 엄지와 검지를 하나씩 망가뜨릴 것이다. 마지막은 혀다. 혓바닥만 관통시킬 재주는 없으니 입이나 목이 뚫릴지도 모르지만 급소는 피해 볼 작정이다. 급소에 총구를 겨눌 생각은 없다. 진동수는 되도록 고통스럽게, 조금이라도 오래 살아야 한다. 살인 미수의 형법상 법정형 사형, 무기 징역, 또는 5년 이상의 유기 징역이다. 상대가 본인이나 배우자의 직계 존속일 경우는 사형, 무기징역, 또는 7년 이상의 징역이다.

멤버 본인이 법적 공방을 하게 될 경우 감경을 위해 노력해 줄 것. 염소 클럽에 가입할 때 주어진 세 개의 특약 중, 진선미가 마지막으로 내건 조건이다.

'초범인 경우는 작량 감경이 되니깐 합의까지 하면 4, 5년 정도 받으려나.'

진동수가 5년은 버텨 줬으면 한다. 몸조리를 잘해서 더 길게 버텨도 좋다. 그래야 형을 마치고 진동수를 더 큰 고통에 빠뜨릴 수 있을 테니깐. 두 번째는 아무래도 감형을 기대할 순 없을 터다. 재범에, J 그룹의 도움도 없을 테니깐. 잘 도망쳐 볼 거다. 되도록 잡히지 않고, 언제든 다시 나타날 수 있다는 흔적을 남기며 다닐 예정이다. 어차피 감옥에 가면 계획을 짤 시간은 남아돌 터였다.

만약 체포되어도 상관없다. 평생을 감옥에서 지내게 될 것도 각오한 터였다.

'오후에 불꽃놀이가 예정되어 있었지. 그때가 좋겠어. 소리가 묻힐 테니깐.'

진선미는 주변을 돌아다니는 사람들을 살펴보며 머릿속

으로 타이밍을 쟀다. 오직 이날, 디데이만을 바라 왔으나 가
슴은 조금도 요동치지 않았다. 진선미는 그저 지나가는 이들
이 어떠한 소리가 들려도 그저 지나가기를, 아무도 관심 가
지지 않기를 바랐다. 고찰 없는 입바른 동정이나 정의는 생
채기를 들쑤실 뿐이다. 무심한 시선에 흔들림이 생긴 것은
미술관 주차장 쪽에서 걸어오는 남자를 보았을 때였다. 김해
찬은 한 손에 오토바이 헬멧을 들고, 한 손을 발랄하게 흔들
며 걸어왔다.

"너 경호원 일 하는 거 처음 봐. 정장 완전 잘 어울리네."

김해찬은 너스레를 떨며 진선미의 앞에 와 섰다.

"네가 왜 여기 있어?"

진선미의 날카로운 말끝을 피하기라도 하듯, 김해찬은
한 발 물러섰다.

"같이 퀵 서비스 일 하던 형 부탁으로. 오늘 완전 큰 건
들어왔는데 아파서 못 간다고 앓는 소리를 하는데 어떻게
해. 착한 내가 대타 뛰어 줘야지."

계단 위에서 발소리가 들렸다. 진선미는 고개를 들어 위
를 봤다. 진동수가 계단을 걸어 내려오고 있었다. 진선미는
재빨리 계단 아래 그늘에 숨듯이 한 발 물러섰다. 어둠과 빛
을 가로지르는 희미한 경계선을 뛰어넘으면, 금방이라도 총
알을 박아 넣을 거리다.

"아이. 여긴 좀 아니지. 경호원들이 이렇게 지천에 깔렸

는데. 원하는 만큼 복수하기도 전에 경호원들이 너한테 달려들걸?"

움찔거리던 손의 떨림을 멈추게 한 건 김해찬의 속삭임이었다. 진동수가 계단에 내려와 서자, 김해찬은 재빨리 헬멧을 머리에 눌러썼다.

"자넨가? 오늘 온다는 퀵 서비스 배달원."

"예. 맞습니다."

계단을 내려온 진동수는 신경질적인 태도로 김해찬에게 차 키를 내밀었다.

"지금 바로 출발해야 시간이 맞을 거야. 딸애는 건물 밖에서 기다리고 있을 걸세. 오후 3시 전에는 반드시 그곳을 떠나야 해. 차는 주차장 A 구역에 주차되어 있네."

김해찬이 차 키를 받아 들자 진동수는 뒤도 돌아보지 않고 다시 계단을 걸어 올라갔다. 진선미는 계단 아래에서 나와 김해찬을 마주 보았다.

"무슨 속셈이야?"

"대타 뛰는 거래도?"

"그럼 얼굴을 왜 감춰? 거짓말을 하려면 제대로 하든가."

김해찬은 자동차 키의 고리를 손가락에 걸고 빙빙 돌렸다.

"대타로 온 건 거짓말 아니야. 진동수에게 의뢰를 받은 사람이 아프다는 건 거짓말. 의뢰에 필요해서 웃돈 주고 바꿨어. 돈까지 주고 쉬라는데 누가 싫다고 하겠니. 누군지 몰라도 오늘 로또 맞았다, 이러고 있을걸."

"의뢰? 무슨 의뢰?"

"새로운 의뢰가 들어왔어. 하이하도 왔어. 저기에."

김해찬의 손끝을 따라간 진선미가 본 것은, 미술관 한쪽에 서 있는 하이하였다. 세미 드레스와 정장 차림의 사람들 사이에서 교복 차림의 하이하는 너무나 눈에 띄었다. 진선미는 헛웃음을 지었다.

"내 의뢰는 잊어버린 거니? 너와 하이하가 이곳에 오지 않는 게, 내가 내건 조건이었어."

"잊어버리지 않았어. 하이하가 그러던데? 전영민의 의뢰보다 우선하는 게 조건이니, 새로운 의뢰로 여기에 오는 건 문제가 없다고."

새로운 의뢰. 진선미는 김해찬의 말을 따라서 중얼거렸다. 입 안이 썼다. 좀 더 신중하게 단어를 선택했어야 한다. '전영민의 의뢰보다 우선한다'는 것은 새로운 의뢰가 들어오면 그것은 진선미의 의뢰와 관계없이 조사할 수 있음을 뜻하기도 했다. 이런 사태를 방지하려면 '앞으로 들어올 모든 의뢰보다도 우선한다'라고 적었어야 했다. 그 실수를 하이하가 알아차리지 못했을 리가 없다. 진선미는 쯧, 혀를 차고 물었다.

"의뢰인이 누군데?"

"탑에 갇힌 공주님."

*

어떤 날의 기억은 깨진 유리구슬 파편 같다. 깨어졌지만 잊기 힘든 선명한 날을 위협적으로 번뜩거린다. '선생님'을 만난 날의 기억이 그렇다.

그날 아저씨는 내게 '별장'에 갈 테니 차에 타라고 했다. 어디로 가는지는 알려 주지 않았다. 아저씨는 내 눈에 눈가리개를 씌우고 차에 태웠다. 나는 그저 집 밖으로 나가는 것이 좋아서 시키는 대로 했다. 집을 떠나면 도망칠 기회가 분명 생길 거라고 믿었다.

이상하기도 하지. 왜일까. 몇 번을 좌절했음에도 도망칠 수 있을 거란 희망은 좀처럼 사라지지 않고 오히려 단단하게 뭉쳐져 작은 유리구슬이 되었다. 어릴 적에 엄마와 함께 가지고 놀았던 유리구슬. 나는 성냥을 입에 물 때마다 유리구슬을 햇빛에 비추는 상상을 했다. 유리구슬에 반사된 빛을, 눈부시던 반짝거림을, 함께 유리구슬을 돌리던 엄마의 웃음소리를 떠올리는 동안은 견딜 수 있을 것만 같았다.

별장은 산속에 있었다. 운동화 아래 밟히는 돌의 감촉과 코에 와 닿은 풀냄새. 등 뒤에서 내 몸을 포박하듯 껴안고 밀어 걷게 하는 아저씨의 불쾌한 체취가 아니었다면 차에서 내려 걷는 그 짧은 길은 즐거웠을 거다. 아저씨는 건물 안으로 들어간 뒤에야 내 눈에 씌워진 눈가리개를 벗겼다. 스테인드 글라스가 장식된 창문 옆에, 여자가 서 있었다. 볼록하게 솟 아오른 여자의 배가 빛을 밀어내며 원만한 곡선을 만들어 냈 다. 누가 봐도 임신을 한 상태였다.

이 사람이 나를 구해 주지 않을까.

임신을 한 모든 여자가 아이에게 친절하지는 않다. 범죄 자도 다른 범죄자를 욕한다. 아저씨가 뉴스에 나오는 아동 학대범을 욕하는 걸 봤을 때의 기막힘이란. 그때 깨달았다. 모두가 교집합을 의식하며 살아가진 않는다. 그걸 알면서도 나는 한순간 구원을 바랐다.

"진짜 이 애 한 명 맡기는 걸로 되겠습니까?"

아저씨는 여자에게 존댓말을 썼다. 두 손을 마주 잡고 굽 실거리는 아저씨의 눈이 욕심으로 번들거렸다. 여자가 내가 선 쪽으로 다가왔다.

"몇 살이니?"

여자가 내게 물었다. 왼손으로 손가락 하나, 오른손으로 손가락 두 개를 펴 보였다. 건물에 들어오기 직전 입에 밀어 넣어진 성냥 때문에 말을 할 수가 없었다.

"예쁜 나이구나. 조심해야 해. 몇 년 안에 마녀가 너를 데 리러 올지도 모르거든."

여자의 손이 내 머리를 쓰다듬었다. 여자의 손등에는 무 언가 그림이 새겨져 있었다.

"선생님. 정말로 이 애면 되냐고 묻지 않았습니까. 정말 이 애를 맡기면, 윤 위원님이 복귀를 약조해 주시는 거지요?"

아저씨가 재차 물었다.

"그래요. 모든 계획은 순리대로 이루어질 테니깐요."

"그야 계획이 있으시겠지요. 그렇지만 좀 더 분명하게 약조를 해 주셨으면 합니다. 이런 쓸모없는 아이 한 명으로 뒤를 봐주시다니, 통 믿기지가 않아서 말입니다."

여자는 내 머리에서 손을 거두었다. 여자는 한발 더, 아저씨 쪽으로 다가갔다. 아저씨는 움찔 한 걸음 물러났다.

"내기를 했답니다. 딸아이와."

"내기요?"

"세 번의 봄이 지나기 전에 딸아이가 자신의 의지로 나를 찾아오면, 그땐 내가 이기는 거예요. 당신과 당신의 딸은 그 내기를 위한 말로 선택된 거예요. 영광인 줄 아세요."

여자는 몸을 돌려 다시 나를 봤다. 나는 볼록한 여자의 배와, 배 위에 놓인 손에 시선을 고정한 채 여자와 눈을 마주치지 않았다. 입 안의 성냥이 침으로 축축했다.

"아가야."

여자가 몸을 숙이고, 내 턱을 손가락 끝으로 들어올렸다.

"트루데 이야기, 알고 있니?"

어둑하고도 푸른 빛. 여자의 홍채는 밤을 닮았다. 밤은 질색이다. 아저씨는 주로 밤에 내 방에 온다. 나는 고개를 가로저었다.

"들려줄게. 트루데 이야기."

그날부터 나는 '별장'에서 지내게 되었다. 별장이라 불리는 높은 탑 위쪽 방. 이곳은 너무 높아서 아무리 이불을 이어 묶어도 땅에 끝이 닿지 않는다. 여자, 선생님은 한동안 밤마다 나를 찾아와 트루데 이야기를 들려주었다. 그 끔찍한 이야기를.

"헛소리를 하는 사람들이 있어. 이 세상의 모든 여자들이 마녀라는 거야. 모두가 특별한 힘을 지니고 있다나. 그런 말을 하는 사람들일수록 약해. 자기 앞가림도 못하면서 다른 사람의 일에 참견이나 하면서, 서로를 도우면 강해진다니 어쩌고 헛소리나 한다고. 남의 딸아이나 꾀어내는 주제에."

끔찍한 이야기를, 끔찍하게 나긋나긋한 목소리로 들려주면서 선생님은 화를 냈다. 화를 내면서도 언성을 높이는 일은 없었다. 언제나 낮고 부드러운 음성을 내 귓가에 속삭이며, 내 눈을 엄지와 검지로 크게 벌려 안약을 떨어뜨렸다.

그 안약은 대체 뭘까.

안약을 넣고 한 달쯤 지나자 눈 안에 안개가 낀 듯, 사물이 뿌옇게 보였다. 선생님은 내 눈앞에 손을 흔들며 "보이니? 어때?"라고 물었다. "보이니"라고 물을 때마다 고개를 가로저었다. 조금이라도 보인다고 하면, 아예 안약을 내 눈에 들이부을 것만 같았다. 선생님은 그림 그리는 도구를 사 왔다. 이

젤과 물통, 물감과 붓 등등. 방 한쪽에 놓인 이젤이 마냥 낯
설었다.

"그리렴. 무엇이든."

나는 또다시 고개를 가로저었다. 그때까지 그림이라고는
크레파스로 끼적거린 게 전부인데다 눈앞이 흐려서 무언가
를 그릴 수 있을 것 같지가 않았다. 선생님은 내 뺨을 때리고
는 다시 말했다.

"그림을 그리렴."

이젤 앞에 앉았다. 눈이 아프고 시야가 뿌옇게 흐려서 선
을 긋는 것도 쉽지 않았다. 손에 집히는 대로 물감을 짜서 덕
지덕지 이젤에 발랐다.

그날부터 시력은 점점 더 나빠졌고, 선생님은 매일 나를
이젤 앞에 앉혔다. 그림을 그리렴. 선생님의 배는 점점 더 커
졌고, 내게 안약 넣는 일은 중단되었다. 출산일이 가까워질
즈음 선생님은 건강이 좋지 않았다. 숨을 쉬는 것도 힘들어
했다. 그럼에도 매일 별장에 와서 무언가를 지시했다. 탑 아
래, 건물의 방에는 정체 모를 기계들이 놓였다. 선생님은 그
기계가 놓인 곳을 '트레이닝 룸'이라고 불렀다.

어느 날, 아저씨는 나를 다시 집으로 데려갔다. 처음 보
는 사람이 자신을 '알파 연구소'의 대표라고 인터뷰를 했다.
나는 인형처럼 차려입고 앉아서 웃었다. 방송국에서 나온 사
람들은 내가 그린 그림을 보며 연신 감탄했다. 눈이 안 보이

는데도 어떻게 이런 그림을 그릴 수 있냐고 말했다. 그들 중 한 명은 내 손을 꼭 붙잡았다.

"어린 나이에 포도막염이라니. 불행이 겹쳐서 힘들겠지만 힘내요."

나를 힘들게 하는 건 불행이 아니라 당신 뒤에서 웃고 있는 저 아저씨랍니다, 라고 말하고 싶었다. 하지만 그 순간에도 나는 파블로프의 개처럼 혀 아래 성냥을 물고 있을 뿐이었다.

천재란 뭘까. 나는 천재가 되었다. 어릴 적 어머니를 잃고 선택적 함구증에 걸려 말을 잃어버린, 그래서 학교에도 가지 못하는 가여운 어린아이. 포도막염에 걸려 시력까지 잃게 된 불쌍한 아이. 불행에 불행이 겹쳤지만 그림을 감정의 탈출구로 선택해 극복해 나가고 있는 천재 소녀. 그게 나란다. 미친. 나는 수채 물감과 유화 물감이 어떻게 다른지도 모르는데!

"다큐멘터리가 방영되면 연구소를 본격적으로 움직일 수 있어요. 그럼 실험에 참여하겠다는 사람들이 몰려들 테니 걱정 말아요. 어르신. 연구는 성공할 겁니다."

별장으로 돌아오는 차 안에서, 선생님은 내내 누군가와 통화를 했다. 나는 터질 듯 부풀어 오른 선생님의 배를 봤다. 선생님의 손등에 새겨진 염소를 봤다. 배 안에 있는 아기에게 물어보고 싶었다.

아가야. 네 엄마는 무엇을 하는 거니?

대답할 리가 없다. 아가는 말을 못한다. 그러나 아가는 태어날 때 누구보다 우렁차게 울 것이다. 울지도 못하는 나보다는, 아가가 낫다.

'아기를 낳으러 가면 선생님이 별장을 비울 거야.'

선생님이 들려주었던 끔찍한 이야기. 선생님은 내가 빵이 될까 봐 무서워하기를 바랐던 거겠지. 하지만 선생님이 했던 말 중에, 내 마음에 와 닿은 것은 오직 한 문장뿐이다.

이 세상의 모든 여자들은 마녀고, 모두가 특별한 힘을 지니고 있다.

그게 헛소리가 아니라는 걸, 나는 보여 주고야 말 거다. 나는 절대 내 유리구슬이 완전히 바스러지게 놔두지 않을 거다.

*

구역 교체합니다. 각각 시계 반대 방향 포인터에서 상황 보고 후 교체하십시오. 12번은 VIP 2번 룸으로 이동해서 내부 경호 진행하십시오.

무전기에서 지시 사항이 흘러나왔다. 진선미는 나선형 계단을 올랐다. 계단 위에서 아래를 내려다보니, 하이하는 여전히 정원 한쪽에 서 있었다. 진선미는 애써 고개를 돌리고 지시받은 방으로 향했다. 방문 앞에 서 있는 경호원과 서로 태그를 확인한 후 방 안으로 들어갔다. 널찍한 응접실 한

가운데 놓인 탁자에 진선미를 채용한 여자, 진진아의 설리번 선생이 앉아 있었다. 여자의 맞은편, 문을 등지고 앉은 남자의 뒤통수를 본 진선미의 손등에 힘줄이 돋아났다. 저 남자가 진동수라면 절호의 기회였다.

"그래도 진진아. 그 아이는 좀 아깝긴 하군."

"그 아이는 끈을 끊어 버리려고 했어요. 그 전에 쓰임을 다할 수 있게 해 주는 게 어른의 역할이죠. 진동수에게 화려한 복귀를 약속했으니깐요."

"사람 참 특이해. 다른 사람에게 동정받는 게 뭐 좋다고. 그래도 뭐, 그래. 약속이니깐."

남자는 진동수가 아니었다. 진선미는 문 쪽 벽에 서서 남자의 뒷모습을 살폈다. 정수리가 훤한 백발과 카랑카랑한 가래 낀 목소리. 박석일이었다.

"미술관 개관식에, 그 미술관에서 특별전을 여는 딸이 교통사고를 당한다. 썩 괜찮은 이슈가 될 거야. 사람은 잘 구했나?"

"그럼요. 소모품으로 쓸 인간이야 널렸는걸요. 진동수가 배달 업체 사람을 구했어요. 이미 키를 넘겼을 거예요."

"딸이 자네를 찾아오면 이기는 거라고 했지. 찾아왔나? 술래잡기는 이길 것 같아?"

여자의 입꼬리가 우아한 곡선을 그렸다. 매력적인 웃음이었다. 르누아르가 그린 〈빨간 치마를 입은 앙드레〉 속의 앙

드레처럼, 세상의 모든 화사한 색을 끌어모아 부드러운 붓으로 그려낸 듯한 분위기를 여자는 뿜어내고 있었다. 여자와 박석일의 대화를 들으며 바짝 신경을 곤두세우던 진선미조차, 일순간 시선을 빼앗길 정도였다.

"술래는 언제나 이기게 마련이랍니다."

박석일이 끙, 앓는 소리를 내며 자리에서 몸을 일으켰다.

"그래. 자네가 어련히 잘하겠지. 자네와 그 모습으로 만나는 것도 마지막이겠군. 이 뒤는 내가 알아서 할 테니 걱정 말고 윤회를 향해 떠나시게나. 나를 다시 태어나게 해 줄 귀중한 아기를 낳아 준 사람이니, 뒤는 내게 맡겨."

박석일은 소파에 걸쳐져 있던 코트를 걸쳤다. 여자도 자리에서 일어나 코트에 팔을 꿰는 박석일의 옆에 섰다.

"배웅해 드리지요. 어르신."

"그래. 아쉽군. 자네가 좀 더 그 모습으로 있으면 손수조, 그 아이 사건도 그리 일방적으로 질 필요는 없는데 말이야."

"그 애들은 그저 쓰고 버리는 말이었는걸요. 신경 쓰실 필요 없어요."

"그래도 분하단 말일세. 그 애들 뒤에 정영욱이 있으니깐, 정영욱한테 진 것만 같아서."

"어르신도. 어차피 이기는 건 어르신이에요. 정영욱이 추하게 늙어 갈 때 어르신은 영생을 손에 넣으실 거잖아요."

여자의 입에서 나온 손수조의 이름이 진선미의 머리를

쳤다.

'저 여자가 선생님인가? 손수조 사건의 선생님?'

설리번이라고 일컬어지는 여자가 바로 그 '선생님'이라니. 진선미는 혼란을 드러내지 않으려 더욱 곧게 등을 폈다. 여자와 박석일은 나란히 방을 나섰다. 여자는 진선미의 앞을 지나며 고개를 돌려 웃었다. 진선미는 여자의 손등에 새겨진 그림을 봤다. 목이 졸린 염소 그림이었다. 여자의 눈은 탁하게 깊은 푸른빛의 홍채를 지니고 있었다. 하이하의 눈과 같은 색이지만, 그 빛이 주는 느낌은 섬뜩하리만큼 달랐다.

'미술관 개관식 때 진진아가 교통사고로 사망하는 사건이 발생하면 아버지인 진동수에게 상당한 관심이 쏟아지겠지. 축제날이 제삿날이 된 셈이니 미디어가 좋아할 만한 소재야.'

이 개관식은 진동수의 정계 복귀를 위한 쇼다. 이제껏 침묵하던 진동수다. 자신의 컴백 쇼에 어지간히 화려한 폭죽을 쏘아 올려 주목받지 않고는 성에 차지 않을 터였다. 그리고 진동수는 딸의 죽음을 기꺼이 폭죽으로 사용할 수 있는 인간이었다. 눈꺼풀 안쪽에서 차키가 빙빙 돌았다. 김해찬에게 차 키를 건네주던 진동수와 갑자기 들어왔다는 '탑에 갇힌 공주'라는 사람의 의뢰. 여자가 처분한다는 '어딘가'와 데리러 올 사람을 기다린다는 진진아. 그리고 교통사고. 김해찬이 진진아를 데려온다면 김해찬도 그 사고에 휘말릴 것이다.

진선미는 주먹을 꽉 움켜쥐었다. 아직 이곳을 벗어나서는 안 된다. 구역 교체 지시도 내려오지 않은 상황에서 무단으로 자리를 이탈했다가 시비라도 걸리면 쓸모없이 눈에 띌 뿐이다.

'김해찬은 알고 있었어. 그러니 진동수에게 얼굴을 보여 주지 않고 자동차 키를 받아 간 거겠지. 김해찬도 여자가 말한 술래잡기에 끼어든 거야.'

김해찬은 자신이 이곳에 온 것이 '탑에 갇힌 공주님'의 의뢰를 받아서라고 했다. 그 공주님이 진진아라면 일의 앞뒤가 맞아떨어진다. 진진아는 개관식 날에 진동수가 자신을 해칠 것임을 알았다. 그러곤 어떤 경로를 통해 그런 계획을 세운 진동수에게 복수를 해 달라고, 자기를 구해 달라고 염소 클럽에 의뢰를 했으리라. 김해찬은 진동수가 섭외한 배달원을 알아내어서 그 사람 대신 열쇠를 받으러 온 것이다.

'……그 여자, 분명히 일부러 나와 시선을 마주쳤어.'

딸이 찾아오면 이긴다. 그렇다면 여자의 딸은 누구인가. 여자의 손등에는 타투가 그려져 있었다. 처음 만났을 때는 여자가 장갑을 끼고 있어 볼 수 없던 부분이다. 하이하가 마더 포이즈너라는 것은 알고 있다. 염소 클럽과 계약을 한 직후에, 마더 포이즈너 사건을 찾아보았다. 피해자의 얼굴은 공개되어 있지 않으나, 몇몇 르포형 기사에서 피해자에 대한 묘사를 읽을 순 있었다. '손등 전체를 뒤덮은 타투'는 각각 다른 기사에 공통적으로 쓰여 있던 묘사였다. 그렇다면, 그 여자는. 미술관을 뛰쳐나가던 하이하의 뒷모습과, 경호를 해 달라던 여자의 목소리, 전영민의 의뢰에 꼭 자신이 가겠다고 나서던 하이하의 모습. 흩어졌던 조각이 하나로 맞추어졌다. 조각이 형태를 이룬 순간, 진선미는 아랫입술을 꽉 깨물었다.

이용된 것이다. 진선미는 미끼로서 이곳에 서 있는 것이다. 여자가 흩뿌려 놓은 미끼 중 하나가 되었다. 전재일도, 진선미를 찌른 남자의 행동도 하이하를 끌어당기기 위한 미끼였을 것이다. 어쩌면 진선미는 알지 못하는, 더 많은 미끼가 흩뿌려졌을지도 모른다.

끈을 쥔 자. 그가 소녀를 마녀로 둠으로써 얻는 것은 무엇인가. 진선미는 두 눈을 질끈 감았다. 상관해서는 안 된다. 미끼이든 아니든, 이곳에 와서 기회를 잡으면 그걸로 된 것이다. 귀신이다. 귀신이 되어야 한다. 악인에 맞서기 위해서는 귀신이 되어야만 한다.

그러나 잠시 후, 진선미는 방문 손잡이를 움켜잡았다.

*

그 헬멧. 그 빌어먹을 헬멧. 스키 고글 같은 안경을 쓰고 헬멧을 뒤집어쓰면 눈앞에 지렁이 같은 것이 나타나 꿈틀거렸다. 지렁이는 글씨를 만들어 내다가 눈 안으로 파고들듯 달려들었다. 지렁이가 뇌를 파먹는 듯한 고통이 밀려왔다.

일주일에 한 번, 일요일마다 트레이닝 룸에 누워 헬멧을 썼다. 나를 비롯한 아이들 10여 명이 환자복 같은 파자마를 입고 복도에 줄을 섰다. 그럼 선생님이 한 명씩, 아이들의 손을 잡고 트레이닝 룸에 데리고 들어가 침대에 눕힌 뒤 헬멧을 씌웠다. 헬멧을 쓰면 10여 분간 기계가 작동했다. 기계가 작동하는 동안도 고통스러웠지만, 멈추고 나면 한동안은 자리에서 일어날 수 없을 정도의 극심한 어지럼증과 구토가 몰려왔다. 30여 분을 침대에 누워 침을 뱉어 내고 있으면 선생님이 들어와 다시 한 명씩, 아이들을 데리고 나갔다. 함께 헬멧을 쓰는 아이들은 10대 중반에서 20대 중반까지 연령대가 다양했다. 부모와 함께 온 아이들도 있었고, 건물 기숙사에서 지내는 아이들도 있었다. 그 모든 다름에도, 그곳에서 같은 고통을 겪었다는 것만으로 우리는 서로 친밀함을 느꼈다.

두 번째로 헬멧을 쓴 날, 나는 고통을 이기지 못하고 소리 내어 울었다. 뺨으로 흘러내리는 끈적끈적한 액체가 침인지 눈물인지 알 수 없었다. 누군가가 내 뺨을 닦았다. 옆자리에 누워 있던 남자였다.

"너, 다음부터는 나랑 자리 바꾸자. 내 자리, 기계 고장 난 것 같아. 아무것도 안 나와. 이게 대체 무슨 프로그램인지 모르겠지만 어린 너한테는 너무 힘들 것 같아. 기계 고장 난 거 비밀로 하고, 그렇게 하자."

남자의 이름은 김태훈이었다. 알파 연구소의 후원을 받

는 아이들 중 한 명이었고 트레이닝 룸에 오는 아이들 중에서 가장 나이가 많았다. 김태훈과, 그의 단짝인 유정호는 곧 나와 친해졌다. 유정호는 내게 자기 막냇동생 이야기를 했다. 세상을 떠난 동생. 부모님에게 살해당한, 열 살 넘게 차이가 났던 작은 여자아이의 이야기였다. 나도 엄마의 이야기를 했다. 김태훈은 내가 신기하다고 했다. "엄마가 원망스럽진 않아? 엄마가 참으라고 할 때 화 안 났어?" 김태훈은 아버지에게 상습적인 폭행을 당했는데, 그때마다 때리는 아버지도 밉지만 참으라는 어머니가 더 미웠다고 말했다.

"엄마가 내게 참으라고 한 건, 나를 살리려고 한 거예요. 그러니깐 밉지 않아요."

그러니깐 나는 살 거예요. 그렇게 말하자, 두 사람은 나를 도와주겠다고 했다. 유정호는 나를 '공주님'이라고 불렀다. 공주님. 유정호가 막냇동생을 부르던 애칭이었다. 나와 유정호, 김태훈은 선생님이 나누어 주는 약을 먹지 않고 버텼다. 그건 쉬운 일이 아니었다. 약을 먹어야 헬멧을 썼을 때의 고통을 그나마 견딜 수 있었기 때문이다. 처음에는 약을 먹지 않고 버티던 아이들도, 한두 명씩 고통에 백기를 들었다. 백기를 든 아이들은 점차 선생님이 불 속에 뛰어들라고 하면 뛰어들 것 같은 충실한 일꾼이 되어 갔다.

유정호는 내 어머니의 죽음이 의심스러우니 그 부분을 파 보면 진동수를 협박할 무언가 나올지도 모른다고 했다.

"내가 진동수를 협박해서, 너를 데리고 여길 나갈게." 유정호는 엄마의 죽음을 조사하다 진동수의 전 아내의 죽음을 알았고, 그 죽음 후 집을 떠난 진선미를 알았으며, 진선미가 '염소 클럽'이라는 곳에서 활동하고 있다는 것도 알았다. 선생님이 미술관 개관식을 디데이로 삼고 있다는 것도, 그에 따른 플랜이 나누어져 있음도 알았다. 나와 유정호, 김태훈은 작전을 짰다. 공책에 조금씩 글을 적었다. 그리고 이젠, 이 공책을 경매에 내놓을 액자 속에 숨길 것이다. 경매를 위한 갤러리 프리뷰에 하이하나 진선미, 둘 중 한 명은 올 것이란 확신이 있다. 이 글을 쓰는 지금, 김태훈이 더 이상 견디지 못하고 약을 먹었다는 소식을 들었다. 유정호는 쓸쓸하게 웃으며 이젠 우리 둘뿐이야, 라고 말했다. 유정호는 액자에 공책을 숨긴 후, 일부러 경찰에 잡히겠다고 했다.

약을 안 먹는 거 들킨 거 같아. 그리고 이젠 약을 안 먹어도 지렁이가 보여. 트레이닝을 빠지려면 잡힐 수밖에 없어. 내가 곁에 없어도, 네 편이란 건 잊지 마. 네 어머니가 너를 살리려고 했다던 믿음을 잊지 마.

이 공책에 글을 적는 건 이게 마지막이다.
내 이름은 진진아다.
이 공책에 쓰인 이야기는 내가 나로 있기 위한 기록이다.

이건 끝이 정해지지 않은 동화고, 밤을 견디기 위한 몸부림이고 누군가의 도움으로 적어 내려간 편지다. 병에 양피지를 넣어 바다에 던진 누군가가 바랐던 것처럼, 나도 이 공책이 어떤 방법으로든 내 곁을 떠나 다른 곳에 닿기를 바란다. 그래야만 한다. 그러지 않으면 이 동화의 끝은 잔혹할 뿐이다.

이 공책을 누군가 읽는다면, 나를 이곳에서 꺼내 주세요.

*

"너 어디야?"

진선미는 정원으로 걸어 나가며 김해찬에게 전화를 걸었다. 수화기 너머로 요란한 바람 소리가 새어 나왔다. 김해찬의 목소리가 바람 소리에 뒤섞여 전파가 닿지 않는 무전기에서 흘러나오듯 지직거렸다.

"운전 중이야. 핸즈프리."

"당장 그 차에서 내려. 나도 탑 속 공주님의 의뢰에 참가할 테니깐, 시나리오 다시 짜. 어쨌든 일단 돌아와."

"뭐야. 너도 눈치챘구나? 내 걱정은 하지 마. 내가 바보도 아니고 알아서 할게."

수화기 너머 바람 소리가 약간 잦아들었다.

"너는 네가 하고 싶은 걸 해. 네가 너 아닌 다른 무언가로 바뀔 필요는 없어."

수화기 너머 목소리가 다시 지직거렸다.

"……내가 나로 있으면, 내 의뢰는 완성되지 않아."

돌아오는 대답은 없었다. 진선미는 일방적으로 끊긴 휴대폰을 품 안에 밀어 넣었다. 할 만큼 했다. 하이하가 무엇을 계획했든, 거기에 휩쓸릴 이유는 없다. 오늘은 디데이다. 이인연을 위한 위령제를 지낼 수 있는, 기다리고 기다려 온 날이다. 불타던 집 앞에서 웃고 있던 진동수를 본 그 날, 귀신이 되기로 결심했다. 진동수의 매일을 조금이라도 고통스럽게 만들 수 있다면, 평생을 허공에 뜬 존재로 살아도 상관없었다.

그러나 생각과는 달리, 진선미의 눈은 빠르게 정원을 훑으며 하이하를 찾고 있었다. 티푸드가 페어링된 테이블 앞에 서서 체리를 집어 드는 하이하가 보였다. 하이하의 등 뒤에서 뻗어 나온 손이 하이하의 목덜미를 움켜잡았다. 기다란 손가락이 금방이라도 하이하의 목을 조를 것만 같았다.

목이 졸린 채 매달려 있던 염소.

목을 조른 자는 누구일까.

진선미의 무전기가 울렸다.

13.
이희태 수사 기록,
다섯 번째

축축하고 차갑다. 이런 추위라면 익히 알고 있다. 그것들은 비루한 살림살이 곳곳에, 아버지가 마시고 아무 데나 놓아둔 소주병 안에, 맞아서 찢어진 이마를 가리려고 뒤집어 쓰고 다녔던 낡은 모자 챙 사이사이에 들어차 있었다.

'이곳은 그 집인가. 그럼 나는…….'

그 집. 아버지가 발을 칭칭 동여매는 듯한 저주를 내뱉던 집. 아버지는 술을 마시면 입버릇처럼 말했다. 자식은 부모 팔자 따라가게 되어 있어. 너도 나처럼 술주정뱅이가 되겠지. 아니면 제 엄마처럼 자식 버리고 도망이나 가거나. 낄낄 웃으며 퍼붓던 저주. 말이란 이상해서 들으면 들을수록 꼭 그렇게 될 것만 같았다. 절대 그렇게 되지 않으리라 다짐해도 자꾸만 그 저주에 잠식되어 갔다. 어린 이희태는 저주의 늪에 빠져 허우적거렸다. 그 늪 안에 있노라면 겨울에 얇은 이 불만 덮고 자는 것처럼 춥고, 무겁고, 축축했다.

"너 왜 자꾸 우리 애들 괴롭히니?"

이희태의 집에서 두 블록 떨어진 곳에 보육원이 있었다. 이희태는 아버지에게 얻어맞은 날이면, 보육원에서 학교로 이어지는 담벼락 위에 앉아 아래를 지나가는 보육원 애들에게 돌을 던졌다. 누구에게든 분풀이를 해야만 했다. 보육원 애들은 괴롭혀도 쫓아올 부모가 없었다. 그것이 이희태가 그들을 선택한 이유였다.

"그냥."

담장 위에 앉은 이희태에게 한 여자가 말을 걸었다. 근처 중학교 교복을 입은 여자는 껑충하게 키가 컸다. 초등학생에게 중학생은 무언가 대단한 존재인 듯 느껴지게 마련이다. 게다가 또래보다 왜소했던 이희태는, 여자의 큰 키에 한층 더 기가 죽었다. 기가 죽은 티를 내지 않으려고 담장 위에서 벌떡 일어나 섰다.

"그냥이 어디 있어. 사람에게 돌 던지는 건 나쁜 일이야."

"어차피 난 나쁜 사람이 될 거니깐 상관없어. 아빠가 만날, 자기가 술주정뱅이니깐 나도 그렇게 될 거래. 아니면 아이를 버리고 도망가거나."

아이를 버리고, 란 부분은 일부러 더 크게 말했다. 여자가 화를 내고 자리를 뜨기를 바랐다. 보육원 애들을 '우리

애'라고 한 걸 보면 여자도 보육원생일 터였다.

"정말 그럴 거 같니?"

하지만 여자는 가만히 이희태를 올려다볼 뿐이었다.

"콩 심은 데 콩 나고, 팥 심은 데 팥 난다는 말, 알아?"

모를 수가 없었다. 마을 사람들 중 몇몇은 이희태를 볼 때마다 그 말을 했다. 아버지란 사람이 저렇게 엉망인데 딸 애라고 뭐 다르겠어, 라고. 그들의 말도 저주의 늪을 깊게 만들었다.

"그거, 원인과 결과에 대한 속담이거든. 모든 일은 원인에 따라 결과가 생긴다는 뜻. 난 이 속담을 부모와 자식 간의 관계에 적용하는 사람은 멍청하다는 확신을 가지고 있어. 원인이 있어야 결과가 있다는 것과, 결과가 무조건 원인에 영향을 받는다는 건 같은 말이 아니야. 그 속담대로면 아이가 부모의 생김새와 성격을 똑같이 가지고 태어나야 하는데, 그게 말이 되니? 자식이라도 부모와 뇌 구조가 다른걸. 별개의 인간이야. 결과물이 아니라."

춥고 축축하고 무거운 늪 안에서 발버둥 치던 이희태의 팔다리를, 여자의 입에서 나온 말 마디마디가 붙잡고 끌어올렸다. 이희태는 다시 담장 위에 쪼그려 앉았다. 여자의 얼굴을 좀 더 자세히 보고 싶었다.

"너는 어때? 그 말 좋니, 싫니?"

"싫어."

"그래. 다행이구나."

여자는 담장을 따라 멀어졌다. 이희태는 그날 이후 돌을 던지지 않았다. 여자를 다시 만날 수 있을까 싶어 담장 위에서 기다려 보았지만, 마주칠 수 없었다.

'아니야. 여기는 그 집이 아니야. 그 집일 수가 없어.'

그 집은 아버지의 죽음과 함께 무너졌다. 이희태의 의식이 늪 깊은 곳에서 팔다리를 버둥거렸다. 죽은 개의 시체를 머리에 얻어맞고 쓰러진 일, 소녀의 비명, 숨겨져 있던 엘리베이터가 시간을 거꾸로 돌리며 되살아났다. 꿈인 듯 아닌 듯 귓가에 윙윙 울리던 말소리들도 떠올랐다. "좀 더 깊이 파야 하지 않아?" "이 정도면 됐어. 어차피 내일이면 다 사라질 텐데." "공주님에게 약을 먹여야 해." "사람이 찾아오면 공주님을 차에 태워서 보내면 되는 거지?" "찾아온 사람은 기절시켜서 조수석에." "내가 운전을 할 거야. 너희는 남아서 탑을 불태워." 대여섯 명의 목소리가 마구 뒤섞였다. 이희태의 미간에 점점 더 깊은 주름이 잡혔다.

"콩 심은 데 콩 나고 팥 심은 데 팥 난다는 말, 어떻게 생각합니까?"

서은진의 목소리가 깨어나려고 몸부림치는 의식을 끌어올렸다. 통 움직이지 않던 이희태의 눈두덩이 번쩍 열렸다. 이희태는 깨질 듯한 두통을 느끼며 몸을 일으켰다. 뻐근하게 저린 등과 허리의 통증은 차라리 각성제였다. 이희태는 구덩이를 한번 둘러보고, 양손을 위로 쭉 뻗어 기지개를 폈다. 그러곤 운동화를 벗어 구덩이 벽 두 곳에 박아 넣었다. 그러곤 시계 방향을 따라 원을 돌 듯 뛰어올랐다. 박아 넣은 운동화가 디딤판이 되어 원심력을 가중시켰다. 처음 한 번은 마지막 한 발이 구덩이 밖을 디디지 못해서 실패했다. 두 번째는 운동화가 빠지는 바람에, 세 번째는 중간에 발이 미끄러져서 실패했다. 대여섯 번의 도전 끝에 간신히 구덩이를 빠져나왔다.

"아주 늙은이가 쉴 틈을 안 주는구먼."

시선 끝, 검은 연기가 솟아오르고 있었다. 이희태는 탑을 향해 몸을 돌렸다. 내일이면 애들이 이 탑을 불태울 거예요. 매달리던 소녀의 무게감이 후들거리는 다리를 받쳐 주었다.

탑에 도착한 이희태의 눈에 가장 먼저 들어온 것은 환자복 같은 흰 옷을 입은 사람들이었다. 휘청거리는 몸과 변색된 입술은 그들이 약물 중독자임을 말해 주었다. 야구방망이를 휘두르는 좀비들 사이를, 오토바이 한 대가 종횡무진 돌아다녔다. 오토바이는 날아드는 야구방망이를 피해 빠르게 정문까지 달려갔다가, 다시 사람들 사이를 헤집으며 우왕좌왕하게 만들었다. 오토바이가 일으킨 흙먼지 사이로, 건물 입구에 주저앉아 있는 소녀가 보였다. 소녀는 석유통을 한 손에 든 좀비의 허리를 붙잡고 있었다.

"야! 그 미친놈 놔두고 너 어디에 좀 숨어!"

오토바이에 탄 남자가 소리를 질렀다.

"안 돼요! 싫어! 이 애들, 건물에 들어가면 자기 몸에 불붙일 거란 말이에요!"

"네 코가 석 잔데, 너 죽이려는 애들을 왜 챙겨! 아오. 하여간 이놈이나 저놈이나……. 아씨, 이렇게 사람 많단 말은 안 했잖아! 하이하한테 속았어!"

그야말로 난장판이다. 이희태는 기꺼이 난장판의 한복판에 뛰어들었다. 좀비들은 이희태의 주먹에 쉽게 나뒹굴었다가, 다시 일어났다. 고통을 느끼지 못하는 듯 무표정한 좀비들의 움직임이 멈춘 건 소리 때문이었다. 요란한 사이렌이 서늘한 겨울 하늘을 깰 듯 울려 퍼졌다. 정문 쪽에서 한 무리의 사람들이 뛰어 들어왔다.

"늦어. 늦다니깐, 하여간."

이희태의 입가에 안도의 미소가 번졌다.

14.
Hide-And-Seek

다가올 봄을 상상한다. 쏟아지던 질문과 경멸과 동정이 뒤엉킨 시선을 피하려 벽에 등을 딱 붙이고 앉아 보냈던 한 번의 봄과, 한국행 비행기에 몸을 실었던 또 한 번의 봄을 기억한다. 세 번째 봄만 지나면 저주에서 벗어날 수 있을까 고민하던 밤과, 잊히지 않는 슬픔을 몸 안에 밀어 넣던 날을 떠올린다.

교정 시설에서 두 번째로 받은 편지의 발신인은 정영욱, 모르는 사람이었다. 한국에서 사업을 하고 있다는 여자는 궁금하다고 했다. 자신과 똑같은 기회를 앞에 두고 다른 선택을 한 이유가 무엇인지, 그 선택을 후회하지 않는지, 또다시 같은 순간이 찾아와도 같은 선택을 할 것인지. 그의 편지에 넘쳐흐르는 것은 후회와, 후회에 대한 자책이었다.

너를 지켜보는 대신에, 네가 하고 싶은 모든 걸 할 수 있게 해 주마.

옥수수밭을 뒤집어엎어 주면 생각해 볼게요. 찾아야 할 것이 있어요.

어쩌면 그건 핑계였다. 도망치고 싶었다. 가능하면 마주하고 싶지 않았다. 그래서 말하지 않았다. 선택한 게 아니라고. 내가 나로 있기 위해서는 오직 그 길밖에 없었다고.

봄을 상상한다. 아무 걱정 없이 꽃구경을 할 수 있는, 그런 봄을 상상한다. 이제까지 한 번도 꽃구경을 간 적은 없다.

알고 있었다. 언젠가는 이날이 찾아오리란 것을.

*

탁자 옆에 서빙 카트가 놓였다. 티포트와 찻잔. 투명한 돔 커버 안에는 샛노란 푸딩이 담긴 디저트 볼이 놓여 있다. 붉은 홍차가 담긴 투명한 티포트의 곡면은 풍경을 왜곡해 비추었다. 하이하는 티포트에 비춘 여자의 모습을 봤다. 티포트 속 여자, 마마는 커다랗다. 마마 이외에는 누구도 룸 안에 존재하지 않는 것만 같다. 염소 그림이 새겨진 손등이 티포트를 덮었다.

"오랜만이구나. 허니."

마마는 티포트를 들어 찻잔에 홍차를 따랐다. 탁자의 왼쪽에 앉은 진동수는 소파에 등을 기대고 앉아 마마가 건넨 찻잔을 받아 들었다.

"거, 내가 따라야 하는데. 선생님이 따르시고."

하이하는 진동수에게서 닥터 맥스를 봤다. 꾸며낸 존중 뒤에 숨은 것은 멸시다. 진동수의 행동은, 마마가 그때와 조금도 변하지 않았다는 사실을 여실히 보여 주었다.

"너도 와서 앉지 그러냐. 뭘 그리 딱딱하게 서 있어."

진동수가 고개를 돌려 뒤를 보며 말했다. 룸의 바깥쪽 벽 창문을 등지고 서 있던 진선미의 눈썹 끝이 미미하게 위로 치솟았다. 그뿐이었다. 진선미는 진동수 쪽으로 눈길도 주지 않았다. 그저 똑바로 앞을 볼 뿐이었다.

"오랜만에 만났는데 여전히 애교라곤 없군. 하여간 지 어미랑 성격이 판박이야."

진동수의 말소리가 붉은 홍차의 물줄기에 뒤섞였다. 마마는 두 번째 잔을 하이하에게 내밀었다. 하이하는 자리에 앉은 채 꼼짝하지 않았고 마마는 내민 찻잔을 거두어들이지 않았다. 탁자 한가운데로 뻗은 팔이 미세하게 떨렸다. 찻잔 받침까지 전해진 떨림은 찻잔 안 홍차를 넘치게 만들었다. 진동수가 쯧, 혀를 찼다.

"선미야. 뭐 하냐. 개인 경호원이면 센스가 있어야지. 저거 받아서 따님 앞에 놔 드려라."

진선미는 마마를 바라보았다. 마마가 고개를 끄덕거렸고, 진선미는 로봇처럼 걸어 나와 마마의 손에서 찻잔 받침을 건네받았다. 진선미는 찻잔을 하이하의 앞에 내려놓았다. 하이하는 진선미의 손등에 푹 파인 손톱자국을 봤다. 왼손으로 오른손이 움직이지 않게 꽉 움켜쥔 흔적이었다.

"세 번째 봄이 지나기 전이야. 마마가 이겼어. 그렇지?"

목덜미가 뜨겁다. 하이하는 목뒤를 감싸고 싶은 충동을 억눌렀다. 한국에 들어오고 얼마 지나지 않았을 때 서은진이 목뒤의 타투를 지우겠냐고 물었다. 하이하는 나중에, 라고 대답했었다. 반사적으로 나온 말이었다. 그 나중은 언제였을까. 어째서 목이 묶였던 흔적을 당장 지우지 않고 놔두었던 걸까. 알았던 것이다. 이 흔적을 지우는 것은 싸움에 이긴 후여야 한다는 것을.

"다른 아이를 선택하신 줄 알았어요."

"오. 허니. 질투했니?"

마마는 깔깔 소리 내어 웃었다.

"오해하지 마. 그 애들은 그저 모르모트일 뿐이야. 그 애들의 데이터 덕분에 연구가 많이 구체화되었단다. 후원자 분이 기뻐하셨지."

"후원자라면 박석일인가요?"

"그래. 마마도 반성했단다. 허니가 왜 도망쳤는지 알아. 불안했던 거지? 닥터는 믿음직한 사람이 아니었으니깐. 이번 후원자는 완벽해. 마마의 육체도 잘 처리해 줄 거고, 마마를 낳기에 어울리는 상대도 찾아 줄 거고, 허니의 모든 걸 보살펴 줄 거야."

마마의 표정은 해맑았다. 한 점의 티끌도 묻지 않은 어린 아이 같은 표정은, 하이하가 애써 파묻어 놓은 기억 속 얼굴 그대로였다. 계단 위에 못 박힌 듯 선 채 움직일 수 없던 오랜 날들의 감각이 몰려왔다. 할 수 없어요. 슐라. 나는 이곳에서 나갈 수가 없어요. 마마에게 푸딩을 건넸던 그날의 감각이 되살아났다.

"허니. 마마에게 푸딩을 가져다주렴."

누군가 목덜미를 붙잡아 끌어올리기라도 한 듯 하이하는 비틀거리며 자리에서 일어났다. 카트 옆에 선 하이하는 돔 커버 속의 푸딩을 내려다봤다. 끈적끈적한 액체가 푸딩의 위부터 아래까지 잔뜩 끼얹어져 있었다.

"물어볼 게 있어요."

하이하는 목에 건 목걸이의 펜던트를 한 손으로 꽉 움켜잡았다. 툭. 펜던트가 목걸이에서 떨어져 나왔다. 펜던트 안에 든 것은 손가락 한 마디 정도로 잘린, 빛바랜 붉은색 머리카락이다. 하이하는 마마를 향해 펜던트를 내보였다.

"옥수수밭을 다 뒤집어엎었는데 머리만 찾지 못했어요. 어디에 버렸어요?"

"허니. 그런 걸 왜 갖고 있니? 부정 타게."

마마는 미간을 찌푸렸다. 하이하는 재차 물었다.

"머리는 어디 있나요?"

"푸딩을 가지고 오렴."

"머리는요?"

"허니. 마마는 술래잡기 그만하고 싶어."

"머리요."

하이하와 마마는 한참이나 서로의 말만을 되풀이했다. 톡. 톡. 마마가 손톱 끝으로 탁자를 치는 소리가 마침표처럼 말끝에 달라붙었다.

"선생님. 슬슬 연구소 쪽 처리가 마무리될 시간 아닙니까? 약속하셨지요? 가장 극적인 연출. 딸아이의 사고 소식과 선생님의 자살이 동시에 이루어져야 이 시나리오가 딱 깔끔하게 끝납니다. 후원 조건을 잊지 마십시오."

침묵을 깬 건 진동수였다. 진동수는 찻잔을 탁자에 소리나게 내려놓으며 불평을 쏟아 냈다. 곁눈질로 진동수를 흘겨본 마마의 손이 멈췄다.

"머리는 닥터에게 선물로 줬어. 그런 걸 좋아하는 사람들이 있거든. 비싸게 팔았겠지. 그게 그렇게 궁금했니? 허니. 이상한 것에 호기심을 가지지 말라고 했잖아."

"……그랬구나. 그래서 찾을 수가 없었구나."

펜던트를 쥔 하이하의 손에 힘이 들어갔다. 뛰어내려, 아가야. 슐라의 목소리가 점점 가까워졌다. 시간 너머의 하이하가 한 발을 내디뎠다. 계단 아래 서 있던 슐라를 향해 뛰어내렸고, 슐라는 하이하를 끌어안았다.

하이하는 손에 쥔 펜던트의 염소 뿔을 부러뜨렸다. 뿔이 바닥으로 떨어짐과 동시에, 펜던트 안에 들어 있던 머리카락이 불탔다. 찰나로 사라진 불꽃에 눈길을 빼앗겼던 진선미는 다음 순간, 쿵 숨을 내쉬었다. 익숙한 향이 났다. 하이하의 온실을 건널 때면 늘 나던 냄새다. 거대한 테라리움을 가득 채운 꽃에서 풍기던 기묘한 냄새. 꽃에서 저런 냄새가 날 수도 있구나 싶던 그 향이 방 안을 단숨에 채웠다.

"허니. 이게 대체……."

마마의 몸이 의자 아래로 미끄러지듯 쓰러졌다. 마마는 바닥에 손을 짚고 웅크려 앉아 거친 숨을 몰아쉬었다. 얼굴과 팔에 붉은 반점이 돋아나 있었다. 진동수의 상태도 크게 다르지 않았다. 진동수는 가슴을 움켜잡고 소파에 드러누워 신음을 흘렸다.

"이건 술래잡기가 아니에요."

하이하는 머리카락이 완전히 불타 사라진 펜던트를 다시 목걸이 줄에 끼웠다. 찰칵. 금속 부딪히는 소리가 뒤에서 둔탁하게 울렸다. 하이하는 예상했다는 듯 태연히 뒤돌아봤다.

"그러지 말아요. 언니."

진동수를 향한 총구는 움직이지 않았다.

"언니가 손을 쓰지 않아도 진동수는 무너지게 되어 있어요. 진동수가 해 온 자금 세탁, 재혼했던 상대에 대한 사고에

개입한 의혹, 딸에 대한 학대 혐의까지 빠져나갈 수 없이 준비했어요. 허수아비 역할을 해 왔던 원장이 증언을 약속했어요. 마마가 죽지 않으면 모든 혐의를 그 사람이 뒤집어써야 할 테니까요. 자기도 그 사실을 알고 있던지, 벌벌 떨면서 신변 보호만 해 달라고 하더군요."

바닥에 엎어진 마마의 몸이 경련하듯 꿈틀거렸다. 그러나 하이하와 진선미의 시선은 오직 서로에게만 닿아 있었다. 마주 보고 선 서로를 제외한 바깥의 모든 존재 사이에 견고한 막이 쳐진 듯했다.

"언니의 의뢰는 진동수의 파멸이죠. 놔두면 돼요. 그건 이미 이루어졌어요."

"내가 원하는 건 내 손으로 파멸시키는 거야."

오랜 침묵 끝에 입을 연 진선미의 목소리는 느릿하고 건조했다.

"왜요?"

하이하의 목소리 끝이 날카롭게 휘었다.

"공평하지 않아요. 진동수는 무엇도 걸지 않았어요. 왜 늘 피해자는 모든 걸 걸고 복수해야 하나요? 그들은 권력과 부를 무기처럼 휘두르는데, 왜 우리만 모든 걸 걸고, 자기 손을 더럽혀야 하냐고요."

"원래 세상이 썩 공평하지가 않아. 너도 알잖니."

"그래서 염소 클럽이 존재하는 거잖아요."

하이하는 한 발, 진선미에게 가까이 다가갔다.

"진동수는 육체적인 고통보다 사회적인 무관심에 더 고통스러워하는 인간이에요. 언니가 진동수를 쏘면 말이죠. 저인간은 괴한에게 습격당한 무고한 시민으로 자기를 포장할거예요. 음모론을 꾸며내겠죠. 그것만큼 관심을 온몸에 받을기회는 드물 테니깐요."

"저 인간이 그렇게까지 화제성이 있지를 않단다."

"생길 거예요. 화제성. 내가 세운 계획에 버무려질 가능성이 높거든요."

유리가 깨지는 요란한 소리가 막을 뚫고 새어 들어왔다.바닥에 엎드려 있던 마마의 손이 탁자의 다리를 움켜잡고몸을 일으키고 있었다. 탁자가 흔들리면서 놓여 있던 찻잔이아래로 떨어져 깨졌다.

"언니가 이곳에 오지 않기를 바랐어요. 마마와 마주쳤을때, 누구도 이곳에 없었으면 했어요. 마주친 과거가 현재를집어삼킬 수도 있다는 걸 알아서, 혼자 해결해야 한다고 생각했어요. 웃기죠. 이전에도 나는 혼자서는 그 작은 집에서나오지 못했었는데 말이에요."

하이하는 고개를 돌려 바닥에 흥건한 찻물을 봤다. 마마의 입에서 조금 더 큰 신음이 새어 나왔다. 허니. 가릉거리는소리에 뒤섞인 부름은 작고도 선명했다.

"매일 후회해요. 내가 그 집에서 좀 더 빨리 나왔다면 해

피엔딩이었을지도 모른다고. 같은 후회를 반복하고 싶지 않아요. 그래서 지금, 언니와 나는 여기 이 공간에 함께 있는 거예요. 내가 언니를 말려들게 하겠다고, 언니에게 말려들겠다고 결심해서."

하이하는 뒤돌아섰다. 소파에 드러누워 거친 숨을 몰아쉬던 진동수가 갑자기 상체를 벌떡 일으키며 하이하를 향해 달려들었다. 그러나 자신에게 겨누어진 총구를 본 순간, 진동수는 양팔을 번쩍 들어 올렸다. 온몸을 다해 항복을 어필하는 비굴한 모습에 진선미의 총구 끝이 미세하게 흔들렸다. 악인이다. 참으로 악인다운 모습이다. 귀신이 되어서까지 상대할 필요 없는, 세상 어디에든 발에 채이게 많은 평범한 악당이 거기 있었다.

"마마는 내가 마마의 예측대로 움직였다고 생각했겠죠."

하이하는 마마의 앞에 서서, 탁자 다리를 붙잡고 몸을 일으킨 마마를 내려다보았다.

"박석일에게 접근하고, 진동수를 끌어들이고 되지도 않는 연구를 하면서 굉장한 계략을 꾸몄다고 기뻐했겠죠. 그런데요. 마마."

하이하는 몸을 숙여, 탁자 다리를 움켜쥔 마마의 손가락을 하나씩 폈다.

"나요. 1년간 교정 시설에서 지냈어요. 마마가 편지를 보낸 그곳이요. 처음엔 그곳에 적응하는 게 너무 힘들었어요.

수많은 타인의 행동, 목소리, 그 모든 게 너무 큰 자극으로 다가와서 몸이 아플 지경이었어요. 그래서 관찰했어요. 관찰하고, 또 관찰했죠."

손가락이 하나, 또 하나 펴졌다. 탁자 다리를 놓친 마마의 몸이 또다시 무너졌다.

"지금은 학교에 다녀요. 신기해요. 교정 시설이나 학교나, 타인을 괴롭히는 아이들의 행동은 신기하게도 비슷해요. 악행의 이유도 비슷해요. 이래저래 온갖 말을 갖다 붙여도, 징글징글하게 욕심이 많은 것뿐이죠. 관찰하다 보니 알겠더라고요. 마마가 꾸민 일은 10대 애들의 유치한 권모술수, 딱 그 정도 수준일 뿐이라는 걸. 이유마저 그렇죠."

하이하는 힐끔, 소파에 주저앉아 양손을 올리고 있는 진동수를 봤다. 벽에 비친 그림자처럼 밋밋한, 경멸도 혐오도 담기지 않은 표정이었다.

"저 아저씨도 자의식 과잉 관종일 뿐이죠. 세상의 중심에서 나를 외치는 것도 중 2까지라는 게 대한민국 규칙 아니에요? 나이 예순 살 넘어서 저러는 건 좀 아니죠. 중2병이 중 2 때 오는 것도 복이라니깐."

"뭐? 저 어린 것이!"

새빨개진 얼굴로 고함을 친 진동수는, 경고하듯 흔들리는 총구의 움직임에 바로 입을 다물었다. 하이하의 말을 듣던 진선미의 아래턱에서 힘이 빠졌다. 아랫입술과 윗입술이 살짝 벌어지면서 풍선에서 바람 빠지는 듯한 숨소리가 새어 나왔다.

"마마. 이건 술래잡기가 아니에요. 나는 필사적인 삶을 그따위 말장난으로 여유로운 척 꾸며내는 어른은 되지 않을 거예요. 그래서 도망가지 않기로 정했어요. 이걸 알려 주려고 일부러 마마의 유치한 계획에 말려든 척한 거예요. 인정할게요. 한때는 내가 술래가 되는 편이 낫겠다 싶었는데, 잘못된 판단이었어요. 나는 마마를 쫓고 싶지 않은걸요."

마마는 바닥에 얼굴을 처박은 채 어깨만 거칠게 위아래로 들썩거렸다.

"마마도 그렇게 할 일이 없으면 학교라도 가세요. 미성숙한 사회적 자아를 구축하는 데는 나름 도움이 될 거예요."

진선미는 결국 소리 내어 웃었다. 딸꾹질과도 같은 히끅거리는 웃음소리에, 하이하는 굽혔던 허리를 펴고 진선미를 향해 뒤돌아섰다. 뒤돌아섰다. 그리고 손을 내밀었다.

"언니. 이건 내 의뢰예요. 난 절대 저 사람을 죽이지 않을 거예요."

그건 대상 없는 선언이었다.

"그게 내가 할 수 있는 최고의 복수죠. 그러려면 내가 하이하로 있어야만 해요. 허니가 되어서는 안 되죠. 내가 하이하로 존재하기 위해서는, 언니가 필요해요."

진선미는 웃음 섞인 한숨을 내쉬었다. 그러곤 진동수에

게 성큼성큼 걸어가 개머리판을 휘둘렀다. 권총에 얻어맞은 진동수는 신음을 낼 틈도 없이 쓰러졌다.

"네 의뢰, 접수할게."

진선미는 하이하가 내민 손을 붙잡았다. 두 사람의 손가락이 얽히려는 순간, 하이하의 몸이 뒤로 휘청, 미끄러지듯 넘어졌다.

"허니. 의문을 가지지 말라고 했잖아."

하이하의 몸 위에 올라탄 마마의 으르렁거림이 잇새로 새어 나왔다.

15.
이희태 수사 기록,
여섯 번째

낡은 트럭이 고속도로를 질주하자 짐칸을 덮은 붉은 덮개가 바람에 펄럭거렸다.

　"속도 좀 더 내 봐요! 어우, 느려. 아니, 파트너라는 그 아저씨는 차 좀 구해 오랬더니 봉고를 구해 와요? 최고 속도 120이 말이 돼?"

　"구해 줬더니 보따리 내놓으라고 하는 놈이네. 생각할수록 어이가 없다니깐. 아니, 그쪽이 내 준 차만 내버려 두면 만사 해결이야? 사람 죽이겠다고 작정한 놈들이 그렇게 호락호락할 것 같아? 그쪽 오토바이 기종부터 번호까지 싹 다 파악하고 있을걸. 차에 부착해 놓은 위치 추적기가 작동하지 않으면, 오토바이 찾아내서 밀어 버리겠지."

　"알거든요? 그래서 위치 추적기 미니카에 부착해서 돌리고 왔다니깐. 서울 시내만 빙빙 돌고 있을걸요. 그 사람들."

"그런 걸로 잘도 속겠다. 그 오토바이 그대로 타고 올라
갔으면 넌 지금쯤 짜부라졌어."

이희태는 혀를 차며 카 라디오에 표시된 시간을 봤다.

"개관식 이전까지 오라고 했다고?"

"개관식 이전에 폭죽이 터질 거래요. 그게 일이 완료되었
다는 신호라고 하던데요."

"무슨 일?"

"몰라요. 폭죽 터지면 자기가 진 거니깐 회장님 찾아가서
퇴직금 정산받으라고 했다고요. 하이하 걔는 말이 더럽게 많
은데 정작 중요한 건 말을 안 한다니깐. 그러니깐 속도 좀 내
요. 난 아직 거기 퇴직할 생각 없다고요."

와작. 뻥튀기 씹는 소리가 차 안에 요란하게 울렸다. 운
전석에 앉은 이희태와, 조수석에 앉은 진진아의 사이로 뻥튀
기 한 장이 불쑥 나타났다.

"먹을래?"

진진아는 창밖만 바라볼 뿐이었다.

"파는 걸 막 먹으면 쓰냐."

뻥튀기를 낚아채 간 건 이희태였다. 이희태는 뻥튀기를
입에 문 채 와작와작 씹어 먹고는 뒤로 손을 뻗었다.

"한 장 더."

"잔소리나 하지 말든가. 형사님 진짜 오지랖 넓은 거 알

아요? 현장에 남아서 뒷정리나 하지, 왜 같이 가겠다고 운전대를 잡아요, 잡기는."

"나랑 동행하니깐 애 데리고 갈 수 있는 거야. 애 주요 참고인이다."

잠시간 트럭 안에 뻥튀기 씹는 소리만이 이어졌다. 이희태는 가슴께에 떨어진 뻥튀기 부스러기를 손으로 툭툭 털었다.

"애야. 무서워할 거 없어. 참고인 그거 별거 아니야."

이희태의 목소리는 김해찬을 대할 때와 다르게 부드러웠다. 진진아는 창밖을 향해 고개를 돌린 채 꼼짝도 하지 않았다. 다시 봉지 부스럭거리는 소리가 이어졌다. 다 먹었네. 김해찬이 중얼거리는데, 진진아가 불쑥 말했다.

"무섭지 않아요."

"응?"

"무서운 건 그런 게 아니에요."

진진아는 공포를 안다. 그것은 괴로움이다. 괴로운 일이 다가올 것을 아는데도 할 수 있는 게 아무것도 없음을 인정해야 하는 것보다 더 큰 공포는 없다. 그렇기에 엄마와 함께 여관방을 전전하던 때에는, 무섭지는 않았다. 좁고 어두운 방에서 혼자 잠들어도, 술 취한 남자가 미친 듯 방문을 두드려도, 엄마가 피를 흘리며 돌아와도 무섭지는 않았다. 엄마가 돌아올 것을 의심한 적이 없으니깐. 엄마가 사라지는 것

이상의 괴로운 일은 존재하지 않았고, 그 일은 영원히 일어나지 않을 것을 믿었다.

무섭다는 건 그런 것이다. 탑에 화재가 발생하고, 아이들이 탑 안에 들어가 타 죽을 것을 알면서도 아무것도 할 수 없는 거다. 식당에 모여 죽은 사람들도, 그들도 그저 화마를 피하지 못한 사람들로 기록될 것임을 알면서도 할 수 있는 게 무엇도 없는 거다. 건물의 소유주인 알파 연구소는 화재의 책임을 지게 될 것이다. 재단의 후원자인 박석일까지 책임을 추궁당하는 일은 일어나지 않는다. 선생님이 음독자살한 상태로 발견될 테고, 모든 책임을 지게 될 것이다. 사람들은 정체를 숨기고 있던 자의 얼굴이 드러나고, 천재의 선생님으로 추앙받던 명성이 끌어내려지는 것에 열광할 터였다.

"너 이거 먹을래?"

김해찬의 손이 다시 튀어나왔다. 진진아는 힐끔, 김해찬이 손에 쥔 것을 봤다. 뻥튀기와는 다르게 너무 작아서 무엇인지 잘 보이지가 않았다. 머뭇거리며 손에 쥐인 것을 받아들었다. 약간의 찐득함이 느껴졌다.

"뭐예요, 이게?"

"사탕. 그거 하이하가 만든 거야. 마녀의 사탕이래."

진진아는 사탕을 입에 넣었다.

당신은 어떨까. 당신은, 괜찮을까. 진진아는 하이하를 떠올렸다. 일방적으로 보낸 편지에 응답해 준 유일한 사람. 선생님이 매일 그리워하며 저주하던 사람. 한때 진진아는 하이하를 원망했다. 당신이 도망치지 않았으면, 선생님이 내게 오지 않았을 거야. 그런 생각에 원망할 수밖에 없었다. 그러나 커다란 그림 앞에서 처음 만난 하이하는 자신과 별반 다르지 않은 어린 여자아이일 뿐이라 눈물이 났다.

'괜찮아야 해. 하이하.'

진진아는 사탕을 입 안에서 굴렸다.

맛없어. 뒷좌석에 앉아 진진아의 중얼거림을 들은 김해찬은 피식 웃으며 고개를 들어 창밖을 봤다. 시린 김이 낀 창밖으로 먼 산에 피어나는 녹음이 스쳐 지나갔다.

이제 곧, 봄이다.

16.
Crash Landing

바짝 긴장된 공기가 피부를 한 층 베어 낸 듯, 붉은 핏방울이 하이하의 이마 위로 툭 떨어졌다.

"허니. 늘 말했지. 허니와 나는 특별하다고. 마마를 낳는 건, 허니가 이번 생에 해야만 하는 임무란다. 그건 허니가 선택할 수 있는 게 아니야."

마마는 하이하의 가슴을 한 손으로 짓눌렀다. 붉은 반점이 돋아난 팔과 얼굴 곳곳에 피가 엉겨 붙어 있었다. 찢긴 이마에서 흘러내린 피가 뺨을 타고 흘러내렸다. 다른 한 손에 쥔 포크 끝이 하이하의 목을 겨누었다. 날카로운 포크 끝이 하이하의 목을 금방이라도 파고들 듯했다. 진선미는 마마에게 총을 겨눈 채 마른침을 삼켰다. 자칫 상대를 자극할까 봐 숨소리도 크게 낼 수 없었다. 진선미는 숨을 죽이고 하이하

의 기색을 살폈다. 하이하가 신호를 보내면 바로 마마를 제
압할 작정이었다. 그러나 하이하는 손가락 끝도 움직이지 않
고 마마의 아래에 깔려 있을 뿐이었다.

'뭐 하는 거야. 하이하. 나를 멈추게 했으면 책임을 져야
지. 어서 그곳에서 나와.'

진선미는 아랫입술을 깨물었다.

질식할 것 같다.

하이하는 눈을 부릅뜨고 자신의 위에 올라탄 악취 덩어
리를 응시했다. 그것은 더 이상 마마로 보이지 않았다. 길을
오가며 보았던 모든 부정적인 냄새가 뒤섞인 덩어리였다.

'이런 건 인간이 아니야.'

아니면 이쪽이, 적나라한 인간인 걸까. 반점 안에 가득한
악취가 금방이라도 부풀어 올라 터져 나올 것만 같았다.

"허니. 마마도 이젠 지쳤어. 빨리 더 완벽한 존재로 태어
나고 싶단다."

덩어리가 입을 쩍 벌렸다. 붉은 혀가 어금니 안쪽에서
캡슐을 끄집어냈다. 덩어리는 캡슐을 혓바닥 아래로 밀어
넣었다.

"그래서 이번엔 마마도 준비 열심히 했어. 허니가 마마를
아프게 할 수도 있다는 걸 인정하는 건 괴로웠단다. 그 망할
것이 알려 줬지? 마마의 약점. 아까 뭘 한 건지 모르겠지만,
그 꽃 냄새가 나더구나. 정말 싫어. 그 꽃."

덩어리의 얼굴이 점점 하이하의 얼굴에 가까워졌다.

'움직여. 움직여야 해. 이건 악몽이 아냐.'

가위에 눌렸다가 혼자 깨어나야 했던 밤은 수없이 많았다. 좀처럼 가위가 풀리지 않는 날은 눈을 감고 필사적으로 되뇌었다. 괜찮아. 꿈이야. 악몽일 뿐이야라고.

그러나 이건 현실이다.

"이거 말이야. 캡슐 안에 알레르기를 극대화하는 약이 들어 있어. 알레르기가 발병한 상태에서 체내에 흡수되면 높은 확률로 사망에 이르게 만들지."

코끝이 닿도록 바짝 다가온 입에서 간지러운 숨결이 새어 나왔다. 하이하는 계속해서 소리 없이 외쳤다. 움직여. 움직여야 해. 뒷덜미를 우악스럽게 당기는 힘에 고개가 들렸다.

"자, 아 하렴. 허니."

캡슐이 입술을 비집고 들어왔다. 이를 악물고 버텼지만 뒷덜미가 잡아당겨진 탓에 저절로 입술이 벌어졌다. 캡슐이 입 안으로 밀려들어 온 순간, 뒷덜미를 붙잡고 있던 힘이 사라졌다. 고개가 아래로 숙여지면서 그 반동으로 캡슐이 입 안에서 눌려 터졌다. 하이하는 재빨리 입 안에 퍼지는 액체를 삼키려 했다. 몽땅 삼켜야만 했다.

"착하지. 허니. 마마에게 죽음의 키스를 해 주렴."

덩어리가 하이하의 아랫입술을 깨물었다. 제발. 하이하는 덩어리를 밀어낼 수 없었다. 마마를 보고 저절로 움직였던 발처럼, 몸에 남은 공포의 조각이 핀셋이 되어 하이하의 몸을 바닥에 고정시켰다.

입술이 포개지면, 입 안에 남은 약물이 마마에게로 전해지면 그걸로 끝이다. 절대 마마를 죽이지 않겠던 다짐은, 원하는 대로 움직이지 않을 것이라던 맹세는 깨지게 된다.

'이걸로 끝인 걸까.'

또다시 현실이 악몽이 될 것이다. 끈적끈적한 입술의 촉감을 느끼면서도 눈을 감을 수조차 없었다. 먹힌다. 이 거대한 악취 덩어리에.

이 덩어리의 일부가 되어 버린다.

폭죽 터지는 소리가 났다.

*

그 어떤 미디어에도 보도되지 않았다. 경기도 외곽의 한 미술관 개관식 날에 터져 나온 한 발의 총성을. 미술관 정원으로 돌진해 들어온 봉고 트럭과, 트럭에서 내리자마자 다급히 건물 안으로 뛰어 들어간 중년의 여성, 그리고 한 남자에 대해. 정원에서 담소를 나누던 사람들은 난입한 트럭에 잠시 술렁거렸지만 트럭에서 진진아가 내리자 오프닝 쇼의 일부로 여기고 박수를 쳤다.

미디어를 뒤덮은 건 어느 산에서 발생한 화재였다. 불은 건물의 별관 일부를 태우고 진화되었기에, 그뿐이었다면 한

줄짜리 뉴스로 끝이었을 터이다. 사람들의 이목을 끈 건 불이 아닌 시체였다. 건물에서 발견된 다섯 구의 시체. 미디어는 그들의 사인이 독극물 중독이며 모두 한자리에 모여 사망한 것으로 보인다는 내용 등을 경쟁적으로 보도했다. 집단 자살인가, 타살인가. 네티즌들은 저마다 탐정이 되었다. 불이 난 건물이 '알파 재단'이라는 곳의 소유라는 것, 그곳의 대표가 이전에 박석일 선거 캠프의 관계자였음이 드러났다. 미술관 개관식에 진동수가 참여할 예정이었던 것, 진동수가 박석일의 선거 자금을 댄 증거 등이 속속 밝혀지면서 사람들의 추리는 점점 열기를 더해 갔다. 누군가는 사이비 종교의 의식이 행해진 거라느니, 연쇄 살인마가 사람을 죽인 후 세팅을 한 것이라느니 온갖 추측이 떠돌았다.

"사람들 상상력 진짜 대단하다. 지금 악마 소환 직전이야."

휴대폰을 훑어보던 김해찬의 감탄에, 하이하는 목을 길게 뺐다.

"나도 좀 봐요."

하이하는 김해찬의 휴대폰을 향해 손을 뻗었다. 그런 하이하의 손등을, 진선미가 가볍게 내리쳤다.

"안 돼. 사건 종료까지 넌 휴대폰 금지야."

"와……. 한국 고등학생한테 휴대폰 사용 금지는 너무 잔인하지 않아요?"

하이하는 투덜거리며 옆 탁자에 놓인 과자 봉지를 집어 들어 북 뜯었다.

"참아. 지금 휴대폰 가져 봤자 변호사님한테 잔소리나 더 듣겠지. 난 지금 휴대폰 부수고 싶어. 하루 종일 계속 전화해서 이거 해라, 저거 해라. 완전 개인 비서 취급이야."

김해찬은 툴툴거리며 하이하가 뜯은 과자 봉지에 손을 넣었다.

"변호사님 정신없을걸. 해결해야 할 게 한두 개가 아니니깐. 건물에 남아 있던 아이들, 미디어 노출 안 되게 신상 비공개 요청하는 것부터 전쟁이었다더라."

"그나마 전부 미성년자라 다행이었죠. 아니, 다행은 아니지만. 미성년자 잘못 건드리면 오히려 국민들의 정서적 반감을 살 수 있다는 걸 미디어도 학습한 거죠."

김해찬은 과자를 아그작, 소리 나게 씹으며 코웃음 쳤다.

"학습은 무슨. 회장님이 돈으로 막은 거지. 박석일 그쪽도 꽤나 단속하던데? 둘이 사이 안 좋으면서 그런 부분에선 죽이 척척 맞더라."

"그 애들이 노출되면 박석일도 좋을 거 없으니깐."

알파 연구소의 대표는 구속 수사가 결정되었다. 그는 진동수의 지시를 따랐을 뿐, 자신은 아무 잘못도 없다고 울부짖었다. 그는 진동수가 진진아를 학대한 사실을 폭로했고, 알파 연구소에서 개발 중인 프로그램으로 인해 독살 사건이 일어났음을 시인했다. 연이은 자녀 살해 후 자살 사건의 가해자가 모두 알파 연구소의 고객이었다는 것과, 사용된 푸딩 안의 독극물이 식당에서 발견된 것과 동일하다는 점에서 살인을 교사하거나 방조한 게 아니냐는 추궁도 이어졌으나 이에 대해서는 입을 다문 채다.

"회장님은 어떻게든 박석일에게 책임 소재를 지울 계획인가 봐."

"쉽지 않을걸요. 박석일이 진동수를 잘라 냈으니깐. 진동수도 구속 확정이던데. 진동수도 대형 로펌 끼고 나올 테니 변호사님만 죽어나겠죠."

"그렇지. 그러니깐 김해찬, 잘 좀 도와드려."

진선미의 말에, 김해찬은 쥐고 있던 과자를 한입에 털어 넣었다.

"진선미 인성 봐라. 창문은 지가 다 깨 놓고 뒤처리는 왜 나한테 하래. 너는 왜 총을 거기에 쏴 가지고 뒤처리를 힘들게 만들어?"

하이하와 진선미는 잠시 눈빛을 교환했다.

폭죽처럼 방 안에 울리던 소리.

뒤이은 유리창 깨지는 소리에, 하이하는 악몽에서 깨어났다. 누군가 몸을 흔들기라도 한 듯 꼼짝도 하지 않던 손끝이 움직여졌다. 하이하가 덩어리를 몸 위에서 밀쳐 내자마자, 진선미가 달려들었다. 덩어리는 바닥에 쓰러졌다. 냄새는 사그라지고 온몸에 발진이 돋아난 초라한 육체만이 나뒹굴었다.

"그 소리 덕분에 가위눌림에서 깼는걸요."

"가위? 너 거기서 잤어?"

"말이 그렇단 거예요. 가위란 게, 혼자 벗어나려고 하면 손가락도 움직이기 힘든데 남이 깨우면 엄청 잘 풀리더라고요."

"그건 그래."

김해찬은 과자 부스러기가 묻은 자신의 손가락 끝을 물끄러미 봤다. 잠들지 못한 날은 그 부스러기보다 많았다. 꼼짝도 하지 못한 채 천장에서 뻗어져 나오는 아버지의 얼굴과 팔을 피하지도 못한 채 계속 지켜봐야 했던 그 밤들. 누군가 방에 불이라도 켜 줬으면, 방문이라도 두드려 주었으면 하고 바랐다. 그러나 그런 기적은 일어나지 않았고 나중에는 한 시간 단위로 휴대폰 알람을 맞추어 놓고 잠들게 되었다.

"오빠도 가위눌려요?"

"가끔."

"그럴 때 나 불러요. 그럼 내가 깨워 줄게요."

김해찬은 흥, 코웃음을 쳤다.

"가위눌리면 목소리도 안 나오는데 어떻게 불러. 쓸데없는 소리 말고 그거나 말해 줘."

"그거?"

"선생님이라는 그 여자는 알레르기가 있어서 네가 준비한 방법이 통했다는 건 알겠어. 펜던트의 발화 장치를 통해 머리카락이 타면, 꽃에서 추출한 미세 입자가 퍼지게 만들어 놓았단 거지? 그런데 진동수는 왜 쓰러진 거야?"

"아, 그거."

하이하는 과자를 먹던 손을 탁탁 털었다.

"디기탈리스 꽃을 이용한 거거든요. 주성분 중 하나가 디기톡신인데, 이게 심장에 양날의 칼이에요. 적당히 쓰면 치료약인데, 이미 심장이 망가진 사람에게는 독이 되거든요. 두통과 현기증을 유발하고 심부정맥을 불러일으키죠. 진동수는 이전에 로비 문제로 기소되었을 때 협심증을 이유로 불구속 판정이 난 적이 있죠. 알아봤더니 수술 이력도 있더라고요. 완전 거짓말은 아니었던 거죠. 그래서 한번 걸어 본 거예요."

"반응하지 않았으면 어쩌려고 그랬는데?"

하이하는 가볍게 어깨를 으쓱거렸다.

"선미 언니가 때려눕혀 줄 걸 믿었죠. 되면 좋고 안 되면 상관없고, 딱 그 정도."

"무슨 애가 도박을 해."

진선미의 타박에 하이하는 히죽 웃었다.

"김해찬. 넌 그것뿐?"

"뭐가?"

"나와 하이하가 말해 줬으면 하는 거, 그것뿐이냐고."

비닐봉지 부스럭거리는 소리가 침대에 내려앉은 침묵을
지워 냈다.

"어. 그것뿐이야."

김해찬의 대답은 단호했다. 반 박자쯤 뜸뜨기 같은 침묵
후, 김해찬은 다시 말했다.

"그게 룰이니깐."

"그렇지."

"그래. 그거면 됐어."

하이하의 입가에 미소가 걸렸다. 병실 창가에 놓인 진선
미의 휴대폰이 짧게 울렸다. 진선미는 걸터앉았던 침대에서
일어나 창 쪽으로 갔다. 똑똑. 누군가 병실 문을 두드렸다.

"누구지? 변호사님인가?"

"오늘 진진아 데리고 한번 들른다고는 했는데, 답지 않게
웬 노크."

김해찬이 자리에서 일어나 병실 문을 열었다. 그러곤 곧
자리에 돌아와 앉았다. 진선미는 휴대폰을 열어 도착한 메시
지를 확인했다. "마마 실종. 혹시 모르니 주의할 것." 발신인
은 서은진이었다.

"아무도 없어. 누가 장난쳤나 봐."

"아무도?"

이번에는 진선미가 병실 문을 열었다. 한참을 문고리를

잡은 채 복도를 둘러보다가 허리를 숙여 무언가를 집어 들고, 문을 닫았다. 문에서 등을 돌리고 앉은 김해찬은 그런 진선미의 행동을 보지 못했지만, 하이하는 진선미의 손안에 구겨 넣어진 무언가를 눈치챘다.

"뭐예요?"

진선미는 고개를 가로저었다.

"아무도 없어."

하이하가 무언가 말하려던 때, 병실을 가로질러 창가에 선 진선미가 창문을 열었다. 찬바람이 병실 안으로 밀려 들어왔다.

"추운데 문을 왜 열어!"

김해찬이 팔로 어깨를 감싸며 소리쳤다.

"환기 좀 시켜야지."

진선미는 열린 창문 밖으로 몸을 내밀고, 손바닥 안에 숨겨 온 작은 종이를 봤다. 목이 졸린 염소가 그려진 검은 카드였다. 진선미는 주저하지 않고 카드를 반으로, 또다시 반으로 잘게 찢었다. 찢긴 종이를 창밖으로 털어 내는 진선미의 등을 바라보던 하이하는 가만히 눈을 감고는 중얼거렸다.

"핫케이크 먹고 싶다."

종잇조각이 바람에 휩싸여 꽃잎처럼 흩어졌다. 창문이 닫혔다.

"퇴원하면 다시 만들어 볼까?"

봄은 아직 오지 않았다. 봄이 올 때까지, 거짓된 평화를 이불처럼 두르고 기다리리라. 나풀거리며 허공에 흩날리던 조각 하나가 창틀에 내려앉았다.

이것은 가족에 대한 이야기라기보다는, 울타리에 대한 이야기입니다. 누군가를 보호해 주기도 하지만, 누군가를 가두기도 하는 그런 울타리입니다. 폐쇄적이기에 안락할 수도 있지만, 안쪽의 폭력은 바깥쪽에 잘 드러나지 않습니다. 내부의 규칙이 사회의 규칙을 압도하는 순간에도, 그 이상을 알아차리기 힘든 그런 집단에 대한 이야기지요. 그런 면에서 극대화된 가족주의는 사이비 종교를 닮았다고 생각합니다.

자의로 선택한 울타리라면 책임도 자신의 것이라 말할 수 있겠지만 (그러나 이 경우도 100퍼센트 자의적 선택이라는 것이 과연 존재하는가를 살펴봐야 할 문제입니다) 사람은 대부분 태어나자마자 자기 의지와 상관없이 울타리 안에 소속됩니다. 울타리 안에서 태어나고 자란 개인이, 그 울타리를 벗어나는 것은 쉬운 일이 아닙니다. 울타리의 구성원, 즉 주 양육자가 피양육자의 육체적·정신적 성장을 지원하면서도 피양육자가 완전한 독립적인 인격체임을 존중해 주는 사람이라면 더할 나위 없겠지만 그렇지 않은 경우도 무척 많지요.

범죄 통계 연표 작성 시 상해 치사에 '가정 폭력' 기재 항목이 생긴 것은 2019년입니다. 그러나 이는 필수 입력 항목이 아니기에, 죄명 코드로 범죄 유형을 분류하는 현재의 분류 범죄 체계 아래에서 가정 폭력의 발생 현황을 파악하기는 쉽지 않습니다. 9.6퍼센트라는 낮은 신고율에 이러한 이유가 더해져 가정 폭력은 암수 범죄가 될 확률이 높습니다. 그에 반해서 재범률은 45퍼센트에 육박합니다. 그중에서도 아동 학대는 피해자인 아동이 직접 신고를 할 방법을 알지 못하는 경우가 많기에 더욱 파악하기가 어렵습니다.

이 글을 구상할 때 '가족 내 희생양'의 케이스 설정에 고민했습니다. 다양한 가족 내 병폐를 다루는 것도 염두에 두었지만 결국 하이하를 중심으로 한 이야기에 포커스가 맞추어졌습니다. 염소 클럽이 어떤 곳인지, 그 클럽에 소속된 사람들이 어떤 사람들인지를 소개해야 했거든요. 나중에 기회가 되면 더 다양한 이야기를 해 보고 싶기도 합니다.

아래부터는 글 속에서는 드러나지 않은 소설의 설정에

대한 이야기입니다.

1. 하이하의 어머니, 마마가 어릴 적 양육된 기관은 사이언톨로지와 FLDS 분파의 교리가 뒤섞인 사이비 종교에서 운영하고 있었다는 설정입니다. 현실적으로 절대 존재할 리 없는 교리를 가진 사이비 종교로 설정하자 싶어서 저 둘을 결합하는 쪽을 택했습니다. 하지만 사이비 종교에 대한 기사를 엄청나게 찾아보고 깨달았습니다. 어차피 사이비 종교의 교리는 말이 안 되는 것투성이기 때문에, 이론상으로는 양립할 리 없는 저 교리도 뒤섞일 수 있음을 말입니다. 어쩌면 어딘가에 마마의 이론과 비슷한 교리를 가진 사이비 종교도 있을지도 모르겠다…… 라는 생각을 했습니다.

마마가 자신을 한국 혼혈이라 주장하는 건 양어머니의 영향입니다. 마마가 입양되었던 집을 나와 혼자 하이하를 낳겠다고 마음을 먹게 된 것은 자매 사이의 애정 싸움이 원인입니다. 이 에피소드는 본문에 넣을까 말까 한참을 망설이다가 포커스가 흐려질 것이 염려되어 뺐습니다.

2. 하이하는 한국으로 온 때에 서은진의 호적에 올랐다는 설정입니다. 초고에는 이에 대해서 서은진과 하이하가 농담을 주고받는 내용도 있었지만, 분량 문제로 삭제했습니다.

서은진은 정영욱의 후원으로 변호사가 된 후 정영욱의

전담 변호사로 일하다가 아이 앰 프리를 외치며 퇴사, 미국 여행 중에 하이하의 건으로 다시 불려 왔다는 슬픈 뒷이야기를 가지고 있습니다. 서은진과 정영욱은 일종의 공범 의식으로 묶인 관계입니다. 서은진은 정영욱의 선택 모두를 지지하지는 않지만, 자신이 선택한 울타리기에 그 안을 벗어날 생각은 없습니다. 아마 계속 투덜거리면서 정영욱을 돕겠지요.

이런 설정이었습니다만, 초고와는 달리 서은진의 출연 장면이 축소되었기에 밝힐 기회가 없어졌습니다. 개인적으로 이 둘의 관계를 좋아하기에 이곳에라도 적어 봅니다.

3. 소제목 중 〈Dancing With Me, Take My Hand〉, 〈Today〉는 각각 그 파트를 쓸 때 많이 들은 노래에서 영향을 받았습니다. 김해찬의 경우 그레이스 찬스의 〈Dancing Next to Me〉와 피터 엘리아스의 〈Hide and Seek〉, 정혜일의 〈Dancing With Me〉를 많이 들었는데, 소제목은 김해찬의 현재를 드러내고 싶어서 Dancing With Me로 지었습니다. 진선미 파트를 쓸 때는 심플 플랜의 노래를 많이 들었고, 하이하 파트 때는 스매싱 펌킨스의 노래를 주로 들었습니다.

여기까지 함께 해 준 테오 피디님, 글을 쓰는 내내 함께 해 준 안전가옥분들, 진심으로 감사합니다. 분명히 많은 신세를 지게 될 편집자님께도 고마움을 전합니다.

 마지막으로 여기까지 읽어 주신 독자 여러분께 고개 숙여 감사드립니다. 다시 만나기를 바라며 이 짧은 글을 마칩니다.

봄을 기다리며
범유진 드림

프로듀서의 말

《당신이 사랑을 하면 우리는 복수를 하지》는 범유진 작가님과 안전가옥이 여섯 번째로 함께하는 작품이며 장편으로는 2020년에 출간된 《선샤인의 완벽한 죽음》에 이은 두 번째 작품입니다. 이미 많은 작품을 안전가옥과 함께해 왔지만 제 개인적으로는 《냉면》 수록작 〈혼종의 중화냉면〉을 통해 작가님을 처음 알고 나서는 언젠가 작가님과 협업할 수 있는 날을 매우 고대해 왔습니다.

그 간절한 기다림은 2021년 가을, 작가님과 만났을 때 이루어졌습니다. 그때 작가님께서 말씀해 주신 '이야기'는 분명 쉽지 않은 주제를 담고 있었지만, 범유진 작가님을 믿고 있었기에 그 이야기가 점점 구체화되는 동안 이루 말할 수 없는 즐거운 마음으로 작품이 탄생되는 과정을 가장 가까이에서 볼 수 있었습니다. 그리고 이제는 이 작품이 많이 알려지고, 그로 인해 다채로운 감상이 세상으로 퍼져 나오기를 무척이나 기대하고 있습니다.

사실《당신이 사랑을 하면 우리는 복수를 하지》는 그러한 감정의 깊숙한 곳으로 파고들어 가 대면해야 하는 이야기일지도 모릅니다. 그 말은 결국 즐겁지 않은 이야기일 수도 있다는 말이기도 합니다.

흔히 하는 말 중에 '인간은 감정의 동물'이란 말이 있습니다. 이성적인 판단과 합리성보다는 공포와 분노, 기쁨과 슬픔이라는 감정으로 행동하는 것이 인간의 본성에 맞닿아 있다는 말이지요. 이러한 감정의 다채로운 면모 중에서 특히 최근에는 '좋아요'로 대변되는 긍정성에 집중하는 경향이 짙습니다. 그러나 삶이 순전히 긍정적 감정과 편하고 아름다운 순간으로만 이루어진다면, 그것을 과연 인간적인 삶이라고 부를 수 있을까요.

'힐링'이 최고의 가치를 지닌 요즘이지만 고통은 경험의 본질적인 부분을 만들어 내고 부정성이 때로 삶을 움직입니다. 인간의 영혼에 깊은 긴장을 선사하여 그러한 부정성을 견디고, 버티고, 해석하고, 이용하며 나아가는 것이 감정을 통해 살아가는 인간 본연의 모습일 것입니다. 그렇지만 이 역시 너무도 쉽게 하는 말일 수 있습니다.

그렇기에 우리는 소설을 읽습니다. 소설을 읽는 동안 우리가 접한 것들의 세계에 사로잡혀 우리가 어디 있는지도 잊고, 소설에서 느꼈던 희열을 통해 이 상상의 세계가 현실 세계보다 더 현실적이라고 느끼는 경우가 종종 있습니다. 이럴 때 소설은 기꺼이 두 번째 삶이 됩니다.

이 두 번째 삶을 통해 가정 내 희생양이라는 이 내재화된 폭력 앞에서, 희생양을 만들어 내고 마는 역학에 대해서 비로소 제대로 바라보고 맞서게 됩니다. 《당신이 사랑을 하면 우리는 복수를 하지》 속 염소 클럽 멤버들의 존재가 현실에서 누군가 겪었을, 어쩌면 겪고 있을지 모르는 슬픔과 분노에 있어 섣부른 위로와 어설픈 치유가 되지 않기를 간곡히 바라며 이 두 번째 삶이 현실이고 진짜라는 느낌 또한 받기를 바랍니다. 마지막으로 멈추지 않고 계속 나아갈 범유진 작가님의 행보를 응원합니다.

안전가옥 스토리 PD
윤성훈 드림

당신이 사랑을 하면
우리는 복수를 하지

1판 1쇄 발행   2023년 6월 9일
1판 2쇄 발행   2023년 8월 29일

지은이   범유진

기획   안전가옥
콘텐츠 총괄   이지향
프로듀서   신지민, 윤성훈
　　　　　　고혜원, 김보희, 이수인
　　　　　　이은진, 임미나, 황찬주
퍼블리싱   박혜신, 임수빈
편집   김미래(쪽프레스)
디자인   이경민
일러스트   변영근
서비스 디자인   김보영
비즈니스   이기훈
경영지원   홍연화

펴낸이   김홍익
펴낸곳   안전가옥
출판등록   제2018-000005호
주소   04779 서울특별시 성동구 뚝섬로1나길 5,
　　　 헤이그라운드 성수 시작점 201호
대표전화   (02) 461-0601
전자우편   marketing@safehouse.kr
홈페이지   safehouse.kr
ISBN   979-11-93024-18-8 (03810)
값   16,000원